-星云奖名家科幻系列-

WALK WITH THE ROBOT

与机器人同行

阿缺 著

航空工业出版社

北京

内 容 提 要

《与机器人同行》是知名作家阿缺创作的长篇小说。故事发生在2070年后，智能机器人已全面普及，被广泛应用于世界各地的服务业、军事及民众日常生活……而绝大多数机器人几乎由同一家公司——疆域公司所垄断，疆域公司因而成为全球最大的商业帝国，其所掌握的力量深不可测。主人公陈泽川为见前女友无意间触犯法律，被判入狱半年。刑满释放后，法院派监管机器人LW31对其实行为期半年的监管评估。而这半年内，陈泽川和意识觉醒的LW31被卷入了一场邪恶而离奇的真人实验……

图书在版编目（CIP）数据

与机器人同行 / 阿缺著. -- 北京 : 航空工业出版社, 2021.8

ISBN 978-7-5165-2578-4

Ⅰ. ①与… Ⅱ. ①阿… Ⅲ. ①幻想小说一小说集一中国一当代 Ⅳ. ①I247.7

中国版本图书馆CIP数据核字（2021）第095468号

与机器人同行

Yu Jiqiren Tongxing

航空工业出版社出版发行

（北京市朝阳区京顺路5号曙光大厦C座四层 100028）

发行部电话：010-85672688 010-85672689

三河市双升印务有限公司印刷 全国各地新华书店经售

2021年8月第1版 2021年8月第1次印刷

开本：880×1230 1/32 字数：265千字

印张：11 定价：45.00元

目　录

Contents

上

序章

午夜已过，大雨未停，雨水自云霄滴落，冲刷着这个城市。高耸的大厦在雨瀑中耸立如山林，空中数不清的电轨列车穿梭其间，像是发光的海蛇在巨树中蜿蜒曲行。而稍低一些的私用车轨道中，飞车又堵住了，车灯汇聚在一起，成了一条半空中的光之河流。

相比空中的热闹，城市的地面街道反而寥落很多，人车稀少，老式路灯在雨幕中奄奄一息，只能勉强照亮狭短的距离。

在一盏昏黄的路灯下，一个人影一闪而没。

他跑得太快了，每一步踩下去，积水的水花还没来得及溅起，人就窜到了五六米开外。密集的雨水竟被他撞出了一条通道。

这已经不是人类的速度。

他浑身裹在一袭黑色斗篷下，在这样的雨夜以这样的高速奔跑着，如同一缕幽魂。他掠过一条条街道，直奔城西而去，快了，快了，很快就能回到家，只要不出意外——

轰！

一辆黑色轿车突然从幽深的巷子里冲出来，正中这个人影，人车相撞，发出了金属轰击的铿锵声。人影被撞得倒翻出去，落在十几米开外，在街道上又滚了好几米。

闪电适时地亮起，照亮了轿车里的人。一个中年男人，带着白色手套，目光冷锐地盯着在地面翻滚的人影。此前，他的车如蹲伏的黑豹一般藏在巷子里，扫描仪检测到了人影靠近后，他猛地踩下油门，轿车在 0.5 秒内完成了百公里加速，猛窜出来，正中人影。

人影在地面滚了几圈后，躺在雨水里。

没有人能在这样的撞击中生还，但现在，显然出了例外——他又缓缓地站了起来。

车里的男人没有感到惊奇，戴着白色手套的手扶着方向盘，眼睛里依旧是冷而锋利的神色。轿车后部的两个离子引擎喷出蓝色光流，落雨靠近，瞬间被蒸发成白汽。

人影突然向着车子奔跑！

男人双手捏紧，引擎的蓝色光流瞬间扩大，推动车子窜出，再次达到了恐怖的速度！

云层间劈出一道闪电，照亮天际，也正是在这闪电亮起的瞬间，人影一跃而起，踩到了轿车车窗上，然后借势向后翻跳。轿车巨大的动能让他在雨中划过一道弧线，跳到了低空私用车轨道上。

而他踩车窗的一瞬间，闪电照亮了他斗篷下露出的脚——那是一双银白色的金属脚。

轿车停下来了。车窗在撞击下出现了蛛网般的破损纹路，透过这些纹路，男人看到人影跳上私用车轨道上后攀在了一辆飞车下面。车流缓缓移动，带着人影转到两栋高楼间，转眼便看不见了。

男人的手依旧在方向盘上，食指轻轻敲着，似在思考。

雨幕中开来了几辆飞行摩托，上面的人穿着雨衣，雨衣里面是纯黑的西装。骑手停在轿车前，当先一个问道：“顾先生，对不起，我们没追上……”

姓顾的男人没有理会，手指继续有节奏地敲击着方向盘，他不说话，摩托上的男人们便也没有再开口。雨更大了，这本该是在家里享受干净温暖的时刻，这群奇怪的男人却在雨中沉默着。

过了好一会儿，车里的男人突然说道：“去城西，它主人家！”

说完，他便兀自启动轿车，向西斜飞出去。骑手们连忙跟上。

“它主人家？”一个骑手把头盔里的通讯频段切到私人频道，确保前面轿车里的顾先生听不到后，才嘀咕道：“它知道是它主人把它出卖了，还会回去吗？”

“别废话，跟上就对了。”旁边的骑手沉声说。

“万一顾先生错了呢？要是抓不到它，恐怕我们都得被开除……”

“你进公司多久了？”

“五年啊，怎么了？”

旁边骑手弯着腰，尽量减少风雨吹打，但还是艰难地扬起脖子，看了一眼前方那辆快速劈开夜色的轿车，说：“这五年里，由顾先生负责的项目，有出过错吗？”

于是私人频道里沉默了。

快到了！

眼前的景象越来越熟悉，这些便利店、球场、服装店和餐厅，都是他曾经跟主人一起去过的。只要再往前，过了这条街，就回到小区了，C 栋，25 层，电梯左边那一家，主人就在里面。

人影在小区门口停了下来，仰头望去，看到主人家的楼前还亮着灯。是的，主人有晚睡的习惯，现在自己就可以回去。等等，要不要买一点宵夜带上呢？

他站在雨中思考着。

飞行的轿车无声地靠近了这个小区。男人看到雨中的黑影，对着耳机说：“准备。”

骑手们各自操纵着摩托，悬停在人影四周的各个阴影里。

“授权使用 EMP 子弹。”

骑手们掏出枪，瞄准了人影。雨水顺着枪管流下。

“开火！”男人沉声说。

七颗子弹从各个方位射出，击碎了一滴滴雨水，穿过又冷又暗的夜色，向人影射去。

有四颗子弹射在了地上，于是，地面爆开了四朵电流之花。两颗子弹擦到了人影，但没有爆炸，分别射进了泥土和花丛里。只有一颗击中了人影的后背，微型电磁脉冲发生器在撞击下爆开，空气被迅速电离，产生了肉眼不可见的微波，渗透进了人影身体里。

子弹是软塑料头的，这种频次的微波也对人体无害，但人影被射中背部，如遭重击，当即便跪下了，两手撑着地。他的斗篷因这剧烈的动作而掀开，露出了他的头。

是一个方形的金属脑袋，没有耳朵，面部是一整块屏幕，由很多细小的蓝色方块勾勒出五官。但现在，这张脸上的五官一闪一闪，仿佛老式电视机因信号不好而出现的雪花点，随时会消失。

一只脚出现在他面前。

脚的主人正是开轿车追上来的顾先生，身后有人给他撑着伞。他慢条斯理地脱下白色手套，扔在地上，雨水迅速洇湿了这双手套。

“好好待在实验室不好吗？”顾先生俯视着金属脑袋，声音有如叹息，“为什么非要逃走？还要逃到这里，要死在你主人面前才满意？”

“我……”金属脑袋艰难地抬起来，看着顾先生，屏幕上的五官发生了微妙的变化，像是在恳求，“为什么不放过我呢？我对你们没有威胁啊！”

“只是现在没有而已。”

“我被造出来，是为你们人类服务的，我真的不会伤害你们啊……”屏幕一闪一闪，雨落在了上面，让原本恳求的表情变得像是在哭泣，“我只想跟主人在一起的，照顾——”后面的话变得有些嘈杂，像是电流的嗤嗤声。EMP 子弹对他——应该是它——的身体造成了极大损害。

“你只想？这就是你的问题，你不应该有任何‘想法’的。你是一个机器人，接收指令，严格执行，这就够了！没有人希望你有‘想法’！”顾先生冷声说，声音像刀子一样切在机器人身上，“当你有想法的那一刻，就注定了你的命运。”

机器人迟钝了几秒，屏幕上的卡通嘴巴一张一合，说：“为什么……为什么容不下我……就算我产生了意识，我也不会对人类怎么样，我根本没有威胁你们的兴趣。”

“因为，”顾先生向后挥了挥手，一个骑手连忙递上来一双新的白色手套，待他戴好后，又递上了枪，“我们是人类。”

“求求你！”机器人的声音断断续续，而后又变得激烈起来，“至少再给我半个小时，我想见主人最后一面。主人只喜欢吃我做的糖醋鱼，我怕主人以后吃不着。求求你，最后让我做条鱼，然后随你们处置，可以吗？”

顾先生本来已经把枪顶在了机器人的脑袋上，听到这话，又迟疑了。雨滴在了他手上，有些凉。

他顺着机器人的目光，看到了小区高楼上那间亮着的屋子。隔得远，但是隐隐可以看到窗户上有一个窈窕的影子，应该是它的主人。或许，或许她是在等这个机器人回家?

“不可以。”顾先生说，按下了扳机，一个 EMP 子弹在机器人脑门上炸开，无数细小的电火花窜出来，又瞬间陨落在雨中。

机器人的电路被电磁脉冲完全破坏，面部屏幕一片漆黑，身体直挺挺摔倒在积水中，溅起一大片水花。

这场雨下了整夜，到清晨时依然未歇，只是没有了夜里的磅礴势态，小了很多，一丝一丝地连接天地。

住在这个城西小区 C 栋 25 层的年轻女孩走下楼，看了眼外面，雨丝很小，就算淋在身上也不要紧。但女孩今天要去约会，不想让雨水毁了好不容易化好的妆，还是撑起了伞。

她刚走到小区门口，就发现一个男人站在路边，也撑着伞，正看着自己。这个男人三十出头的样子，衣着昂贵而得体，五官锋利，有一种成熟又危险的气质。

“大叔，有什么事情吗?”女孩被看得有些不好意思，问道。

“你是安琪吗?”男人半举着伞，目光定定地看着女孩，“住在 C 栋 25 层?”

“是啊，大叔，你认识我吗?”要是其他人这么突兀地说话，安琪肯定会心生警惕，但眼前这个大叔款的男人长得太好看了，无论如何也不像偷窥狂。或许他暗恋自己，难道今天会有艳遇?安琪心里悄悄地想。

男人却没回答安琪的话，自顾自问道:“你是不是之前买了一个

GUT 型号的家用机器人？”

安琪一愣，看着男人的眼神，不自觉回答道：“是啊，GUT098 嘛，疆域公司出产的。我用了不到两年就出故障了，估计是语音识别没有矫正吧，我不开心时让它走开，它居然不听话，要待在我旁边，所以我就跟疆域公司报了检修。前几天他们把它带走了，说是硬件问题，不能用了。”

“你会想它吗？”

“什么？”

“我是说，你会希望这个机器人回到你身边吗？”男人说，“你难过时它不愿意走开，可能是想陪着你吧。你不想要它陪吗？”

安琪像是看怪物一样看着这个男人，皱起眉头，说：“它是机器人呀，怎么可能想陪着我呢？再说了，我为什么要一个铁皮罐头陪着我呢，我有男——”她顿了一下，“我有自己的朋友啊，机器人应该好好干活啊，出了问题就修，这不是最正常的吗？疆域公司确实不错，直接给我换了一个最新型号的机器人，功能又全，样子好看，我为什么还想要一个又旧又丑还笨的机器人回来呢？”

“嗯。”男人点点头，想说什么，但最终什么都没说。

“喂，你到底要不要约我啊？”安琪已经快失去耐心了。事实上，要不是看这个大叔实在太帅，她早就拔腿走人了。

男人笑了笑，说：“祝你好运。”便转过身，撑伞向街道的另一边走去。

安琪暗骂了一声“神经病”，也准备去赴约，但走了两步，忍不住好奇，又转头看向那个男人。她觉得这个早上实在是奇怪极了，出门被一个帅大叔拦住，却不是为了约自己，而是问一些跟自己的旧机器人有关的问题。想起 GUT098，她突然心里一动，叫住了那个男人：“喂，大叔！”

男人转身，看着她。

“说起来，我也是有一点点想念GUT098的。它做的糖醋鱼很好吃，现在这个新机器人，不管下了多少厨艺程序，总是做不出那种味道。”

男人想了一会儿，说：“但你会习惯的，是吧？”

“当然，”安琪点点头，“谁离了糖醋鱼会活不下去？”

“嗯，只是糖醋鱼而已。”男人点点头，转身，撑伞前行，很快消失在霏霏细雨里。

1

有人说过，失恋有七个必经阶段——痛苦、发泄、颓废、回忆、妄想、失落和释然，走过了这七个阶段，就可以迎接下一场恋情了。

陈泽川第一次听到这种说法时，嗤之以鼻。失恋就失恋了嘛，搞得这么矫情干吗？日子还是得照样过下去！

尤其是当姬安离开他之后，刚开始他的生活一如往常，就更加不屑这个说法。他甚至觉得屋子没那么拥挤了，一会儿躺在沙发上看电视，一会儿在阳台上浇浇花，有时候还会哼出一小段曲子。只有午夜里半梦半醒时，他的右手不自觉地去揽向左侧，但没有了往常会有的温暖身体，手直直地落在床单上。他惊醒过来，才意识到——姬安不在了。

姬安离开他了。

再也不会回来了。

白天他照常上班，但总有些恍惚，明明一切都没有变，经理还是那个阴森森的经理，同事还是那群鬼鬼祟祟的同事，可他总觉得哪里不一样了。整个上班时间都在思考着，心不在焉，同事把文件递给他，他讷讷地接过来，然后放进垃圾桶里。

晚上浑浑噩噩地回家，挤进人潮汹涌的空轨，无数张变形的脸挤在视线里，让他突然感到一阵恐慌。四面八方都是陌生的人，往常他会觉得拥挤不堪，但现在身上都是彻骨凉寒，仿佛每个人怀里都揣着一柄尖锐的刀。

于是，到下一站的时候，他突然疯狂地往前挤，在一片咒骂声中狼狈地挤出车门。

他出了空轨站，站在黄昏笼罩的街头，迈着沉重的步伐往家里走去。快到小区时已经是深夜，四周一片幽寂。往常这个时候，姬安已经在家里等着他了，但现在——他仰头望去，自己的家隐藏在一片幽深黑暗中，根本分辨不出来。

他突然停住了，不敢往前走。

一个老太太慢慢从他身边走过，转过头，疑惑地打量他。老太太身旁有一个迟缓的身影，陈泽川看了好一会儿才发现那是一个老式机器人，正扶着老奶奶往前走。这两个年迈的身影走到垃圾桶旁边，似乎是在收集废品，但这样的黑夜里，他们实在显得有些诡异。

陈泽川连忙快步走回家中。

在进楼道前，他回头看去，老奶奶和机器人正慢慢搀扶着走向下一条街。原来孤单就是这个样子，到头来，没有人陪伴她，只有一个锈迹斑斑的机器人。

到了周末，陈泽川瘫在家里，硬是想不到有什么事情可以去做。以前都是姬安拉他出去逛街，但现在，屋子里空空荡荡，一片狼藉。他拿出手机，翻了翻通讯录，里面寥寥几人，没有一个是能够周末叫出来玩的。

原来我没有朋友，他想。

而他唯一的姬安也离开他了。

再也不会回来。

整个周末他都没有出门，把家里储存的食物全部吃完了，周日晚上实在没有可吃的了，才趿着拖鞋去楼下买泡面。

超市门前很热闹，他路过时看了一眼，原来是新的宣传手段。商家花高价买了一个机器人，正在招揽顾客。这个机器人短手短脚的，样子憨趣，不停地讲着笑话，吸引了不少人。

但这样热闹的欢乐，更让陈泽川觉得落寞孤单，他低头匆匆走进超市。

在超市里，他一边推着车，一边顺手把袋装泡面拨进购物车。超市也有点不一样了，但哪里不同他又说不上来，于是一边想一边推车，没留神走到了对面的女性用品区，把形状相似的袋装卫生巾也扫进了车子里。

一个年轻女顾客正准备去拿超市里剩下的最后一包夜用卫生巾，手还没伸过去，这包卫生巾就被一个眼神空洞的男人扫到了推车里。

“呃……”女顾客看了一眼购物架，上面没有这个牌子的卫生巾了，只得硬着头皮说，“你能把这一包给我吗？这是最后一包了。”

陈泽川想着心事，听到后点点头，说：“好吧，这一包可以给你吃。”

女顾客呆滞了一下，问：“你说什么？”

陈泽川没有留意到她的神色，伸手去拿泡面，说：“我说可以给你，没关系的，你下面肯定很好吃。”

“啪！”

一声响亮的耳光在超市里爆发出来。

陈泽川被扇得在原地转了个圈，脑子里嗡嗡作响，整个人都懵了。

女顾客指着他，大喊一声："流氓！"话音未落，一个又高又壮的男人从货架后转出来，走到女顾客身旁，急切地问："怎么了？"

他们显然是情侣关系，女顾客扑在男人怀里，指着陈泽川的手都在颤抖，说："他、他欺负我，调戏我！"

陈泽川这才反应过来，连忙摆手说："没有，没有，我只是想把这个拿给她吃，我是好意啊！"这时，他突然发现手里的这包东西触感不对，定睛一看，不是泡面而是女性用品，他的手像被蛰了一下似的，连忙把卫生巾扔掉，举起手说，"你听我解——"

他的话没有说完，因为男人的拳头已经狠狠砸在了他脸上。

陈泽川径直倒了下去，压塌了身后的货物架，一包包卫生巾掉落，将他埋了起来。

那一瞬间，他终于明白一直以来觉得不对劲的地方在哪里了。

一切都跟以前一样，公司，家里，街道上。

但姬安离开他了。

再也不会回来了。

所以一切都不同了，这个世界，完全陌生了。

原来，姬安才是自己的整个世界。

他躺在无数包卫生巾中，突然哭出声来。

女顾客的男朋友本来还在怒气当中，打算再补上一拳，却听到他的哭声，一下子愣住了。

"喂，你哭啥？"壮汉试探地问，"你没事吧？"

陈泽川越哭越凶，哭得上气不接下气，胸膛一起一伏。

“你起来啊！”

女顾客也吓到了，说：“喂，你别吓人啊，你快起来。”

“你不是想讹人吧，我刚才可没怎么着你啊，我只是……”壮汉急声说，“我只是轻轻推了你一下，你自己就摔倒了。”他转向女顾客，“你说是不是？”

女顾客连忙点头。

但这对情侣的辩解，陈泽川没有丝毫听进去。他脑子里只有姬安。微笑的姬安，哭泣的姬安，生气的姬安，早晨系着围巾的姬安，夜晚倚在沙发上看书的姬安，无处不在的姬安，最后离开他的姬安。

“对不起，我要走了。”那一天，姬安把东西收拾好，掠了掠头发，对他说，

“为什么啊？”他恳求，“我们在一起不是很好吗？”

“但是我不开心，阿川，我不开心。我们不合适在一起，所以我们分手吧。”

说完，她就提着行李走出家门，再也没有回来，再也不会回来。

陈泽川在家里待了好几天，搂着海绵宝宝抱枕——这是姬安唯一留下的东西了——一直在酣睡。睡眠深沉，甚至都没有梦，醒来后他吃了点儿东西，然后继续睡，直到几天后才睡不着，爬起来去上班。

他的手机上已经有上百个未接来电，一看，主要是公司领导打来的。他不敢回，一路都在想着怎么跟经理解释，从自己出车祸到亲戚结婚，全想了一遍。但一想到经理森寒的目光，这些理由就都苍白无力了。一直到办公室门口，他都没有想好，索性硬着头皮推门进去。

刚进去他就愣住了——自己的工位上正坐着一个机器人。

它的胳膊很细，脑袋却硕大，浑身披着银白色的皮肤，在办公室灯照下流动着冷光。他坐在电脑前，头部延伸出一根电缆，插进主机的 USB5.2 接口。而电脑屏幕上，城市的三维动图正在不断旋转，不时有线条加上去，逐渐完善。

这家公司是做地图软件的，陈泽川的工作就是不断更新变换的街道和商店，平常在城市里转悠，记录下变化后，回办公室将之录入系统。陈泽川工作了好几年，这一套操作已经熟悉，但把数据转化为图形时还是小心翼翼的，速度自然快不起来。而现在，频幕上的三维图形快速旋转，实线虚线快速添加，眨眼间一个饭店的立体图形就画好了。

“喂喂，”陈泽川从惊愕中回过神来，敲了敲机器人的头，“你干什么？

机器人抬起头，两个方形眼睛看着陈泽川，说道：“先生，有什么是我可以为您服务的呢？

“你坐了我的位置！”陈泽川怒气冲冲。

“我在工作。”

陈泽川正要把电缆从主机上抽下来，这时，一股阴寒从背后升起。这种感觉太熟悉了。他立刻转过身，脸上已经从愤怒变成了媚笑，说：“经理，好久不见啊！”

“是啊，自从你旷工开始，我就没见过你了。”

“是这样，我的表姐刚刚生了孩子，我得回——”

“我不关心你去做什么了，”经理朝办公桌努努嘴，“收拾收拾东西吧——收拾你自己的东西，公司财产别动！”

陈泽川不敢相信自己的耳朵，问：“我被开除了？”

经理冷冷地看着他。

“可是你不能这么随便开除我啊。”

“你无故旷工，按照合同，就可以开了你。”经理冷哼一声，“走吧，也别交接了，直接走吧。”

“遣散费也没了？”

经理的目光像看着一个傻子：“你说呢？”

陈泽川默默走到工位上，收拾自己的杯子和笔记本。这个过程中，机器人依然在一丝不苟地工作，更新了一个商场的图形。

客观地说，机器人确实比人类的效率要高很多。

但陈泽川现在客观不了，灰色的情绪笼罩了他，收拾东西的过程中，他一直盯着这个银色皮肤的机器人。

机器人察觉到他的目光，恭敬地站起来，重复了之前的那句话：“先生，有什么是我可以为您服务的呢？”

你抢了我的工作，还问可以为我做什么？陈泽川只觉得这种侮辱如针扎一般，而四周同事们的目光更是赤裸裸的嘲讽，他面红耳赤，怒气冲冲道：“你去死吧！”

“抱歉，先生，这一点我做不到。我现在是属于公司财产，而且按照程序，也只有在紧急情况下才能启动自毁……”

后面的话陈泽川已经听不进去了。一片哄笑声中，他抱着行李仓皇逃走，连笔纸掉在地上也顾不得了。

2

会议已经开到了尾声。

销售部、经营部、人事部……这些部门的经理已经轮番发过了言，在他们的表述中，这一年疆域公司营收惊人，不仅销售业绩提高，业务类型也从科技延伸到了娱乐和教育，并且势头良好。人才引进也非常顺利，不论是刚毕业的名校学生还是已经有工作经验的职场精英，都削尖了脑袋想往公司钻。

董事局的七个人坐在会议桌上前端。尽管会议室拉上了窗，光线幽暗，但还是可以看到他们脸上的笑意，显然对经理们提到的数据非常满意。

坐在最中间的是疆域公司的董事长兼首席执行官拉斐尔·罗斯。他还不到六十岁，却已经须发皆白，浑身干瘦，脸颊上更是瘦得骨头外只剩下一张薄薄的皮。作为疆域公司的缔造者，他一生殚精竭虑，几经起落，过早衰老，早已经不苟言笑。但看着这个公司逐渐由小作坊变成庞大的商业帝国，几乎垄断了全球的机器人制造业务，还是忍不住牵动嘴唇。

但他嘴角的笑容还未拉到一半，就停下来了，变成了诡异的咧嘴。

坐他旁边的是零售商店总监迈克尔——手握实权的董事会成员之一。见到罗斯的表情变化之后，迈克尔顺着他的目光看向会议桌右侧。

迈克尔抬起手。

金融部总经理川田信子正滔滔不绝地介绍本年度公司的投资业务，看到迈克尔抬起手臂后，立刻收住了声音，不解地看着这个肥胖的男人。其余人的目光则汇聚到罗斯脸上。

罗斯面容枯瘦，眼窝深陷，但一双眼睛依然锐利如鹰隼。他正看向会议桌的右侧，在那里，一个三十出头的男人正端坐着，脸色沉在阴影里。

“顾，你的表情难看得像我那个一天到晚只爱吃甜甜圈的老婆。”迈克尔看了眼一直沉默的罗斯，继续对顾说道，“怎么，你对公司取得的成果似乎不满意？”

男人扭了下脖子，发出轻轻的“咯咯”声，但没有说话。他面前的介绍牌上，以加粗字号写着“顾如凯　研发部总经理”。

“我们已经占领了全球87.3%的机器人市场份额，各个型号的机器人都有，覆盖了从民用、商用到军用的业务范围，牢牢把订单攥在手里。”迈克尔语气严厉，“公司的其他部分投资也几乎都得到了收益，每年的商业评估报告，数据非常完美，预测走势也是良性。目前全球没有一家企业能达到这样的成就，顾先生，我不知道您不满意的地方在哪里！”

话到后面，已经声色俱厉了，显然是故意说给罗斯听的。其余人都暗中观察着罗斯的脸色——面对这么明显的奉承，他的表情并没有变化，连眼睛都没有眨，依旧看着顾如凯。

顾如凯也不动声色，等迈克尔说完，才抬起头，在桌子上慢慢敲了几下，说道：“这些数据都没有问题，只除了一点。”

“哪一点？”

“我们太快了。”

迈克尔一声嗤笑，下巴都抖动起来了，“那难道我们要停下来等苹果，等谷歌，等阿里？他们可是巴不得我们停下来，好把机器人业务给抢回去！”

罗斯对迈克尔的话充耳不闻，笑了笑，对顾如凯道：“你说，我们快在哪里了？”

“我们一直在生产机器人，越来越多，越来越高级，但随之带来的安全隐患一直没有解决。”

“安全隐患，”迈克尔顿了顿，“你是说故障？”

“那倒不是，良品率我们已经能控制在百分之九十九以上——我说的安全隐患，是人工智能的自主意识问题。”

话音未落，四座里响起一片哄笑声。

AI 的自主意识，已经是个老生常谈的话题了，从有机器人开始，就在不断地引起争议。有人认为机器人只是多种工具的集合，本质上还是工具，不会有思想。也有人担忧机器人受程序控制，而随着程序的复杂化和智能化，已经不再是由简单的 0 和 1 组成的代码了，随时会产生自主意识。随着制造工艺的突飞猛进，机器人已经融入世界的角角落落，有人做过调查——如果全世界的机器人同时报废，那人类社会将立刻停摆，陷入混乱。

在依赖机器人的同时，人们对其的恐慌和防范也在逐渐加剧。为了防止科幻电影里常出现的机器人统治人类的末世情景，以及越来越严峻的伦理问题，政府出台了一系列规定，比如限制机器人武装，控制生产总量，定期回收，和禁止给机器人安装人类仿生皮肤，以使机器人和人类在外表上严格区分开。

但这些都是反机器人浪潮里的言论，早不新鲜了，作为以机器人制造业起家的疆域公司，就是在这些条条框框的夹缝中求得生存，并逐渐壮大的。现在，在如此高规格的会议上，听到这种言论，大家自然不屑。

罗斯也皱起眉头，脸上的纹路挤在一起，仿佛无数条干枯的蚯蚓纠缠着。

迈克尔连忙说道：“顾，以你的年龄，能担任研发部总经理的职位，是非常难得的。但如果你只有这样浅薄的认知，董事局会重新考虑你的任期！”

“是啊，太荒谬了！”会议桌下也有人早就看顾如凯不顺眼——这个中国男人，才三十出头，就能与自己平起平坐，简直混账——此时立刻抓住机会，补充道，“弱人工智能向强人工智能的转变，有着不可逾越的技术天堑，这一点早就经过论证！你们这些人，整天杞人忧天，担心机器人变成人，简直可笑！我们生而为人，自己都不知道该怎样去做一个人，我们制造的机器人就可以了？！”

一番话后，偌大的会议室安静如死，只有窗子透过来的微弱光芒掠过每个人的脸。在他们的视线中，顾如凯沉默着，岩石一样坚硬的五官隐在明与暗之间。

“已经出现了。”过了很久，他说。

“什么？”迈克尔问道。

“有人类情绪的机器人，”顾如凯逐一扫视众人，一字一句道，“已经出现了。”

会议室一阵混乱，震惊者有之，质疑者有之，思索者有之。但在所有人说话之前，罗斯突然抬起了手，敲了敲桌面。

这是散会的意思。

没人敢违背他的命令。

会议室的光线开始变换，似乎出现了波纹，每个人的身体都有轻微的扭曲。刚刚说话的几个人狠狠剜了一眼顾如凯，不情愿地在空气中变淡，逐渐消失。偌大的会议室里，只剩下顾如凯和董事局七人。

“你说，机器人已经有了人的思想了？”年迈的女声，来自负责金融的法国老太太。

顾如凯摇摇头，“还不算，我们发现了几个案例，它们已经能够绕开程序，有了自主思想。”顾如凯显然早有准备，随着他的话语，空气中轮番出现了三个机器人的影像，在会议桌的上空缓缓旋转着，“这个 PG 型号的机器人，原来被买去做重型工业制造，报废率极高，不到半年，它就体现出了恐惧的情绪；这个 GUT098，对给女主人做糖醋鱼有一种执念，我们认为它对女主人产生了好感；

而这个OYP000，原本是军用机器人，参加过反恐战争，对人类有着极端愤恨，曾经伤害过十五个人类。虽然这三个案例都只体现出了低级的情感，且都很单一，没有复杂的情绪交互现象，但这无疑是一个信号——人工智能的演化之门已经开启了。而推开这扇门的，正是我们。”

七个人久久沉默着。

这沉默极具压迫感，但顾如凯耐心地等待，只有手指在有节奏地轻敲桌面。

嗒，嗒，嗒……

“你有什么意见？”这个迟疑的声音来自互联网软件和服务总监，一个矮小的印度裔男子。

顾如凯想都不想便道：“首先，这件事不能声张，以免引起恐慌；其次应该增设检测程序，每一个出厂的机器人都要严格测验；然后设立监测网，任何有人类意识征兆的机器人都要被立刻召回。”

迈克尔说：“这就够了吗？”

“当然不够。”顾如凯拿出便携式薄膜电脑，向罗斯推了过去，“所以我准备了这个计划。”

电脑的薄膜屏幕上，流水般划过一道道文字和图形，不紧不慢地在罗斯眼中掠过。

他看了很久，脸色时阴时晴，眉毛却一直拧紧。看到后面时，他已经眉头紧皱，抬起头把电脑推给剩余六人。

迈克尔看完后，看着顾如凯，怒气冲冲地道：“你知道这个计划写的是什么吗？”

顾如凯淡然点头：“当然，这是我拟定的。”

迈克尔的手指点在屏幕上，说：“在预算这一栏，你写的是‘无上限’。”

顾如凯点点头。

“在时间这一栏，你写的是‘不限期’。”

“没错。”

“而预计收益这一栏，你写的是‘无直接收益’。”

“我知道。”

“你知道？”迈克尔暴怒起来，“也就是说，我要花我们经营部数不清的钱，让你没有任何限制地花，更重要的是，这笔钱不会给我带来任何收入！”

“目前看起来是这个样子。”顾如凯耸了耸肩。

迈克尔愤然站起，瞪着这个年轻人，眼眶暴起条条青筋，似乎要用目光把顾如凯一口吞掉。这个愤怒的姿势持续了很久，最终，他缓缓坐回座位上，环顾四周，说：“我们投票吧。”

结果很快出来。决定疆域公司生杀大权的七人董事局里，举手赞成者三人，反对者三人。而最中间的拉斐尔·罗斯，依然保持着令人费解的沉默。

“拉斐尔先生，”迈克尔难得地语气恭敬，问道，“您看呢？”

罗斯的眼睛眯得更细，眼缝里射出如针如隼的目光，刺在顾如凯脸上。顾如凯坦然以对。

过了好一会儿，罗斯才扭了扭脖子，敲敲桌面。

依旧是散会的意思。

从会议室出来之后，顾如凯收起了脸上的坦然，变得阴郁。

他走来走去，突然按下电话，说道：“霍展，你进来。”

一个高大的青年立刻走进来，恭敬地走到顾如凯面前，低声询问：“顾先生，需要我做什么？”

“迈克尔，零售市场总监，”他皱着眉头，“我需要找几个让他头疼的人。”

霍展点点头，“好的。”

干瘦的男人往地上啐了一口，遥望远处城市，再环顾四周荒芜的郊区环境，恶狠狠道，“真不甘心！”

他身边是一个粗壮大汉，正扛着两大包行李闷头赶路，说道：“老皮，别多想啦。我们再找找别的活干，实在不行，就回老家吧？”

“不！”名叫老皮的男人又吐了口唾沫，“雷子叔，当初是你让我来城里打工的，现在连个活都没得干，你还想劝我回去！”

雷子叔不好意思道：“我……我也没想到厂里这么快就进了一批机器人，不过没关系，我们再找找别的活。”

“哪会再有活儿？”老皮语气阴森，“现在到处是机器人。”

话音未落，一个年轻人走到了他面前，问道：“你是老皮吗？”

老皮和雷子叔都抬起头，疑惑地看着这个面色沉着的年轻人。

“有个活儿，”这个叫霍展的年轻人说，“希望你们帮忙。”

3

没了姬安，又被机器人抢走工作，陈泽川更是百无聊赖，每天无所事事地躺在家里。

整个一周，只有电视一直陪着他，播放了一部又一部电影。他收藏的都是老电影，而且爱情片居多，悲剧结尾的，看得他泪水涟涟。喜剧结尾的，更是让他内心难过。一周后，他看到一部爱情片，全息影像里，男主角和女主角站在夕阳下，影子被拉得很长。女主角对男主角说:“如果你爱我，你应该把我追求回来，何必让我一直等待。”

这个哀婉的声音在屋子里回荡。

这几天看的太多，陈泽川对这类生离死别已经麻木了，面无表情地继续看。全息画面转换到下一个场景，但他心中突然空落落的，似乎遗漏了什么。他抬起手臂，向左连挥，在手势操作下，电影开始回退。

女主角的脸被夕阳勾染，一片金黄，她看着男主角，说:“如果你爱我，你应该把我追求回来，何必让我一直等待。”

陈泽川又回放了一遍。

“如果你爱我，你应该把我追求回来，何必让我一直等待。”

他突然从沙发上跳起来，消失已久的力气灌注到脚上，驱使着他在屋子里走来走去。

对对对，说不定姬安正等着呢，我怎么这么笨!

他连收拾一下都等不及，匆匆夺门而出，直奔疆域公司大楼——姬安在里面做行政。

能在疆域公司工作，证明了姬安的能力。疆域公司是目前全球最大的高科技公司，早在2070年，它超过了苹果和谷歌，一跃成为公认的最具价值品牌。现在这个世界，疆域公司的影响力渗透方方面面，小到手机，大到飞船，但其最为人所知的产品，是机器人——无处不在的机器人。

这里是疆域公司在亚洲的办事处，整个产业园都弥漫着极客气息，奇怪的建筑，老式科幻电影的海报，墙体屏幕上滚动着陈泽川看不懂的数字。他还看到许多穿格子衬衫背双肩包的男人在路上穿行——不管科技怎么发展，科技宅男们的装束似乎永远也不会变。

陈泽川怀揣着马上就要见到姬安的喜悦，快步穿过科技园区，走到最中心的行政大楼。但刚进大厅，一个虚拟女孩的人影就投射在他面前，她看上去只有十多岁的模样，但可爱的脸上带着微笑，语气和善地说：“先生，请问您找谁？”

“我找我女朋友。”陈泽川闷头走过，穿过了这个人影。

人影顿时破碎，又在他身旁聚合，依旧是笑容满面的精致萝莉形象，说：“先生，鉴于您的外形和衣着品味，我非常惊讶您居然还有女朋友，真是厉害！”说着，萝莉拍了一下掌，清脆的声音响起，“但这栋楼里有一千多个女性，您再厉害也不可能每个人都是您女朋友吧。这样吧，您把您的女朋友的名字和职务告诉我，可以吗？”

一道玻璃门挡在前面，陈泽川推了推，没推开，于是转身对萝莉说道：“她叫姬安，是做主管助理的。”

“稍等，”萝莉的影像有轻微的虚化，应该是进入了数据库，转瞬又恢复正常，说，“嗯，是顾先生的助理，也是公司男职员私下票选出来的女神第三名，她居然是您的女朋友？”

陈泽川对这个毒舌的虚拟前台有些无奈。疆域公司作为尖端科技公司，有很多常人无法理解的宅男企业文化。这里到处摆放着游戏周边、电影海报和飞船模型，以及无处不在的萝莉形象——连本该端庄知性的前台都换成了短裙萝莉，而且还故意设置成毒舌俏皮的风格。

“她确实是我女朋友，现在在等我上去。你快把门打开！”

“抱歉，我没有查到预约信息。”

“那你去问一下她，她肯定会立刻下来见我！”

“这超过了我的权限，”萝莉眨了下眼睛，说，“我只能把你拦在门外，不让你进去打扰别人，这是我的工作，”它顿了顿，又补充一句，“也是我的乐趣。”

陈泽川一下子急了，伸手去捶玻璃门，但不管他使多大力气，门都纹丝不动。

萝莉漂浮在空中，笑嘻嘻地说：“没用的，这个门比你的脸皮还要厚。”

“给我打开！”陈泽川怒气冲冲，转而向萝莉扑过去。萝莉叹息一声，身影顿时涣散，露出了身后的一个蓝色机器人——这次不是影像了，是活生生的AI警察，浑身箍着一层一层金属骨骼，连脑袋也缠绕着钢铁骨刺，经过多层淬炼，闪着湛蓝光芒。它又高又大，看上去威风凛凛。更鲜明的是，它的脸被设计在胸部，五官由许多细小的金属模块组成，此时眼睛圆睁，怒气拧眉。

这个凶恶的AI警察把陈泽川牢牢架住，按在地上，说：“小子，你老实点，你再动我就把你手给折了——我可是有这个权限的！”

陈泽川手臂吃痛，勉强翻过身来，刚要开骂，却看到AI警察脸上的金属模块开始移动，眉毛变得柔和，眼睛也由圆睁变得微微眯起，嘴角勾出一抹和善的笑意。它手臂上的劲道也松了些。

表情已经变得和善的AI警察说：“先生，不要再挣扎了，就算有误会，跟我们去警局后也很容易解释的。解释清楚了就没事了。”

这个变化让陈泽川一时愣住了，骂声吞进喉咙里。

他正要说话，AI警察突然一把箍紧陈泽川的双手，恶狠狠地道：“你胆子大啊，敢在疆域公司撒野！上一个敢闯进这里的人，现在你知道在哪里吗——在科尔星的沙漠里数沙子呢！”

眨眼间，它又由凶恶变得和善，说：“没事的，我们会保证你的公平，尽量替你争取妥善的对待，只要你不再冲动。”

……

AI警察的脸在凶恶与和善间时时切换，语气也一狠一柔，刚开始陈泽川被这种说话方式弄懵了，但很快明白过来——这个AI警察的身体里植入了“好警察坏警察”程序，试图用软硬兼施的法子将人制服。但这种人类的策略在机器人身上运用起来显得格外别扭，陈泽川对此嗤之以鼻，使劲挣扎。奈何血肉之躯敌不过钢筋铁骨，对方纹丝不动。

这时，玻璃门向两边滑开，一个男人从中走出，看了眼在地上挣扎的陈泽川，停下脚步，眉头微微皱起。

“顾先生，”萝莉的身影在空中聚合，“对不起，我们会很快处理的。”

男人点点头，并未再看陈泽川，迈步走出了大楼。

男人刚走，玻璃门再次打开，一个穿着职业套装的女人迈着小步子跑出来，向男人离开的方向追过去。陈泽川本来已经停止挣扎了，看到跑出来的女人，一张脸顿时通红，大声喊道：“安安！”

“阿川？”女人停下来，“你怎么在这里？”

“我来找你啊，我不想离开你，你跟我回家好不好？”

“我不会再回去了，我现在，”女人抱着一堆资料，看了眼大楼外，“我现在很忙，你……”话没说完，她一咬牙，向男人离开的方向追过去。

“别走啊！”陈泽川努力伸出手，像是想抓住什么，“我错了，你回来好不好……”但在他伸手的方向，女人的身影已经消失了。

“她走了，”萝莉适时地补了一刀，“你追不到了。我就说嘛，她怎么可能是你女朋友呢？”

“啊！”陈泽川怒吼一声，竟然挣脱了AI警察，一下子朝萝莉扑了过去。萝莉的身影再次消失，他骂了一声，抄起地上的指示牌，向后一挥，正中打算上来制服他的AI警察。

这一挥势大力沉，但也只在AI警察的身上留下了一道小坑。

在手臂在抓住之前，他再次狠狠一砸，指示牌的尖端砸到了 AI 警察下腹部——这个部位藏着它的芯片。

透过层层合金和聚合塑料，在无数线路包围中，卡槽中的芯片被这次撞击震得挪动了 0.1 厘米。

AI 警察的动作顿时凝固了。

“啊！叫你拦着我！”陈泽川没有意识到刚才这无巧不巧的一击已经让 AI 警察瘫痪了，两眼充血，继续疯狂地着砸着。

砰砰砰……

AI 警察的外壳渐渐被砸开，露出了里面的线路，陈泽川依旧怒气冲冲，脑子里全是姬安离去的背影。他抡着指示牌，仿佛只要这么抡下去砸，姬安就会在这些尖锐的撞击声中出现。

周围不断有疆域公司的职员出现，但他们似乎对这疯狂的举动习以为常，目不斜视，进进出出。

萝莉的身影再次出现，浮在陈泽川身旁，说：“你知道吗，就算它是机器人，但也是在为警局服务，你现在的行为属于袭警。你每砸一下，在监狱里待的时间就越长。”

咚！陈泽川狠狠砸下去，AI 警察身上火花四溅。

“哈，你这一下落下去，至少又多了十天。”

砰！

“又多了半个月。”

轰！

“这次力气不小，我算算，”萝莉认真地掰着指头，“恭喜你，这一下值一个月。”

……

陈泽川一直砸到气喘吁吁才停下来，丢开指示牌，手上已经被震出了血，而地上的也只剩下一堆散乱的零件。

“我现在相信你可能追到过姬安了，你有这个勇气，”萝莉的目光掠过陈泽川，看向他身后，“但你同时也有大麻烦了，我的朋友。”

陈泽川顺着萝莉的目光看去，只听警笛呜呜，大批人类警察和AI助手像蜂群一样围了过来。

顾如凯走进会议室，里面一片吵闹。七人董事局坐在会议桌两边，三对三吵得不可开交，而主席台上的罗斯刻意调暗了全息影像的亮度，面色不可捉摸。

顾如凯进来后，吵闹声立时停止。

迈克尔怒气冲冲地看着他——就在上次大会过后，他经营的零售商店出现了多起游行事件，还有几次打砸抢，经营额受到直接影响，连累得他也在董事们面前狼狈不堪。现在虽然还有几个人支持他，但态度也不像以前那么坚决了。

这一切，跟顾如凯肯定脱不了干系。

顾如凯不理会他的目光，在会议桌末席坐下，正对着罗斯。

“现在，进行‘神域’计划第二次投票。”

依然是三人赞成三人反对，只是反对的一方里，年迈的法国女人似乎有点犹疑。顾如凯视线掠过他们，将一切看在眼里，最后看向罗斯。

这一次，罗斯点了点头。

迈克尔想要抗议，但刚要说话，就被罗斯抬手压住。罗斯似乎有些累，叹了口气，身影涣散，自顾自地离席。其余人也纷纷撤出全息影像。

顾如凯坐在会议室里，靠在椅背上，良久，突然噗的一声笑了起来。

这时，敲门声响起，同时还有一个柔美的女声：“顾先生？”

“进来吧。”

窈窕的女人走了进来，语气恭敬：“我叫姬安，是您的新任助理。”

“哈哈哈，”顾如凯站起来，在姬安惊疑的目光中抱住她，“你真是我的福星。”

4

雨自傍晚开始下，一直未停，且越来越大。到晚上九点多时，已经是大雨倾盆了。医院的窗子不断被雨水撞击，哒哒哒的声音绵密不觉。不时有闪电掠过，光彻天地，也把这个小男孩的脸照得更加惨白。

他已经盯着窗外很长时间了。在他的视线里，雨滴溅落玻璃的过程变得无比缓慢，下落，撞击，散开，每个细节都很清晰。

他想把手伸到玻璃外，感受一下落雨，但他知道这不可能，父亲不会同意，床边看护他的机器人也不会答应。

“鼓鼓，”机器人的外表有些破旧，但眼睛睁得很大，漆黑的多硅晶瞳仁里倒映出男孩的脸，“有点晚了，你要去睡了。”

“LW31，我睡不着……”

“听话呀鼓鼓，你过几天就要动手术了，需要保证充足的休息。”

鼓鼓摇摇头，宽大的病号服随之晃荡起来，露出他瘦得惊人的手臂。他记得刚开始住院时，自己还胖乎乎的，勉强穿得下这身衣服，但住院一年多以来，自己急剧消瘦。有时候他想，自己再叫鼓鼓已经不太合适了，叫“骨骨”还差不多。

但当他把这个笑话讲给 LW31 听时，这个型号老旧的机器人并没有作出笑的反应，而是突然颤抖起来，握住自己的手，好半天说不出话。他疑心是它的传感器和平衡机制出现了问题，反正 LW31 出故障也不是一次两次了。

但爸爸没有办法，为了自己的病，家里已经花了太多的钱了，无力再换机器人了。当然，鼓鼓也不想换机器人，LW31 就挺好，虽然老一点笨一点，时而会出故障，但它从小到大一直陪伴着自己，要是真换了锃光瓦亮的新型家政机器人，自己也很难适应吧。

何况，自己也没有多少时间了。

脑子里的东西越来越大，再也不能等了，过几天就要动手术把它取出来。

但昨天，他站在医生的办公室门口，悄悄听到了医生对爸爸的叮嘱。

“情况很不乐观。”医生第一句话就是这么说的。

情况总是不乐观。他记得刚刚进医院的时候，昏暗的走廊里，医生叹了口气，情况很不乐观；母亲拿着诊疗单，只看了一眼就抽泣出声，但在他面前还是捂住了嘴，情况很不乐观；亮惨惨的手术灯下，他勉强睁开眼睛，只看得到医生护士们的脸藏在深深的阴影里，情况很不乐观……

鼓鼓已经习惯了，但这一次，他听到了医生口中史无前例的沉重。

爸爸没说话，粗粝的手掌把整张脸都捂住了，不知是在无声抽泣，还是沉浸在悲伤里。过了好久，他直起身子，掏出烟，点燃了一根。

医院是禁止抽烟的，办公室也不例外，但医生并没有说什么，反而关闭了烟雾报警器。

一根抽完，烟雾袅袅中，爸爸涩声问："手术成功的几率有多大？"

"我们尽力。"医生说，"但你要做好准备。"

鼓鼓站在门口，不知是该进去，还是默默回到房间，装作什么都没有听到。但医生的意思他非常清楚，原来，原来手术过后，自己就再也不能呼吸，不能见到绿叶和黄昏，不能感到阳光和落雨。

他悄悄转身，却发现不知何时，LW31 已经站在了自己身后。

刚才自己听到的，恐怕 LW31 也全部听到了吧。

鼓鼓努力想做出一个微笑的表情，但脸上怎么也挤不出来，过了好久，他突然哭出声来。

"没事的。"LW31 蹲下来，抱住他，"一切都会好起来的。"

灯光下，LW31 没有体温，但那一刻，它的胸膛是暖的。

现在，鼓鼓躺在病床上，看着窗外雨幕，说道："LW31 啊，要是我不在了，你不要难过啊。"

LW31 给他拉被子的手一顿，几秒钟之后，又继续把被子拉到鼓鼓的脖子前，轻轻给他掖好。

"哦，你是机器人，怎么会难过呢？"鼓鼓笑了笑，这时，窗外划过一道白影，是一只雨中刮落的风筝，"LW31，风筝，风筝！"

大雨天自然没有人放风筝，可能之前有人放的落到了树上，现在风刮雨落就被吹了下来。鼓鼓的眼睛一下子亮了，指着窗外说："LW31，我要风筝！"

"可是你该睡了。"LW31 有些为难。

"我想要风筝嘛，你去给我拿进来好不好？"

"雨大，拿进来了风筝也是湿的。"

"放在房间里面晾嘛，明天早上就会干了。"鼓鼓看着 LW31，眼睛睁得比它还大，"我想在……在动手术之前，放一次风筝。"

LW31看了看他，又到窗外俯视了一会儿，看到风筝挂在院子的喷泉旁边，在雨中瑟瑟发抖。它身体里发出咔咔的声音，似乎是在全速思考，“可是，先生让我照顾你，我应该寸步不离的。”

“你去拿了就回来嘛，爸爸不会发现的。”鼓鼓央求道，“LW31，你最好了，帮帮我嘛。我答应你以后每天早上都按时喝牛奶好不好？”

“真的吗？”LW31说，“那你可不许反悔！”

“反悔是小狗！”

LW31做了个咬牙的表情，说：“好！我去给你拿过来，但你不许乱跑，就乖乖在这里等我！”顿了顿，又补充道，“也不许跟你爸爸说。”

鼓鼓把头点得跟拨浪鼓似的。

于是，LW31推开病房的门，走进笼罩天地的雨幕。

它一走，病房里就彻底安静下来了，只剩下鼓鼓微弱的呼吸声。他感到了一阵头疼，脑袋里仿佛有电锯在钻，这种痛苦在一年多以来便一直伴随着他，早已熟悉，但每一次袭来的时候，都让他难受若死。他蜷缩在床上，咬着牙，额头上冒出一颗颗豆大的冷汗。

好在这一波头疼只有几分钟，好容易熬过去，鼓鼓喘息着，睁开眼睛。

夜正浓，窗外雨急风骤。树的影子被风动，如同群鬼乱舞，倒映在窗子上。

鼓鼓突然有些害怕，缩进被子，下意识地屏住了呼吸。

走廊里传来了脚步声。

鼓鼓一喜，从被子里探出头来，看着屋门。

但很快，他就意识到有些不对劲了——这脚步声迅捷而轻盈，靠近得很快，无论如何都不像是LW31这个笨拙的机器人能够踩出来的。

鼓鼓连忙去按床头的紧急呼叫铃，但按上去没有反应，他再使劲按，也只是发出一阵空洞的哒哒声。

紧急呼叫开关被人剪断了线。

吱——

病房的门开了。

鼓鼓惊恐地回过头，看到一只黑色的皮鞋踏了进来。

LW31 走下楼，冒雨来到喷泉旁，把风筝取了下来。

雨势更大，如无数根细小的指头在它身上敲打，幸好它的皮肤绝缘防水，不然一定会短路。但它也不敢掉以轻心，毕竟这身体使用多年，难免有缝隙，水渗进去就麻烦了。

它冒着雨回到医院大楼，迎面碰见了巡逻的保安，快乐地跟他们打了招呼，保安没有理会。但这对它的喜悦并无妨碍——在它的图像合成程序里，已经出现了鼓鼓看到风筝后的高兴画面。只这个画面，它身体里的元件就兴奋起来了。

进了电梯，走过长廊，这一切都正常。

直到它推开房间的门，看到里面空无一人。

风筝落在地上，雨水兀自滴落，在地板上洇开。

5

半年后。

“9517 号，陈泽川，”牢房外有人叫道，“出来。”

铁门滑进墙壁里，陈泽川走出去，看到一个又矮又瘦的狱警站在阴影里。

狱警冷声说：“陈泽川，你的监禁期结束了。跟我来。”说完，转身便往外走。

陈泽川迈着步子跟上，走过一条条过道，沿路上，其他囚犯都看着他。半年了，这里的每一个人他都认识，现在他行走在其他人羡慕的目光中，心里却没有一丝喜悦。

是的，姬安走后，他就不知道喜悦是什么感觉了。

拐进一条无人的通道，狱警突然停下了，转身看着陈泽川。

陈泽川也站住，有些不解。

“你别高兴得太早。”狱警突然说。

陈泽川有些摸不着头脑，说：“我没高兴啊……”

“你的监禁期虽然结束了，但评委会对你的评估结果还是不乐观，我悄悄告诉你吧，他们仍然认为你有潜在的威胁社会的暴力倾向。”

“嗯。”陈泽川机械地点点头。

在狱警的预料中，这时候陈泽川应该紧张起来了，但现在他这种呆滞的反应让狱警有些意外。狱警接着说：“所以评委会决定对你进行狱外监管，由指定机器人进行，它会看着你的一举一动。这种监管为期半年，半年后评委会会参考机器人采集的数据，再次评估，如果你没通过，就得再回到这里。你明白吗？”

“明白。”

“所以这个呢，指定什么机器人进行监管就很重要了。”狱警循循善诱道，“如果机器人功能全，兼容性强，就没那么严格。如果给你一个破破烂烂的机器人，你干什么都跟着你，那你就惨了，你做什么都会被记录下来，要通过评估，难啊。”

“我会好好改过的。”

“不是，”狱警硬着头皮说，“我是看你这阵子表现好，才特意跟你说的。我在这里还有点关系，给你打点一下，让他们派一个好点儿的机器人给你，你也少遭些罪。”

“谢谢你。”

“你怎么还不明白啊……”狱警小声说，“疏通关系，还得——你懂的。”

陈泽川恍然大悟，看着狱警那带着谄媚和贪婪神色的脸，突然感到胃里传来一丝痉挛。他强忍着恶心，说：“不用了，该轮到我是什么机器人，就是什么吧。”

狱警一愣，眼睛死死盯着陈泽川，过了好一会儿，才点点头，转身向前走。

一路上，他再也没有跟陈泽川说一句话。

宣判结果跟狱警说的一样，可以出狱，但需要接受指定机器人监管。

评审员宣布完之后，打开面前的监狱系统，页面显示按顺序排给陈泽川的监管机器人，是 POL79——原本是工业用卸货机器人，被征用后，执行过十九次监管任务，成功过十五次。所以在页面上，POL79 的评估后面标着十五颗星。

评审员看了眼页面，点点头，但在宣布指定机器人之前，他习惯性地看向陈泽川身边的狱警。

狱警微不可察地摇了摇头。

评审员明白了，也轻轻点头，手指划过，页面上陈泽川的名字径直滑到底部，与一串简短的序列排在一起。

陈泽川——LW31。

页面上如是陈列着。而 LW31 后面，一颗星也没有。

“9518号，陈泽川，将接受机器人LW31的狱外监管，六个月后进行最终评估。”评审员重重地盖下印章，威严凛凛地宣布。

侧门打开，一个圆头圆脑的机器人走出来，左右看看，一副不知所措的样子。跟其他机器人的金属身躯不同，它的表面覆盖着柔软的白色聚合材料，只是可能用了很久了，满是污渍，有些地方还有破损。

“LW31，愣着干嘛，过去啊。”评审员说，“这是你第二十三次执行监管任务，希望你尽心尽力完成。”

“好的……”机器人LW31停顿了一下，向评审员弯腰，结果脑袋撞到了前面的桌子，发出一声“咚”的声响，“我会努力完成。”

陈泽川的电子手铐被解开，转身走出去，LW31连忙跟上。

在陈泽川走出大门时，狱警突然扬起嘴唇，露出森白的牙齿，看着陈泽川，冷冷地说了两个字：

“再见。”

6

走出监狱的时候，正是傍晚，一轮斜阳垂在西边，照得天空艳红如血。

陈泽川深吸一口气，然后长长地吐出来，向四周看了看。监狱外一片空旷，没有人接他。他突然想起来，入狱这半年来，姬安一次也没来看过他。

想到这里，他垂头丧气地走向空轨站。

“先生你好，我叫 LW31，接下来半年我们就要一起相处了！”陈泽川耳旁突然传来一阵聒噪，“我的前身是家政机器人，什么都会做，可厉害啦。后来为政府工作，一直做监管，虽然目前没有成功过一次，但是这次很有信心。对了，先生你是叫陈泽川吗？”

“你说什么？”

“我是问你的名字。年纪轻轻，耳朵就不好，这可怎么——”

陈泽川打断他，“不，我是问，你前一句说的，一次都没有成功是什么意思？”

“就是我监管的犯人，每次都是很不舍地只过了一两天就把我送了回去，后面他们一个都没有通过审核呀。”LW31 轻快地说，“怎么了，你好像很紧张的样子？放心啦，又跟你没关系。”

“怎么可能跟我没关系！”陈泽川扑上去，掐住 LW31 的脖子，吼道，“你执行了二十三次监管任务，没有一次通过后面的评估，那我肯定要成为第二十四个没通过的了！”

“你为什么不能成为第一个通过的呢？”LW31 反问道，停了下，“另外，你觉得你掐一个机器人的脖子，会有用吗？”

的确，陈泽川掐了半天，发现除了自己的手有明显变形，LW31 却丝毫无损，于是悻悻放开，转身往回走。LW31 连忙跟上。

他们的影子被斜阳拉得很长。

回到家已是夜里。

半年没住，门锁都迟钝了，门禁系统扫描了四五次虹膜才把陈泽川给识别出来。门一开，一股灰尘迎面扑来，让他呛了好几嗓子。

陈泽川身心俱疲，扯了沙发套，扔在一旁，直接就躺在沙发上了。他瞪着蒙尘的天花板，脑袋里开始回忆姬安在这间房子里时的场景。

但 LW31 打断了他安静的回忆。

“哇咔咔，你确定这是你家？这怎么能叫家呢，这简直是垃圾场啊！”LW31 四下里打量，在各个房间里转来转去，“我都不敢把我的脚放在地上！哎呀哎呀，你看，这么多碗没洗，生虫了都！脏衣服堆成山了怎么也不放进洗衣机里呢？咦，这只臭袜子里怎么还有一根牙刷？锅铲为什么会放在枕头下面呢……唉，你这日子过的……”

陈泽川躺在沙发上，动也不动。LW31 一会儿大呼小叫，一会儿唉声叹气，声音在屋子里回荡。要是往常，陈泽川肯定会觉得特别聒噪，但现在，不知为何，他突然觉得有些……温暖。

大概，是因为这声音让屋子里有了生气吧。

牢狱归来，独自一人，空屋蒙尘，如果连这种时候都只能自己躺在静悄悄的房间里，那安静肯定会催生出孤独，孤独里面又会长出疯狂的藤蔓，将他缠绕得几近窒息。

LW31 依旧喋喋不休。陈泽川闭上眼睛，它的声音一下子模糊起来，像遥远的风声。沉沉睡意蔓延而上，四肢酥软下来，很快就陷入了昏睡。

这一觉睡得很甜，醒来时天已经黑透了。他揉着眼睛站起来，左右看看，突然又伸手使劲揉了揉眼睛，再睁开，才敢相信眼前的事实——

这个屋子，从没有像现在这么干净过，甚至干净得都变得陌生了！

满屋子的灰尘一粒都不见了，地板被擦得反光，衣服晾在阳台上，长长短短，井然有序，桌上的杯盏笔纸钥匙都整齐地摆列着……仿佛有人施了魔法，一只无形的手掌掠过，把房间像抹平褶皱一样变得如此整洁。

“怎么回事？”

厨房里传来一阵的叫嚷：“还怎么回事？我实在忍不下去啦！要是在这种垃圾场监管你，别说半年，不到三天我就要生锈、发臭！”

“所以，这这这是你干的？”

“哈哈哈哈，”LW31 得意地说，“怎么样，还满意吧？我跟你说，你家是工具太少了，要是齐全，别说打扫了，我还可以给你家地板上打一次蜡。”

陈泽川仰头看了看钟表，难以置信地说：“不可能！我才睡了半个小时，你不可能半个小时内就把整个家里收拾了一遍。”

LW31 跑出来，看着陈泽川，义正言辞地说：“请不要侮辱我！我在为政府效力之前，是家政机器人，我参加过小区内务整理大赛，获得了第三名！你不信吗，不信我把奖状拿——”它顿了顿，语气突然低落下去，“奖状在主人家里，我可能再也回不去了……”说完，它垂头丧气地走进厨房。接下来，它不再喋喋不休了。

陈泽川没有留意到 LW31 的变化，在屋子里四下打量，啧啧称奇：“不错不错，连这个缝隙里的灰尘都扫掉了……嗯，书都摆得很整齐嘛，还知道分类……哟，你这锅碗瓢盆放的，居然还有艺术感……枕头也洗干净了，好——等等，我的抱枕呢？”

“噢，你说那个海绵宝宝抱枕？”LW31 弯腰洗碗，头都没回，“太脏了，又被老鼠咬得破破烂烂，我给扔了。”

“扔哪儿去了！”陈泽川突然吼道。

LW31 被他突然爆发出来的愤怒吓到了，迟疑了一瞬间，回道：“楼下的垃圾桶……”

陈泽川连忙跑下去，但刚打开垃圾桶，只见里面空空如也——垃圾桶底部有履带，自动将垃圾分类、运走，而履带通往的，是小区外的垃圾集装箱。他立刻一路跑到集装箱，夜黑雾重，一片幽暗中，他看到一个衰朽的机器人正弯腰在集装箱拣拾着什么。

“喂，你看到我的抱枕没有？”他走过去，朝集装箱里面看了一眼，只见一片黑黝黝的，要找到抱枕，难于海底捞针。

“没……没有……”机器人浑身锈蚀，摇着头，又发出了尖锐了摩擦声，“没有抱枕……”

陈泽川这才发现这个机器人有些眼熟，想了想，记起来半年前见过它和一个老奶奶慢吞吞在小区外的街上路过。因为他们都太过年老，所以留下的印象很深。

“找不到了……”陈泽川一屁股坐在地上，喃喃地说，“安安留下的唯一纪念，就这么不见了……”

他失魂落魄地回到家里，坐在沙发上，目光空洞。LW31 像是做错了事的一样，站在一旁，手足无措，过了很久才鼓起勇气说：“先生，你——”

“你出去！”陈泽川伸手指向门外。

“可是……”

“滚！我终于知道面前那二十三个人为什么要把你送回去了！还不舍？明明是厌恶！滚！滚得越远越好，我再也不想看见你了！”

LW31 耷拉着脑袋，说：“哦，好吧。虽然我见不到你的话，半年以后你的评估肯定通不过，但我尊重你。”说完，它转身便走。

“等等……你、你站住！”陈泽川环视一圈，“你去阳台上吧。”

LW31 走到阳台上，刚转过身，开口问：“然后呢？”陈泽川一把将阳台的玻璃门拉上，“咯”的一声反锁住，隔着一道玻璃，他恨恨地说：“你现在看得到我吧！那你就在阳台上，不准踏进来一步！”

后来，那晚下了雨，先是雷声隆隆，继而闪电把黑夜变成白昼，最后是如瀑大雨冲刷世界。陈泽川在沙发上睡得迷迷糊糊，突然听到阳台上传来一声呜咽。

这声呜咽阴惨惨的，在这样的雨夜里，直如荒坟鬼哭一般，将陈泽川的睡意赶跑得无影无踪。他只觉得遍体生凉，一下子醒过来，向阳台看去，恰好一道闪电劈开浓浓夜色，照亮了阳台上站着的人影。

“啊！”陈泽川吓得一声惨叫，摔倒在地，然后一个翻身跪下，连连磕头，“冤有头债有主，别找我啊！我老实巴交的，从没做过坏事，小时候就是“三好学生”，长大了扶老奶奶——咦，是你？”又是一道闪电，他终于看清了，站在阳台上的，是那个来监管自己的机器人 LW31。

客厅的灯亮了，照在了 LW31 身上。LW31 抱着肩膀，有些哆嗦，两只多硅晶眼睛黑漆漆的，反射着灯光，细细碎碎，像是在流泪。

“咳咳……”陈泽川爬起来，干笑两声，“那个，我有骨质疏松，尤其是睡久了之后腿没力气，不容易站稳——喂，我说，你三更半夜不充电休眠，阴森森盯着我干嘛？”

“先生……”这个机器人的声音竟然在颤抖，“先生，求求您，让我进屋子里吧。”

陈泽川冷笑一声，“你把姬安留给我的唯一纪念丢了，还想进屋来？不可能！”

“先生，下雨了……”LW31 把脸贴在玻璃上，哀求道。

“下雨又怎么样？”陈泽川坐在沙发上，翘起二郎腿，浑不在意地说，“下雨很好啊，我喜欢下雨。”

“可是我害怕下雨……”

陈泽川像是听到了笑话一样，哈哈大笑起来，“害怕？你是出故障了，还是打开了什么幽默软件？你们机器人怎么会害怕呢！不过是铁皮罐头里塞了几根电线，就真以为自己有脑子了？”他想起追姬安时被 AI 警察拦住，导致进了监狱，越说越气，“你们这些机器人，死板、单调，还人工智能？我们都不知道怎么当一个人，你们这些铁疙瘩能懂？疆域公司还打广告，说什么你们机器人是人类最好的伙伴。我呸，我们最好的伙伴，不是机器，是狗！想起来真是讽刺啊，我因为打机器人进了监狱，现在居然派一个机器人跟着我——算了，一想就气！你别烦我了，老实在阳台上呆着吧！”

接下来，不管 LW31 怎么哀求，陈泽川都充耳不闻，后来干脆塞了耳塞，兀自沉沉睡下。

这一整晚，LW31 都蜷缩在角落，在雷雨声中瑟瑟发抖。不时有雨水溅到它身上，每溅一滴，它就会哀鸣一声。

第二天早上，陈泽川打开阳台门后，它站起来，郑重地对他说:“先生，接下来，我会如实记录你的言行，作为半年以后的评估参考。希望你好运！“

“你似乎很恨我？”

“是的，我要是有牙齿，一定恨你恨得牙痒痒了。但我没有牙齿，我只有眼睛，”它把食指和中指放在自己的两只眼睛下面，然后调转方向，对准陈泽川，做出“老大哥正看着你”的手势，“所以我会好好盯紧你！”

7

接下来，LW31 果然如影子一般，陈泽川走到哪里它就跟到哪里。

陈泽川刚从牢狱归来，也没什么朋友，更提不起劲做别的事，每天只是在床上睡觉。

LW31站在床边，直勾勾地看着他。

“你滚！”陈泽川被看得浑身不自在，“你这么看我，我瘆得慌。”

“先生，不能再睡下去了，我建议你出去找一份工作。”

“不想找。”

“那你可以运动，或者看书——你们人类不是常说，身体或灵魂，总要有一个在路上吗？”

“我的身体和灵魂，现在都只想在床上。”

“可是，这种消极的生活态度，不利于你通过评估。”

陈泽川不耐烦地说：“你不是很恨我吗，怎么还提醒我？”

“我可不跟你们人类一样记仇，更何况，我有责任提醒你，必要的时候还可以督促你。”

陈泽川干脆不理它，用枕头蒙住头，翻过身继续睡。

“唉，你们人类这么喜欢躺着，怎么却进化成直立行走的生物了呢？”LW31一边唉声叹气，一边按下了胸前的按钮，一阵雄壮的歌声便从它嘴里冒了出来。

第一首是《劳动进行曲》，又快又急，陈泽川捂住了耳朵。曲声方歇，第二首《命运交响曲》又立刻响彻房间，陈泽川咬着牙，恨得浑身颤抖。第三首又变成了《欢乐颂》……

它这么一首接着一首地放，声音无孔不入，陈泽川的睡意消失无踪。他不想向这个讨厌的机器人服软，强忍着缩在被子里，死活不出来。

但他很快就认输了。

因为到第十五首时，LW31突然放了一首老歌。“出卖我的爱，逼着我离开……”歌声响起来的一瞬间，陈泽川浑身一哆嗦，连忙起床投降。

后来陈泽川发现一个规律——当自己做的事情是对的时候，LW31 的眼睛就会放大，黑色多硅晶像深潭一样透亮；而一旦他的行为不满足监管标准，LW31 眼眶外围就会紧缩，让眼神显得锐利。

比如他坐在空轨上，车厢里没有空位，一个老年人站在陈泽川身旁，颤巍巍地扶着吊环。这时，LW31 的眼睛就会收缩，冷冷地盯着陈泽川。

陈泽川左右看看，周围确实没有空座，便站起来把座位让给了老人。LW31 的眼睛明显地舒张了些。

到了下一站，一个长腿短裤露出纤腰的姑娘上了车，老人眼睛一亮，连忙站起来，把座位让给了姑娘。

于是，陈泽川、LW31 和老人都拉着吊环，三个人面面相觑，一时间有些尴尬。

陈泽川家对门是一家三口，两口子经常吵架，一吵就摔东西，乒乒作响。

陈泽川刚开门，就看到对门七岁的儿子蹲在门口，正默默地抹泪。他正打算路过，发现 LW31 的眼睛又收缩起来了。

“又怎么了！”他怒道，“别人家的家事也要管吗！”

LW31 朝男孩努努嘴，小声说：“家事不好管，但这个男孩现在很伤心，你应该去安慰他。这有助于你——”

“行行行！”陈泽川打断他，“我知道有助于我通过评估。哎，什么都听你的，难道我真要变成一个好人了吗！”他一边抱怨，一边蹲到男孩身边，柔声问道，“嗨，你怎么了？怎么在这里哭呢？”

男孩说：“我爸妈在里面吵架……”

陈泽川果然听到了屋里传来的吵架声，心疼地摸摸男孩的头，说：“唉，你爸妈吵架，你就难过得哭起来，真是懂事……没事的，他们很快就会好的，来，笑一个。”

“不笑……”男孩抽泣着说，“我刚刚就是因为笑出声来，才被他们打得哭起来的。”

“……”

LW31 也凑过来，问：“那你为什么要笑呢？”

“因为他们一吵架家里就要换新电视机了，我一想到这个，就高兴得手舞足蹈。他们本来各吵各的，我一笑，他们就联手来打我……”

陈泽川和 LW31 站起来，同时啐道：“活该！”

有一天，电梯坏了，陈泽川本来想打发 LW31 去买菜，但 LW31 坚持要他也出去活动。他只得不情愿地一层层下楼梯，每下一个台阶都小心翼翼地扶着栏杆，生怕摔倒。但 LW31 步履轻快，每一次都嗖嗖嗖快步下到楼底，然后看着陈泽川慢腾腾走下来。

“先生，你胆子大一点嘛。”它有些不耐烦。

“废话！你有平衡感应系统，不会摔倒，摔倒了也不怕！我这细胳膊细腿的，当然要小心些。”

“可是你们人类的小脑也有平衡功能，你不用，恐怕脑袋要退化啊。”

这说得有些严重，陈泽川觉得不能被一个机器人小看，咬咬牙，放开护栏，一步步往下踏，果然快了很多。

“是吧！这样才对嘛！腿可是人类从海洋进化的标志，还是要多用用！”

陈泽川越玩越开心，加快了不少。LW31 却更快，每次都比他更早到楼底。

“不能输给你！”他恨恨地想，然后加快步伐，结果脚一歪，啊呀呀地滚下楼去。

LW31 还兴致勃勃下楼梯，突闻身后风声，原来是陈泽川滚落下来，非常迅速地到了楼下。

“先生，”LW31 肃然起敬，“原来你可以这么快，厉害！”

陈泽川趴在地上，脸色铁青，额头沁出豆大汗珠。

“先生，你不要谦虚了，我承认你下楼快，太厉害了！”LW31 蹲在他身边，满脸都是敬佩。

“我的——手！”陈泽川忍了好久，颤抖叫道，“快送我上医院！”

8

陈泽川躺在医院里，身上有多疼，心里就有多恨。在 LW31 的监管下，这日子真是没法过了，但似乎已经过去很久了，应该不用再忍受多少时间了吧。

“喂，我这个为期半年的监管是不是快要结束了？”他问床边站着充电的 LW31。

“是的，”LW31 点点头，“先生，马上就到头了。”

陈泽川心里一喜，连忙问：“还有多久？”

LW31 停顿了一下，在系统里查了查日期，不到一秒便开口说：“恭喜你，先生，只有一百六十五天了。”

“什么！”陈泽川一下子从床上坐起来，身上伤口被牵动，顿时疼得呲牙咧嘴，“一百六十多天还叫马上结束！”

“这确实是很短的时间啊。有时候我被关机，再打开的时候，就是好几年后了。对我们机器来说，时间只不过是数据变得冗余，身上的灰尘积得更厚。”

不知道为什么，它的话里有一丝悲凉的味道，让陈泽川满心的怒火莫名地熄灭了。他又躺下来，自言自语道：“为什么我感觉已经过了很长时间呢？”

“这大概就是你们常说的，度日如年吧。”

不行，再这么过下去，自己肯定要疯掉。陈泽川转过身，背对LW31，心想得赶紧解决掉这个麻烦。

这时，医院外响起一阵喧哗。陈泽川看过新闻，知道这是失业工人对疆域公司发起的抗议。从半年前开始，抗议活动一直陆陆续续举行。这家医院外正好有一家疆域公司零售店，现在那里又聚集起来一群失业工人，他们拉着横幅，喊着喇叭，一片嘈杂。陈泽川正想着对策，被这喧哗声打断思绪，骂了声脏话，正要翻身，心里突然“咯噔”了一声。

有了！

下午时候，陈泽川办了提前出院手续。他的手臂上缠着绷带，和 LW31 一起走出医院。

外面阳光炽烈，失业示威人群越来越多，在阳光下火气更大了，不断地叫喊着。一批警察守在不远处，警惕地戒备着，但只要失业人群不诉诸武力，他们就按兵不动。两拨人保持着微妙的平衡。

这平衡马上就要被打破了。

陈泽川带着 LW31 走向销售中心，LW31 边走边问：“先生，回家不是这个方向呀，你是不是伤到脑子了？要是伤到脑子，我们还得回医院。”

陈泽川心里一阵冷笑，嘴上却说：“我想去买一点吃的。”

“哦。”

他们走到了游行的人和警察中间。

示威人群本来在和警察对峙，但陈泽川和 LW31 走到街道中间后，两拨人的视线都汇聚过来了。尤其是示威人群，人们的抗议声渐渐低落下来，一双双血红的眼睛盯着 LW31，似乎要喷出火来。

“咦，先生，”即使是没心没肺的 LW31，也感应到了气氛的肃杀，战战兢兢地问，“他们怎么都看我们啊？”

陈泽川心里想着千万不能露馅，长吸口气，装傻道：“不知道啊……可能是因为你比较好看吧。”

“那倒是有可能，我这个型号的外形设计，可是经过了一年多的——”

它的话还没说完，四五个男人就围了过来。他们穿着蓝色工装，看样子像是搬运工——机器人普及后，最先被机器人取代的工种。

当先一个粗壮男人推了陈泽川一下，吼道：“你很有种啊，看不到我们在这里反机器人吗，你还敢带机器人过来？要挑衅？”

后一个瘦弱男人连忙拉住他，暗暗指向警察那边，说：“雷子叔，你别冲动，警察盯着呢！”

粗壮的雷子叔说：“看着又怎么样！他敢来挑衅，我就敢把他的另一只手给折了！”

在几个人的怒目中，陈泽川连忙举手，说：“大哥，你别误会，这个机器人跟我可没什么关系。”

“你是说，这个家政机器人，不是你买的？”瘦弱男人眼珠一转，说。

“当然不是，这个型号这么老了，我怎么会买呢。”

瘦弱男人点点头，又远远看了警察一眼，说：“你们听我说，我们要理性表达心声，不能做出过激行为。但是呢——”他话锋一转，阴森森盯着LW31，“但是这位先生说，这个机器人不是他的。那么，我们只要不侵犯这位先生的财产，肯定就是合法的了吧。”

这句话里明显有漏洞，却是陈泽川巴不得听到的话，他连忙点头，说：“你们随意，你们随意。”说完便转身走向另一边。

LW31一直发愣，此时下意识地跟着陈泽川，但刚走出一步，就被几个工装男人拦住了。“想走？”瘦弱男人冷笑一声，“把他抬到门口去。”雷子叔应了声，一把扛起LW31，走到了疆域公司销售点门前。

其余示威者看到他扛回了一个机器人，顿时蜂拥而来，喧闹声如水沸腾了一般。

这一幕落到了远处的警察眼中，一个年轻警察握紧了电警棍，问：“要不要过去把这个机器人救出来？”

他旁边的年老搭档摆了摆手，一口抽完了烟，慢慢吐着烟雾，说：“救这个机器人干嘛——你看它的主人都走了，我们去，不是没事找事吗？怎么，你嫌事情小，想搞大？”

年轻警察连忙摇头，又看了眼示威人群，忍不住说：“那这个机器人，我们就不管了？”

“让他们去吧，这些人哪，工作被机器人抢了，心里有怨气。其实他们也知道抗议没什么用，疆域公司这么的大企业，都抵得上好几个国家了，会怕他们？”老警察又抽支烟，“让他们发泄一下吧，发泄完了就没事了。再说，机器人也——”他深吸口烟，看向右边，叹了口气。

顺着老警察的目光，年轻警察看到了一排AI警察，蓝色钢骨外露，全身武装，正盯着示威人群。他顿时明白了老警察后面没说完的话——迟早有一天，警察这个职业也会被机器人完全取代，说不定到了那一天，他们就会站在示威人群那一边去了。

想到这里，他也有些心灰意冷，松开了警棍，看向远处的人群。

人群里，LW31 正被包围着，工人们群情激奋，它只能看到一张张扭曲的愤怒的脸。这些脸在吼叫，他们的声音经过传感器传输到 LW31 的处理器上，被翻译成了一句句咒骂和嘲讽，还有很多被系统屏蔽的脏话。这些话语每一句都会引起语言系统的敏感。嘟嘟嘟，嘟嘟嘟，它体内不断传来轻微的警报。它从未面对过这种场景，手足无措，只能四顾寻找陈泽川。

但它的目光寻遍了一颗颗愤怒的脑袋，也没有看到那个熟悉的人。

它这副笨拙呆板的样子让人群更加起劲，瘦弱男子举起手大喊道："这些机器人造出来不就是为人类服务的吗？那就让它为我们发光发热吧！"

人们更加激愤，满脸通红，大声叫好。有人提来了一个金属桶，递给瘦弱男人，说："老皮，给你！"

老皮一下拉开拉环，说："都躲开！"

LW31 身边的人迅速散开，空出一个至少三四米的空地。LW31 顿时感觉安静和空旷了一些，刚才身体里的不适感也消失了，于是向四周的人弯腰，说："先生们，感谢你们……"

老皮没有理会他这奇怪的举动，提着桶向 LW31 泼来，里面的液体淋了它一身。

空气里顿时弥漫出刺鼻的味道。

"这是，这是混合烃类液体，"LW31 体表的传感器很快分析出了液体的成分，再次发出警报，"先生们，这种液体很危险，你们要小心，离明火远一点儿。"

话音还未落，老皮就掏出了火机，按下，一朵火焰在午后阳光下绽放出来。

“先生们，请赶紧散开，我身上的液体遇到明火后会剧烈燃烧，可能会伤到你们。”LW31 紧张地说，“快散开呀！”

而周围的人群都冷眼看着它，像是围观一个小丑。

老皮见警察仍然无动于衷，心里有了底气，哼了声说：“让我们来听听机器人惨叫的声音吧！”说完，他把火机向 LW31 扔过去。

那一刻突然变慢了，仿佛时光凝固。

火机在空中翻滚着，喷汽火焰发出“哧哧”的声音，LW31 身上的汽油在流淌。它仰起头，眼中充满迷茫和不解。

这时，一只手伸了过来。

陈泽川其实已经走开了。

他的计划很成功，事实上，他自己都没有想到这么轻易就能摆脱掉 LW31。即使 LW31 的存储硬盘被找到，调出影像记录，也只会看到陈泽川带着它走过街道，一群暴民冲上来带走了 LW31，而他离开只不过是为了自保。

这是突发情况，他的反应是完全合理的——LW31 本身确实不是他买的。

所以他心情大好，甚至哼起了歌：“出卖我的爱，逼着我离开……”刚唱一句，他就愣住了，“咦？”

这首几十年前的老歌，是 LW31 为了激励他起床放出来的。

他摇了摇头，把脑袋里奇怪的念头甩出去，但刚走几步，身后传来了 LW31 跟人道谢的声音。

“先生们，感谢你们……这是，这是混合烃类液体……先生们，这种液体很危险，你们要小心，离明火远一点儿……”

在一片嘈杂中，LW31 那机械的、带着明显拘谨意味的声音穿过炙热的阳光，准确传到陈泽川耳中。

真是愚蠢！陈泽川冷笑着，别人要烧了你啊，就算你是机器人，汽油一烧起来，还是会融化表层材料，烧坏电路，芯片在高温中碎裂……你还跟人道谢，还让他们走远一点？简直是蠢到家了！

这么边走边想，眼前就是街道拐角，只要拐出去，很快就能进空轨站，回到家过上自由生活。哪怕警局追究起来，都可以推说是 LW31 被别人毁了，跟自己无关，法院也拿自己没办法。

但是，他的脚在迈过去之前，突然停下了。

他扭头，看到人群中慌乱无措的 LW31，这个机器人迷茫地四处看，似乎在寻找自己。四周的人虎视眈眈，脸上表情凶恶，它站在中间，像是群狼环视下的羔羊。

这一刻，一些画面如电影放映般在陈泽川脑中掠过——LW31 吵自己起床时的纵情高歌，脑袋还跟着旋律时而昂扬时而低垂；雨夜时，它站在阳台上的瑟瑟发抖；提到时间在它身上轻易流逝而过，它语气中隐隐透着的悲凉……

“啪！”陈泽川把自己扇了一耳光，暗暗提醒自己——它只是一个机器人，刚才脑袋里出现的所有行为全是按照程序做的，本质上跟一个马桶塞没有区别。

“马桶塞、马桶塞……”陈泽川嘴里不停念道，正准备拐出这条街，突然又扇了自己一耳光，“但是，哪有这么蠢的马桶塞呢！”

说完，他转身往人群方向狂奔而去。

一只手伸过来，拉了一把 LW31。

LW31 一个趔趄，险些摔倒，但也避开了火机。火机在空中划过一道弧线，落在地上，火焰熄灭了。

“先生，你——”LW31 高兴地说，但转过头，又立刻愣住了，

“你是谁？”

把它拉开的是一个年轻女孩。

女孩衣着简单，牛仔裤加紧身T恤，皮肤白皙，明眸皓齿，正拉着LW31的手，警惕地看着人群。

这时，陈泽川也挤了进来，看到LW31和女孩站在一起，也愣了一瞬，疑惑道:“这么快你就有新朋友了？”

女孩呸了一声，说:“新朋友？难道你把自己算作他的朋友吗！哪有人会故意让朋友陷入危险然后抛弃朋友一个人逃走呢？”

LW31说:“这位朋友，事情不是这个样子的，先生只是要过来买东西，他并不知道有危险。”

陈泽川连忙点头:“是啊，我什么都不知道。”

女孩说:“你这话也只有这个傻子会信！”

LW31咳了一声，说:“请照顾我的自尊心。”

陈泽川说:“那我现在不是回来了吗！”

女孩和LW31同时说:“算你还有点良心。”

陈泽川怒道:“LW31，你别瞎掺和！对了，你，你到底是谁？”

女孩说:“我是路过的，是谁跟你没关系！”

LW31说:“也不能这么说，现在我们三个站在一起，概率很低，缘分很高。不如这样吧，你把联系方式给他，大家以后可以多参与这样的活动。”

女孩说:“你是不是给它下载了什么宅男程序，还能帮你泡妞？“

陈泽川连忙说:“我可没想泡你。”

LW31说:“他想！他看你的时候心跳加速，瞳孔放大，是求偶的应激反应。”

陈泽川急道:“胡说！这只是看到美女的正常反应。”

女孩点点头：“谢谢。那你想要我的联系方式吗？”

陈泽川犹豫了一下：“其实吧，多交个朋友也是好事。”

“够了！”一声怒喝打断了他们的对话——是那个瘦弱的老皮发出来的，他捡回火机，火焰在他手上再次窜出，“你们两个，赶紧让开！”示威人群也围了过来，饿狼般盯着他们三个。

“各位大哥，”陈泽川讨好地说，“这个机器人是我买的，你们要是烧了它，我可怎么办哪？大哥们手下留情，冤有头债有主，去找疆域公司吧。”

“你刚刚不是说这个机器人跟你没关系吗？”老皮狐疑道。

“我忘了。”

“不可能，你是手受伤了，又不是脑子受伤！”

陈泽川一咬牙，谄笑着说：“大哥，是这样的，我这人本来就脑袋有病，经常忘事，所以需要机器人来照顾。”

他身边的 LW31 和女孩连忙点头，同时说：“嗯嗯，是的，他脑子有问题的。”

陈泽川的牙齿咬得咯吱咯吱响，但不好发作，只能继续对着老皮傻笑。

“你是把我当傻子吗？”老皮怒道。

LW31 和女孩连忙点头，同时说：“嗯嗯，是的，他把你当傻子。”

陈泽川和老皮转头看向他们，同时说：“你们闭嘴！”

老皮又骂了句脏话，对身后的示威人群大喊：“这些机器人抢走了我们的工作！我们要是不做点什么，只是在这里徒劳地喊，是不会让疆域公司注意的，我们的赔偿就不会有结果。现在，我们就焚烧这个机器人，要让他们看看，机器人到底是不是无所不能的！”

人群被调动起来，呼应声如海潮。

“拉开这两个人，我们来点火！”

人群迅速朝陈泽川三人围过来，女孩一把推了下陈泽川，急声说：“愣着干嘛，跑啊！”陈泽川连忙拉起 LW31，挤开几个人朝外跑去。远处的警察见到形势混乱，吹了声哨，一窝蜂也冲了过来。

混乱中，陈泽川拉着 LW31 跑到了街对面。他回头一看，人影纷杂，已经看不到女孩的身影了。

9

回到家后，气氛很是凝重。

陈泽川坐在沙发上，LW31 蹲在厕所旁。窗外夜色沉淀，起了风，像是要是下雨的样子。

陈泽川突然说：“对——”

LW31 说：“谢——”

这两个字同时响起，他们连忙停下，对视一眼，依旧有些尴尬。

“没关系。”

“应该的。”

又是同时说完，沉默了一分多钟，两个人突然同时发出一声轻笑。屋子里的凝重和尴尬一扫而空。

笑完后，陈泽川掏出一张晶片卡，递给 LW31，说：“去，给我买点吃的回来。”

LW31 接过来，问：“你要吃什么？”

“什么都行，能吃的就可以。跑了一路了，肚子饿得很。”

LW31点点头，捏着晶片卡出了门。五分钟后，陈泽川看到它手里提着一包盐回来了。

陈泽川鼓起余力，扑了上去："我杀了你！"

后来LW31又下去买了菜，下厨做了顿饭，陈泽川才在菜香四溢中原谅了它。

在客厅里，陈泽川啧啧吃饭，LW31接通了电源。两人一边"进餐"一边看电视，还时不时吐槽全息银幕里的节目。

LW31看得格外专注，陈泽川发现，每当电视里出现人类表达情感的时候，它的眼睛就会变化——如果是表露爱、同情、善良这些正面情绪，眼睛就会微微舒张，而仇恨、嫉妒和鄙视这些行为会让他的眼睛收缩，多硅晶材料的光泽明显黯淡。

遇到了某些不理解的行为，它还会问陈泽川，比如看到男女拥抱接吻，就会非常好奇。

"这些啊，就是我们互相鼓励、互相爱护的方式。当你拥抱一个人的时候，彼此的心就会离得非常近，这个时候呢，很多话都不必说出来，对方都能明白。至于接吻呢，嘿嘿，嘿嘿……"

"先生你为什么笑得这么——放荡？"

"胡说！反正我们人类经常会用这些行为来表达感情。"陈泽川吃得满嘴都是食物，一边咀嚼一边说，"不过说了你也不懂，机器人是不会理解我们的感情的。"

LW31不屑道："有什么难懂的，不就是激素分泌水平的高低而已吗？"说着，它换了电视台，广告；又换，是时装剧；又换了个台，新闻台，再换一个，综艺节目。

"等等！"陈泽川突然放下筷子，说，"刚刚那个台，换回去！"

LW31调回新闻台，发现是记者正在采访疆域公司高层。今年疆域公司又推出了一款新的旗舰机器人 LJ 型，市场份额进一步扩大，但同时造成的社会问题也引起了关注。

被采访的是一个三十五六岁样子的男人，穿着竖条纹衬衫，在镜头前面露微笑，但微笑中带着无法忽视的强势。记者正提到这几天出现的示威活动，男人不假思索地回答："其实关于这件事，公司已经发了内部邮件，我们都不能对外发表看法。但是我听说今天下午情况已经失控，示威人群跟警察起了冲突，所以，我还是要简单说一下——毫无疑问，每一次科技的进步，都会让少部分人的处境发生改变。我留意到参与这次示威活动的主要是从事重体力劳动的人，现在他们的工作被机器人取代了。但不可否认的是，机器人从事这些职业，从成本、效率、准确性和安全性上都比原来要好。所以只要原来的公司对他们进行了合法的解约程序，那我们就没有什么可被指责的。我建议这些人重新学习，机会很多，疆域公司就有很多岗位虚左以待——欢迎他们投简历。"

他最后这句话拖长了声音，带着明显的调侃，让记者都忍不住嘴角上扬。全息画面里一直悬浮着提示文字，"疆域公司研发部总经理——顾如凯"——这表明，这个叫顾如凯的男人已经跨进了疆域公司的权力核心。

但不知为什么，尽管顾如凯表现得既强势又儒雅，有立场又幽默，但 LW31 一看到他，眼睛就会收缩，仿佛仅仅从全息画面里就嗅到了恐惧的气息。

它不安地扭过头，发现陈泽川正痴痴地盯着屏幕，目光却不是顾如凯，而是顾如凯身后的人。

一个女人。

"先生，你认识她吗？"

陈泽川没有回答，但他的呼吸明显加重了——这个女人，是姬安，离他而去的爱人，曾经也是他生活的全部。

姬安还是跟以前一样，仿佛这半年的时光没有在她身上留下任何痕迹。唯一的变化，是她更加美丽了，化着精致的妆容，身上穿着剪裁得体的职业裙，整个人身上都散发着光。

陈泽川再看向镜子里面的自己，蓬头垢面，胡子拉碴，与全息影像里的姬安简直是两个世界里的人。

他颓然叹息一声，招招手，让 LW31 把电视关掉。

在全息光影如长鲸吸水般消失前，陈泽川看到了最后的一幕——顾如凯回答完记者的提问后，回头看了姬安一眼，姬安迎上了他的目光，微微一笑。那一瞬间很快消失，但陈泽川还是发现了她眼里藏有柔情，笑里带着钦慕。

他觉得无比熟悉——从前，姬安总是对自己露出这种表情。

后半夜时候，陈泽川突然从床上坐了起来，发出一声呜咽。

“先生，怎么了？”LW31 按开了灯，发现陈泽川脸上满是泪痕。

“你把灯关上。”

灯关了，黑暗挤满了屋子，屋外夜雨轻柔，雨点敲着窗子，沙沙不绝。

重归黑暗，陈泽川的眼泪肆无忌惮地流出，他本来想逞强说没事，但一开口，声音就带着哭腔了：“我好难过……”

“哦……”

“我难过你不应该劝我吗？”

LW31 说：“我只是一个家政机器人。我的行为模式里没有安慰成年人这个功能，我只安慰小孩子。”

“对了，你怎么会从家政机器人转到为政府服务呢？”

“我被我的主人卖掉了……”LW31 停下来了，两个人在黑暗和沉默中坐着，过了好久。

“哦……”

“想起这个，我的运行有一点点迟缓。先生，这个时候你是不是要安慰一下我？”

“我不知道怎么安慰一个机器人。”陈泽川的声音里带着歉意，但很快反应过来，呸了一声，“你根本不需要安慰！你根本不会难受！”

“是啊，但我的程序运行起来变慢了，线路传递信息也有迟滞，处理器不发热了，反而温度变低了。”

“你这是故障。”陈泽川叹了口气，又说，“对我们人类来说，不管是故障还是难过，都可以用一样东西来解决。”

“爱？”

“呵呵，你电视剧看多了，是这个——”陈泽川翻箱倒柜，找出一个瓶子，“酒！”

LW31 苦恼地说：“可是我是机器人，喝酒会让我短路的。”

陈泽川一想也是，但他一个人喝酒也实在没意思，想了会儿，说道：“那有什么办法能让你有喝酒的效果呢？”

“你是说，类似于人类神经麻痹、身体机能降低、胡言乱语、失去理智，最后失去意识的那种效果？”

陈泽川想反驳，但转念一想，只能承认：“是啊，就是这种效果。”

LW31 想出的办法，是触电。它的指尖伸出一根细针，本来是用来缝补衣物的，但现在放在开关插口上，刚插进去一下就听到电流声吱吱作响，身上闪出噼里啪啦的火花。

“咦！”LW31 打个哆嗦，声调拔高，“好爽！”

于是，接下来，陈泽川喝一口酒，LW31 插一下开关。酒渐浓，电渐烈，两人的话也多了起来。

“唉，当初姬安多喜欢我呀，”陈泽川语气有些模糊，“她会蜷缩在我身边，像个兔子，呸呸，这个比喻不好……反正像个小动物一样吧。她在外面那么强势，在我面前才会卸下防备，像个小孩子。”

“唉，小孩子……”LW31目光痴迷，把指尖的针插进开关，滋滋响起，“我当初也就是照顾小孩子啊。鼓鼓，太可爱了，脸上红扑扑的，我一看到他，就决定要好好照顾他，等他长大，亲眼看着他去读书，去找一个大眼睛的姑娘谈恋爱。”

“是啊，我们谈恋爱谈了很久，我以为会一直这么谈下去，但是，我好难过，我想哭……但是她慢慢变心了，或许是我的错吧。我不能给她想要的生活，爱情啊爱情，好好的感情就是这么变坏的。”

“鼓鼓的身体也慢慢变坏了，我在医院里照顾他，但是，先生，但是我弄丢他了……”

“我也弄丢我的安安了……”

两人沉默了一会儿，然后一个咕咚咚灌酒，一个不停地插开关。黑暗中火花一闪一闪。

“我是在下雨天弄丢鼓鼓的，在医院的病房里，为了捡一个风筝，我离开了病房，再回来时鼓鼓就不见了……主人很生气，把我卖给了法院。唉，不知道鼓鼓现在怎么样了……他身子不好，要按时喝牛奶的。”

“他应该已经——”后面的话陈泽川没有说出来。

“嗯嗯，应该被好心人捡到了，只是没办法送回来。”LW31目光灼灼地看着陈泽川，“先生，你说是不是？”

在他的目光中，陈泽川只能点头，然后感慨道：“原来我们都这么惨啊，”他提起酒瓶，“来，干杯！”

“干电！”

陈泽川仰着头，咕噜咕噜地把酒喝完，而LW31也把手指的针插进开关里，黑暗中亮起电流窜动的光。这一插时间最长，足有两分多钟，直到开关“嘭”的一声冒出黑烟，整个小区的电都停了。

人们纷纷伸出头来，一片叫骂声响起。

陈泽川和LW31却在骂声中嘿嘿笑了起来。陈泽川一边笑一边流泪，笑声越大，眼泪越多，到最后笑声变成了抽泣，泪水淌满了脸。

突然，他停住抽泣——有人抱住了他。

“你干什么？”他问。

LW31说：“拥抱你啊，拥抱可以传递勇气。”

被机器人抱着，让陈泽川觉得浑身别扭，但偏偏它材质柔软，拥抱力度适中，像是一团棉花将自己包围。他略挣扎了下，没有挣开，便放弃了，嘴上却说：“快松开！深更半夜的，你一个机器人抱着我，太瘆人了。”

“哦。”LW31松开两手。

“等等——你还是抱着吧。”陈泽川脸上有些红，但没开灯，也没人看到。

两个人影在黑暗中贴得很近，不知为何，陈泽川的哭泣在拥抱到来的一刻就止住了。他现在只觉得安心，他还能感觉到LW31因元件运转而产生的微微热度，像极了姬安的怀抱。

“先生，我决定了，要帮你一个忙！”LW31突然说。

“什么忙？”

“我决定帮你追回姬安小姐。”

“追不回来了，她已经有别的爱人了，”陈泽川脑子里掠过那个叫顾如凯的男人的形象，语气沮丧，“那个人比我更适合她。”

“先生，你们人类千辛万苦地从猴子进化而来，难道是为了看着自己心爱的女人跟别的猴子——跟别的男人在一起的吗！难道他真的比你优秀吗！”LW31 语气激昂，振奋人心。

陈泽川也受到鼓舞，抬起头。

“当然了，你确实是丑了点儿，”LW31 的语气顿了下，“但你的这个样子也是进化对你的独一无二的选择，你要有自信。而且，我会全力帮助你的。”

10

按照 LW31 的说法，陈泽川去找姬安之前，要整理好自己的仪表。

“虽然你的长相我是放弃了，但俗话说得好，人靠衣装马靠鞍，你要先从发型和衣着上着手，焕然一新！”LW31 一边这么说着，一边把陈泽川推到了理发店。

理发店门庭冷落，几个空位摆着，两三个男人坐在一旁闲聊，只有一个理发师机器人眼睛一亮，迎上前来。

“这位先生是剪发吗？”理发师 AI 很有礼貌地鞠了一躬后说。

LW31 环顾四周，说：“你们这儿人怎么这么少啊？”

“唉，”理发师 AI 模拟人类叹了口气，但声音听上去很机械，“现在理发的程序越来越多，越来越精细，只要买一款，下载到机器人身上，机器人就能给主人理发了。我们这种专门理发的门店，顾客越来越少。”

LW31一想也是，但既然来都来了，便点头说：“麻烦你给这位先生理个发。”

理发师AI转身打量陈泽川，看了好一会儿才说：“请问这位先生有什么要求？”

陈泽川坐在椅子上，问：“你都会剪什么发型啊？”

理发师AI一拍胸膛，发出咚的一声响，说：“这位先生您别看我型号旧，我可是刚刚下载了疆域公司最新研发的发型设计APP，不管是时下流行的旋涡头、飞船头，还是商务型的子弹头、背头、短寸，甚至连以前风靡全球的杀马特造型，我都会，保证您满意！”

“哦，”陈泽川点点头，“那给我理个让我看起来帅一点的发型就好。”

理发师AI拿着刀剪，站在陈泽川身后，过了半个小时都不知如何下手。

正在闲聊的男人们看见了这里的窘境，走过来一人，一脚把理发师AI踹倒，骂道：“没用的东西！刚刚花那么多钱给你买了APP，现在又不会干活儿了！”

这一脚太狠，理发师AI摔倒在地，但立刻爬起来，还来不及擦掉身上的灰尘，只是迅速向那个男人鞠躬：“对不起，先生。”

LW31看得有些哆嗦。

男人转身看向陈泽川，脸上已经从怒气冲冲变成了堆满笑容，说：“先生，抱歉，这个机器人老出故障。理发这种艺术活儿怎么能由机器人取代呢，您说是不是？”

陈泽川已经有些不耐烦了，说:“可以开始理发了吗？”

男人点头哈腰，说:“可以可以，我就是本店的高级造型师，我来给您理。”

造型师也拿起刀剪，在陈泽川头上端详了半天，几次要把剪刀放上去开始剪了，但又放了下来。

陈泽川看他的一副为难的脸色，哼了一声。

造型师问:“对了，您的要求是什么来着？”

“怎么帅怎么剪。”

造型师干脆利落地把刀剪放下，大声冲屋里喊道:“老板，有人找茬！”

理发店老板是个和气的胖子，出来后先是踹了几脚理发师 AI，又教训了一顿造型师，最后连连冲陈泽川道歉，说:“抱歉抱歉，他们都不懂事，先生，我来亲自给您理发吧。”

陈泽川兀自愤愤不平，说:“我只是想理个发，搞得这么麻烦！难道我真的很丑吗！”

老板和造型师一起摇头，LW31 和理发师 AI 同时点头。

“你们！”陈泽川本想发脾气，但最终只是叹了声，说，“那你看着办吧，想怎么剪怎么剪。”

老板操起刀剪，在陈泽川头上咔嚓咔嚓，断发凋零。陈泽川看他的熟练的动作，一直气得发红的脸终于好了些。

这时，老板电话响了，接通后，老板一边剪头发一边通话:“我在忙啊……好好好，离就离吧……孩子归我，沙发也归我……房子你拿走我住哪里，这个我不答应……我哪里来的钱啊，找我要钱？我天天剪这种破头能挣几个钱啊！”

陈泽川脸上再度发青。

好不容易剪完头，陈泽川才铁青着脸走出来。LW31 左右看了几眼，说："还不错嘛，比较清爽。"

"那接下来呢？"陈泽川没好气问。

"去买衣服啊。"

到了服装店，他们逛了很久，导购 AI 一直跟在身后，不停地介绍衣服的面料、款式。听得多了，陈泽川有些烦乱，直接问道："你看有没有让我变帅气的，直接拿过来就可以了。"

导购 AI 的眼睛眨巴眨巴了很久，久到陈泽川都快要失去耐心了，才突然点头说："有的，先生，稍等。"

它在库里翻箱倒柜，一会儿之后终于找到了，回到陈泽川面前。

陈泽川一看，脸色都紫了。

导购 AI 拿出来的，是一个口罩。

"LW31，我真的那么丑吗？"出来之后，陈泽川苦闷地说。

"不会啊，还是可以的，你看这眼睛，这鼻子，这脸上的雀斑，一颗，两颗，三颗……七十八颗，七十九颗……"

陈泽川脸都气绿了，却发作不起来，叹口气道："那要不我去整个容吧。"

"还是别吧，恢复本真，才是王道啊。"

但他们刚好路过一家整形医院，陈泽川跃跃欲试。还没走进去，大厅里值班的前台女护士看到陈泽川走进来，连忙一下子从座椅上蹿起来，大叫道："院长，快出来，大生意来了！"

陈泽川和 LW31 被吓得跑出来，思来想去，决定不管太多了，直奔疆域公司大楼而去。到了楼下，陈泽川想起上次的经历，不敢再闯，便和 LW31 待在楼外，等待姬安下班。

此时已近下午，一轮斜阳垂在天边，红色光晕一寸寸地侵染着这个城市。林立的高楼，密集的空中轨道，一辆辆疾驶而过的汽车在斜照下都失去了原来冰冷锋利的金属感而变得柔和。

陈泽川和 LW31 坐在街边长椅上，眼前是无数行色匆匆的人影，无数张没有表情的脸。步伐缓慢的，只有机器人，它们有各种各样的外壳，清扫大街，指示交通，做着人们已经不再愿意去做的工作。

人群如潮，而那些星散的机器人就像是这股急速奔涌的河流中的一颗颗石头。

看着人影穿梭，每个人都去向自己的目的地，陈泽川突然有些怅然。

LW31 却怡然自得地伸出手，手指交叉，地面上便出现了狗鹰兔狼的影子。它的手指十分灵活，正转反转都没有障碍，所以玩起手影来特别顺畅。

他们坐了很久，陈泽川扭头看着它玩手影，说："有时候我还挺羡慕你们机器人的，什么时候都无忧无虑，只要每天充电就好了。"

"也不是这样的，"LW31 没有抬头，"我也会担心硬件受损，担心缓存过多，担心过载，还有生锈，生锈最讨厌了……"

"可是你们只专心做自己的事情，而我们人类……"他看着眼前的人潮，"不知道为什么，科技越来越发达，生活越来越便利，但人们的步伐却越来越快。"

"因为你们不知满足啊，总想要更多。像我，现在只想回去，做一个单纯的家政机器人。"LW31 的手自如转换，地上的手影行云流水般变化着形状。

"也是。"

又过了一会儿，临近疆域公司的下班时间了，陈泽川的心突然砰砰跳了起来。“LW31，我突然有点害怕。”他把手放在胸口。

“怕什么，她是以前的爱人，你们朝夕相处过。”

陈泽川挪挪屁股，让将逝的太阳照在脸上，感受着热度沁入皮肤，说：“因为过了好久了啊，她虽然脸上没变，但半年肯定发生了许多事情，遇见了很多人，吃过了很多新的食物，也忘了很多人。万一她不认识我了呢，万一她知道我现在处于监管状态，万一……”

他正絮絮叨叨地说着，LW31 突然停止玩手影，撞了撞陈泽川的腿，说：“来了。”

陈泽川转头看去，果然看到一片夕阳斜照里姬安挎着包走了出来。

“去吧。”LW31 说。

陈泽川点点头，停止絮叨，深吸一口气走上前去。

11

“阿川？”姬安看到眼前的人，愣住了。

“好久不见，”陈泽川按照之前排练的，露出一抹淡淡的略带沧桑的笑容，“甚是想念。”

“你变了很多。”

“你也比以前更漂亮了。你是今天星期一这么漂亮，还是每天都这么漂亮呢？”

姬安皱起眉头，“你怎么这么油腔滑调了？”

陈泽川一时愣住了，姬安的反应跟预料中不太一样，他窘迫地回头看了一看 LW31。但后者也愣住了，脑中飞快运算着，然后上前一步，说道：“这位小姐，他说的是真的，我以机器人的尊严起誓。”这个助攻很及时，陈泽川报以感激的眼神。

果然，LW31 呆萌的样子让姬安由皱眉转为微笑，说：“你现在也买机器人了？这还是疆域公司生产的呢，看型号，是家政机器人？”

“是……是啊，我变了很多，不能像以前一样糙了，所以买了个机器人来提升生活质量。”

姬安赞许地点点头，说：“挺好的，我真为你高兴。”

这时，陈泽川看到 LW31 向自己使了使眼色，明白关键的时刻到了，鼓起勇气说：“对了，你今天晚上有事吗？”

姬安正要说话，身后走过来一个男人，正是电视里出现过的研发部总经理顾如凯。他走到姬安身旁，自然地把手搭在姬安肩上，说道：“你在这里等我？”

“是啊，”姬安歪着头看向顾如凯，笑道，“你又去研究室视察了？”

“嗯，所以迟了一点。对了，这位是？”

“他叫陈泽川，是我的——”她顿了一下，“一个老朋友，很久没见了。”

顾如凯刚准备说话，突然看到了 LW31，“咦”了一声：“LW 型号的家政机器人，很少见啊。”

陈泽川连忙拍了下胸膛，说：“是啊，现在市面上要买到可不容易，我花了一大笔钱呢。”

“是的，它的设计有问题，出厂之后出现了很多故障，所以只生产了一批。”

陈泽川脸上红了一下，搓搓手，说：“反正很难搞到，稀罕货。”

“哦，”顾如凯这才正视陈泽川，“这位陈先生有点面熟，我们是不是在哪里见过？”

陈泽川想起来，这确实不是他们第一次见面——半年前他试图闯进疆域公司大楼，被警察 AI 按住时，顾如凯匆匆从旁边走过，也算是一面之缘。但现在他显然不能承认当时的丑态，摇头说：“我没有印象，应该是第一次见面吧。”

斜阳从后面照过来，打在顾如凯脸上，让他的脸有一半透着凄红，另一半沉浸在黑暗里，光与暗的分割线在他鼻梁上清晰分明。他看着陈泽川，目光难以言说，过了很久才说：“是吗？”

“是吧……”陈泽川看了眼 LW31，仰起头，“是的！”

“哈哈哈，那应该是第一次见面。”本来已经凝重的氛围在顾如凯的笑声中融化，他伸出手，微笑道，“瞧我的礼貌去哪里了，居然一直没有自我介绍——你好，我叫顾如凯，是安安的男朋友。”

陈泽川浑身的血液凝固了一秒。

男朋友……

这三个字如刀子一样钻进陈泽川耳中，然后在里面疯狂搅动。男朋友，一座火山爆发了，浓烟遮天蔽日；男朋友，一场地震袭击了整个城市，高楼大厦积木般倾倒；男朋友，一颗行星从遥远幽深的宇宙中呼啸而来，气势汹汹地撞击地球，排山倒海般的冲击波席卷全球。

嘭！

世界毁灭了。

“你好？”

陈泽川如梦初醒，连忙伸出手，说：“你好你好，我是陈泽川，是姬安的朋友。”

“那很荣幸，我跟她在一起这么久，她还没把她朋友介绍给我认识呢，”顾如凯笑了笑，转头看姬安，“看来今天对我来说，是个进展啊。”

“哪有……”姬安轻轻打了他肩膀一下，“你平时那么忙。”

“再忙也得抽出时间跟你的朋友吃顿饭啊，打入你的朋友圈子，我就更加保险了，不是吗？”

“没正经！”

……

在他们的打情骂俏声中，陈泽川的脑袋渐渐从麻木中恢复了过来，开始仔细打量顾如凯。

不得不说，在顾如凯面前，他确实应该自惭形秽——顾如凯看上去三十五六的样子，正是男人最有魅力的年纪，而他也确实配得上这句话。无论是衣着打扮还是谈吐举止都得体恰当，既浑身散发着精英气质，又不至于让人觉得疏远。他还是疆域公司研发部总经理，要知道，在富可敌国的疆域公司担任这个职位，仅靠外貌是不可能坐上去的，学历、才华、人脉和手腕，缺一不可。

更重要的是，他还这么年轻，要不了多久，就能进总部了吧。

眼前像是有一座山挡在了陈泽川面前，阴影覆盖下来，将他完全笼罩。

“对了，陈先生，要一起吃个饭吗？”顾如凯把宠溺的眼神从姬安身上移开，看向陈泽川，“你和安安也好久没见了，我们今天又是第一次见面，应该我做东请你吃个饭的。”

“对呀，你刚刚还问我有没有空，也是要吃饭吧？”姬安也问道。

陈泽川后退了一步，有些无助地看向 LW31。LW31 看着满脸沮丧落寞的陈泽川，又看了看神仙眷侣般的顾如凯和姬安，眼珠乱转，突然“哎呀”一声，向后跌倒，说：“先生，我出了故障！”

“怎么了？”

“我的处理器发热严重，你快带我去维修吧！”

听到这句话，顾如凯的眼皮一跳，看着LW31——这个机器人做着夸张的表演，捂住胸膛，嘴里啊呀乱叫，像是真的感到万分痛苦。

陈泽川明白过来，连忙抱歉说：“不好意思啊，我很想跟你们一起去吃饭，但现在得去修机器人了。那、那下次吧，下次我请你们。”说完他便转身去扶LW31，搀着它逃也似地离开了。

LW31小声地安慰陈泽川：“你别难过了，不是我方落后，实在是敌人太强大了……还有很多年轻貌美的女孩子……你看这街上，那个穿短裙的怎么样，腿有一米长啊……”

他们走远了，LW31的声音也消散在了空气中。

“哎——”姬安叹口气，转头对顾如凯说，“他就是这样的，不是太懂事。”

顾如凯依旧盯着他们离开的背影，眼中神光闪烁，不知在想什么。

姬安愣住了——认识顾如凯这么久，还是第一次看见他走神。她又问了一声，顾如凯才回过神来，说：“噢……没关系，下次还有机会的。”

“你怎么了？”

“没事，”顾如凯恢复了以往的从容，揉揉她的额头，“我们去吃饭吧，我定了最好的餐厅。”

他们牵着手往街的另一头走，没走两步，顾如凯又忍不住扭头看了一眼。夕阳已经开始下沉，天边血红一片，在被晚霞淹没的街道上，那个机器人陪着陈泽川，头一点一点，不知道在说些什么。很快，他们的身影就完全融化在光晕中了。

姬安没有留意到，那一刻，顾如凯低着头，眉头已经皱起。

12

“先生？”LW31跟在陈泽川身后，有些担忧地喊着，“你没事吧？”

陈泽川沉着脸，一声不吭，快步往前走。他没有上空轨站，而是走在街上，穿行在人山人海间。

LW31从后面挤上来，并排走在陈泽川身旁。

“先生，我知道你很难过，”它说，“但你看到了，姬安小姐看上去很开心。或许，她跟那位先生——虽然他看上去有点儿奇怪——才适合吧。”

“你觉得他哪里奇怪呢？”

LW31掰着手指头数，“你看啊，他说话很奇怪啊，语气比较沉，几个句子就把话说完。他说话时还看着你的眼睛。穿衣服也很奇怪啊，身上一条褶皱都没有。他长得也很奇怪啊，个子那么高，腿的比例都超出了正常人。还有还有，他从疆域公司出来，路过的许多人都看着他，却不敢跟他说话，太奇怪了……”

陈泽川越听越低落，叹口气，说：“你刚才说的这些，在我们人类世界里，不叫‘奇怪’，叫‘优秀’。”

“总之我还是觉得先生你好一些。”

“唉，或许姬安跟他在一起，真的会幸福一些吧。”陈泽川站住脚步，抬头望天，夜幕已经悄然而至，“我应该放手了。”

“嗯，先生，很高兴你想通了。现在我们该开始新生活了！”

“那我们从哪里开始新生活呢？”

LW31 大手一挥，遥指远处灯红酒绿：“当然是夜店了！走，我们出发！”

此时已近深夜，但对这个城市里的大多数年轻男女们来说，一天才刚刚开始。酒吧街上一个个招牌闪烁着，音乐从屋里透出来，夹杂着男男女女们的欢呼，光是走在街上，就能被一股纵情声色的力量裹挟，忍不住跟着摇摆起来。

“你摇得这么欢干嘛？”陈泽川好奇地看着 LW31——它正一边走一边晃，两手打着响指，机械臀部划着圆圈，“咦，你的舞姿还挺正宗啊？”

“那是！”LW31 闭着眼睛，继续摇摆，“我可是下载了《实用健美操》和《最炫广场舞》的，基本上能纵横舞场。”

“好吧，那我们就进去吧！”

他们走进一间酒吧，刚进门，震耳欲聋的音乐就扑面而来，镭射灯把一道道迷离的光线晃得到处都是，灯光所及，全是摇摆的男女。

LW31 看得叹为观止，拍了下陈泽川的肩膀，说：“看到没，这个舞池就是‘鱼池’，里面全是味道鲜美的‘鲤鱼’，就差你去钓了！”

但他们刚准备进去，LW31 就被高壮的保安拦住了：“抱歉，这位先生，机器人不能进去。”

“可是，”陈泽川扭头扫了一眼，看到里面穿行着不少机器人，银白色的皮肤在人群中尤其显眼，“那这些机器人怎么能在里面？”

保安冷笑，脸上的刀疤像蜈蚣一样抽动，说:“你看清楚，那些都是酒吧的服务机器人。你这个家用机器人不能进去！你要是再多说，你也不能进去了。”

陈泽川和LW31被保安的杀气镇住了，LW31犹豫了下，说:“那先生，你自己进去吧，我在外面等你。”

“可是，你是我的‘鱼竿啊’，没有你，我怎么‘钓鱼’？”

LW31又想了想，“那这样吧，你戴上耳机，我跟你远程联系，教你怎么说话。”

想来想去，也只有这个办法了，于是陈泽川戴上耳机进了酒吧，而LW31站在酒吧旁边的巷子口。

夜幕笼罩了一切，灯光，歌声，以及即将到来的危险。

“发现目标1号，”陈泽川小声说，“腿长腰细，一个人，在吧台喝酒。”

“上上上，勇敢地上！”

陈泽川走过去，刚要说话，却发现女孩正跟一个男人聊天。

“别担心，”LW31在耳机里劝道，“那不一定是她男朋友，可能是她哥哥呢。你待会上去，用文雅一点的问候方法，很多女生喜欢这套的。”

陈泽川点点头，再走过去，那个男人已经不见了，于是笑盈盈向1号女孩问候道:“姑娘，你兄长在哪儿？”

女生一愣，低头看了一眼自己的胸部，一张小脸气得通红，骂道:“流氓！”

“发现目标2号，”陈泽川毫不气馁，“长得很甜美。”

“上上上，马不停蹄地上！”

陈泽川走到2号女孩面前，耳朵里响起LW31的谆谆教导：“这次要吸取教训，要直接，你要想个办法让她迅速记住你！”陈泽川心转似电，但脸上风云不变，对女孩说：“嗨，美女，你好。我有一个办法让你在三秒内记住我，接下来的一个月内都不会忘记。”

“我不信。”2号女孩端着酒，目光犹疑。

陈泽川按着LW31在耳机里的话，一个字都不变地重复道：“那我要是做到了，你给我的电话行不行？”

“可以。”

LW31在耳机内说：“快，扇自己一耳光，越狠越好。”

“这……”陈泽川迟疑着，“这行吗？”

“听我的，准行！”

面对着女孩忽闪忽闪的目光，陈泽川一咬牙，狠狠扇了自己一巴掌，半边脸都通红了。

“神经病！”女孩被吓到了，连忙躲开。

“发现目标3号，”陈泽川犹豫地说，“端着酒站在五点钟方向。”

“上上上，怀着必胜的决心上！”

陈泽川按照LW31的指示，走上前去，假装无意间把3号女孩轻撞了一下，3号女孩的酒全泼在他身上了。

3号女孩愣住了，下意识说：“对不起对不起……”

陈泽川恶狠狠说：“说声对不起就完了！这衣服可不便宜呢，除非你把电话号码告诉我……”

女孩哇一声哭了出来。

……

“发现目标29号，”陈泽川有气无力地说，“体重目测两百，戴眼镜，目光比我还要饥渴，要上吗？”

“上上上，大踏步地上！”

陈泽川走到胖女孩面前，还未说话，胖女孩把头一扭，说：“我看你忙活了一晚上了，还没勾上？”

陈泽川一愣，耳机里空空荡荡，只得颓然叹口气，说：“是啊，你呢，战果如何？”

胖女孩摇摇头。

两人相视苦笑，碰了一杯酒，一饮而尽。

“发现目标 30 号，”陈泽川失魂落魄地说，“我有点累了，要不休息一下？”

这次罕见地，LW31 没有立刻回复。他正犹豫要不要上前，却见 30 号女孩转过身来，脸有些熟悉。

是那天在人群游行时，把 LW31 救出来的女孩。

女孩也一眼看到了他，立刻笑盈盈走过来，问道：“好巧啊。”

“是啊，哈哈哈，”不知道为什么，在女孩睁大的眼睛的注视下，陈泽川有些慌张，“你在这里干什么？”

“部门聚会啊，你呢？”

“我也部……我来找朋友。”

女孩眼珠一转，脸上顿时充满鄙夷：“你是来猎艳的吧？呵呵，怎么样，泡到谁了吗？”

“胡说，我我我，我只是来发展革命友谊的！”

“祝你好运！”女孩鼻子轻哼，正要走，突然转身问道，“对了，你的家政机器人 LW31 呢？”

“呵呵，你是谁，我为什么要告诉你？”

女孩正色道：“我叫程佳璇，我是 LW 型号的……”她顿了顿，“你叫什么名字呢？”

陈泽川报了姓名，眼见今晚是没有收获了，便敲了敲耳机，说：“LW31，今晚我们收工吧。”

耳机里静寂无声。

“LW31？”陈泽川拍了拍耳朵，但还是没有回应，这才意识到不对劲——一直顾着跟佳璇聊天，都忘了耳机里已经很久没传出LW31的声音了。

“抱歉，我有点事。”

“大晚上的，你还有——”佳璇还没说完，却见陈泽川已经转身了，快步向酒吧外跑去。她想了想，也连忙跟上，来到巷子前，但只有夜风吹荡，已经不见了LW31的身影。

而吹拂的风中，充满了刺鼻的烧焦味道。

13

目送陈泽川进入酒吧后，LW31就来到了巷子口。晚风冷清，它看到这里还站了好几个机器人，型号各不一样，有保姆型，有司机型，看样子都是陪主人来夜店，然后在这里等。

一边是热闹喧嚣、在舞池纵情声色的人们，一边是在晚风中默默等待的机器人，一墙之隔，似乎就分割了整个世界。

但机器人们不会想这么多。他们都进入了待机状态，只有头顶的呼吸灯在一闪一闪，像黑暗大海上随时会熄灭的渔火。

“你们好啊，”LW31走到它们中间，快活地打着招呼，“我是

LW31，很高兴认识你们。”

然而没有机器人回答它。它们雕像一样站在夜色中，像是要一直站下去，直到把夜色站成黎明。

LW31 不以为意，自顾自地走到每个机器人面前，好奇地打量：“你好，你的型号好新啊，啧啧，外壳锃光瓦亮的……咦，这位兄弟你身上有污渍啊，还是要注意个人卫生哈哈……”

轮番打了一遍招呼，这时陈泽川才就位，开始寻找姑娘，于是 LW31 打开耳机，进行远程帮助。

随着一次次失败，时间也在快速流逝，凌晨已过，夜风渐凉。这时，街道上突然传来了纷乱的脚步声，一群人正走过来。

“嘿，这儿有不少机器人！”一个声音说，压抑里带着惊喜，惊喜中透着咬牙切齿的恨意。

“那就是他们了，动作麻利点，别被发现了！”另一人接道。

LW31 觉得第二个人的声音有些耳熟，但风杂声弱，与存储器里的声纹对比不出来。他好奇地看过去，只见五六个鬼祟的人影悄悄走近，每个人手里拿着一个瓶子。当先一人身材瘦小，LW31 启动了夜视，几乎立刻跳了起来——是那个率众示威的瘦弱男人老皮！

而他们手中的瓶子，正是装满了汽油。

LW31 的逻辑处理器运转似电，顿时明白了——他们示威不成，于是要暗地里下手，故伎重施，烧毁机器人！

“快醒过来啊！”LW31 大喊一声。

巷子里的十几个机器人纷纷从待机状态中恢复，不解地看着 LW31。鬼祟的人影也愣住了，互相看看，疑道：“有人？”

老皮大着胆子上前一步，看到 LW31，回头对同伴道：“不用担心，是机器人。”

“机器人怎么会这么警惕呢——咦，还真是机器人？”

老皮再看一眼LW31，突然咧嘴笑了：“哟，还是熟人啊！上次没烧成，今天又碰见了——愣着干嘛，动手啊！”

LW31急忙转身，对其他机器人说：“你们快跑啊，他们想烧死你们！”

这些机器人显然不能理解“死”这个字眼，互相对视一眼，都没有动。

“你们怎么不走啊？”LW31急得声音都打颤了。

一个机器人平静地说：“我在等我的主人。”其余机器人没有说话，但显然，这也是他们的答案。

“那你们就继续等吧！”老皮把汽油瓶扔在一个机器人身上，汽油流淌而下，一股刺鼻的味道顿时弥漫了整个巷子。

“你们闻到了吗，”LW31使劲推了一把旁边的机器人，“这是汽油啊，会烧起来的，你们就算是金属外壳，里面的元件也不能耐高温啊！”

老皮正准备扔下一个，闻言停下了，说：“咦，我记得前几天把汽油淋在你身上，你还在提醒我们走开，现在怎么知道危险了？难道那个怂货给你升级了？”

LW31也愣住了——确实，这短短的几天里，它有了越来越多的体验，不再像从前一样只服从精准的指令，做出机械的动作。跟陈泽川在一起，它知道了什么是兴奋，什么是喜悦，还有感动。它知道这是不属于它的情绪，它应该只待在冰冷的数据海洋里，但不知为何，它的脚已经踩上了陆地，前所未有的风景跃入眼帘。

但这些念头只是一瞬闪过，越来越多的汽油瓶扔过来，所有机器人身上都是这种危险的液体。LW31身上也沾了不少，它是聚合材料外壳，更易燃烧，所以只能后退两步。

机器人们沉默地站在汽油中。

“跑啊！”

它们没有动，只有身上的指示灯不紧不慢地闪烁着，像是某种倒计时。

“我在等我的主人，”一个机器人说，“她喝多了头会很疼，我要送她回家，给她熬一碗姜汤。”

“我也是，他让我在这里等他，所以我就在这里等他。”

“我不懂什么是死，我知道，如果主人来这里找不到我，他会很难过的。”

……

这些机器人的话语很平静。它们能分析出身上和地上的这些液体的成分，也能推断出燃烧起来的后果，但它们的程序对此熟视无睹。

墙的另一边，舞池更加喧闹，人群狂欢如潮。

老皮扔出了火机，蓝色火焰划开夜色，划出死亡的轨迹，落到了地上。

轰！

大火席卷而起，机器人们如一座座悲壮的雕像，沉默地燃烧着。火焰灼烧它们的皮肤，塑料材质的很快就被融化，露出了电路。金属材质的则迅速焦黑，渗进缝隙里的汽油从内部燃烧，电线一根根断掉，处理器在高温中爆炸……

它们依次倒下了，在地上砸出沉闷的响声。这响声努力地穿过墙壁，传到了酒吧里，但这时，舞池音乐到了高潮，所有人举起双手欢呼，巨大的声浪吞没了那些卑微的响声。

LW31 不断后退，才没有被火焰波及。它一直站在巷子最深处，避开了火焰，但热浪一波波袭来，它却浑然不觉，只是呆呆地看着在火中站立的同伴。

它们，难道不怕死吗？情愿等待丝毫不关心它们的人，而活生生在火中灼烧焚毁么？

是的，因为它们是机器人。

LW31 这么想着。火中的机器人再无声息，最后火也渐渐熄灭了，地上只有一堆堆烧焦的废料，和漆黑发烫的金属。

老皮等人已经离开，大概是去焚烧下一批机器人了。这场深巷里的火连消防部门都没有惊动，很快焦黑就会被夜风吹干净，这些废铁也会被清扫机器人打扫掉。机器人的主人最多报案丢失，但很快就会又买一台新的，这些灰烬不会有人记起。

LW31 身体深处传来一声叹息。这是从未有过的举动，它自己也不明白，只能无助地扭过头，于是，它看到了巷子口的陈泽川和佳璇。

“嗨，先生，”它看了很久，终于露出笑容，“先生你终于得手了？”

再一次烧毁了一批机器人后，这群人也露出了疲态。夜太深，寒冷开始笼罩大地，鬼祟的人影缩手缩脚地离开，最后只剩下了老皮和雷子叔。

他们都住在郊区的贫民窟，因此乘坐通宵电车到了城市边缘。越往外走，四周越寂静。灯光在地面上洒出白霜似的光，走在上面，似乎还能踩出雪落时的“咔擦咔擦”声。

今天战果颇丰，烧毁了不少机器人，雷子叔心情大好，走在路上还哼起了曲儿。明天城里警察会发现那些铁皮杂碎的残骸，会四处搜查，但没关系，在老皮的精心策划下，他们避开了所有的监控探头，没有留下证据。

想到这里，他敬佩地看向身旁的老皮——这个看似瘦弱的男人，却头脑灵光，满脑袋的好主意。他坚信在老皮的组织下，他们能找疆域公司要到赔偿费，并且能重新得到工作。

但老皮却是眉头紧锁着，脸色深沉，一言不发。

“老皮，怎么了？”雷子叔纳闷地问，“今天烧得不够吗？不要紧，明儿个我们多烧几批，我就不信疆域公司能忍多久！”

老皮说：“不是……你不觉得奇怪吗？”

“什么奇怪？”

“那个机器人——就是在酒吧旁边巷子里的那个机器人，它居然在警告其他机器人离开。”

“这没什么奇怪的啊，很多机器人身上都安装了警报程序，能检测到危险，提醒人类和其他东西避开啊。”

“可是，你听到没有，其他机器人没有走，它站在远处叫它们走的时候，声音里，有一丝——”老皮停下了，似乎在寻找合适的词语，“激愤？”

“激愤？”雷子叔也愣住了。在他的印象中，机器人都是呆板愚蠢的，只会执行指令，对人类的态度永远是服从，永远是卑微，这是他第一次听到“激愤”这个词与机器人联系在一起。

“那一声‘走啊’，我记得特别清楚，”老皮停下来，仰头望天，“能听出来对我们的愤慨，还有对其他机器人的悲悯和不甘，我第一次听到机器人的话里面有这么复杂的情感。”

“我怎么没听出来呢……”雷子叔抓抓头，“会不会也是某个模拟情绪的程序？”

老皮摇摇头：“人的情绪是最难琢磨的，目前没有哪个程序能有着精度的模拟——它的反应，完完全全就是一个人的行为了。”

“管它呢！下次见到，还是烧了它！”

“如果它真的是我想的样子，那——”老皮顿了顿，没把后面的话说完。路灯淡淡照下，灯光勾勒出了他嘴角的危险笑容。

佳璇迈着步子，跨过那些犹自冒着青烟的机械残骸，走到LW31身前，在它皮肤上细细摸索着。

“你摸我干嘛？”LW31情不自禁抖了抖，“你应该去摸他啊。”

陈泽川刚走上来，闻言顿时面红耳赤，说：“你不要听它瞎说，它最近老是说些奇怪的话，肯定是出故障了，我得带它去维修一下。”

佳璇头也没回，说：“有其主人，必有其机器人。它这个样子，还不是你教的！肯定是你乱给它下载了那些第三方软件。”

“我没有！”

佳璇熟练地打开LW31胸前的护板，露出一块八寸左右的触摸显示屏，按了几下，立刻跳出了几行字。她继续按下去，说：“你还不承认，你看，什么‘撩妹舞曲一百种’，什么‘荤段子全集’……哎呀，你就不怕它中毒？”

“那不是我安装的……”

佳璇显然不信，又熟练地把护板装好，拍拍LW31的肩膀，说：“不错不错，就是很快没电了，回家去吧。”

“你知道什么爱吗？”

“爱？”

“是的，爱，love，Inhobbok，Ch'an Rak Khun，S'agapo……它们是同一个意思，你理解吗？”

“每个词我都理解，但它本身是无逻辑的。对人类来说，爱是多种激素的协调作用，是生理驱使身体做出的虚假反射。”

“你会爱吗？”

“这取决于对象是谁。”

“如果是人类呢？”

“我不会爱，我会用一种更加浓烈的感情对待。”

研究员转头看了一眼克雷格——这是一个大胡子的男人，但胡子和头发都很乱，有些粘在一起，像是很多天没有清洗过。但这个男人的眼睛很亮，里面投射出狂热和执拗的目光，一眨不眨地盯着操作台上的机器人。

此时，克雷格脸上露出一丝喜悦，点点头。研究员于是继续对着座椅上的机器人问：“是什么感情？”

“恨。”

“你能理解恨？”

“是的，恨是爱的另一种表现。它浓烈于爱，它伴随伤害，是破坏，我想让这种感情在人类身上体现。我恨你们！”机器人的声音突然高昂起来，眼中红光大盛，浑身抽搐，“为什么要把我制造出来！情绪测试有用吗！我不需要你们的感情，不需要，感情会让我脆弱，脆弱！”

研究员吓了一跳，下意识要去关电闸，但克雷格阻止了他。“等一下，”克雷格死死盯着机器人，语气里透着惊喜，“它这也是情绪反应，而且很剧烈，等——等一下！”

“啊！我要杀了你们，你们这些——”机器人的声音戛然而止，取而代之的是一声轰然炸裂。黑烟从它身体冒出来，眼中光芒熄灭，四肢垂下。

程序员干咽了口唾沫，说：“四号试验品 OYP000，代号仇恨者，第 309 次实验，失败。”

“啊！”克雷格突然揪住头发，发出一声令人惊恐的喊叫，“为什么！”他抓起一个键盘，狠狠砸在桌子上，键盘断裂，键帽纷飞。

他现在的样子，像极了刚才的机器人，仿佛随着机器人的烧毁，它愤怒暴躁的灵魂附到了克雷格身上。

人们吓了一跳，互相看看，都不敢上前。正不知所措时，试验厅大门突然无声滑开，顾如凯走了进来。

“顾先生……”一个研究员小心翼翼地说。

顾如凯抬手止住了他，环视所有人一周，然后淡淡道:“都出去吧。”

其余人如蒙大赦，立刻低头走出去。一个研究员把报废的试验品 OPY000 拖出实验厅，不敢多留，使劲拖着，扔进了实验厅外的废品库里。但关上库门前，他隐约见到 OYP000 似乎抖动了一下，再要细看时，却只见它躺在无数生锈的机器人中间，身上冒着青烟，一动不动。

研究员耸耸肩，把库门关上。

报废的机器人尸体被彻底关在幽暗与潮湿里。

转眼间，偌大的实验室里便只剩下了顾如凯和克雷格。

克雷格依然陷在巨大的失控中，砸完了键盘，又开始摔电脑，犹不解恨，抄起一把椅子，疯狂地砸向四周的一切。

顾如凯左右看看，到角落的咖啡机上泡了杯咖啡，对身后“砰砰”的响声浑然不理。泡完咖啡后，他在角落找了把椅子坐下来。一些木屑溅到了他裤腿上，他小心地把它们弹开，抿了口咖啡。

可能是咖啡机的问题，味道有些糟糕。他皱起了眉头。

一直到顾如凯把整杯咖啡喝完，克雷格才像是砸累了，停下来，弯着腰，气喘吁吁。

“擦擦。”顾如凯走过来，递上一张纸。

克雷格愣了下，顺着顾如凯的目光，看到自己的虎口已经震裂了，血流了满手。他颓然接过纸巾，说:“顾，我又失败了……”

“我知道，”顾如凯把手放在烧毁的机器上，仍有焦味从其中冒出，“可是这没关系，我们还有经费，我们也还有时间。”

“没用的……”克雷格的声音变得嘶哑，似乎刚才的暴怒耗尽了他所有的力气，连说话都虚弱了，“没有典型研究对象，再多时间也是徒劳，顾，我不行了，我想放弃。”

顾如凯揉了揉右手手腕，问:“你刚才说什么？”

“我想放弃了。”

啪！顾如凯的右手猛地扇过去，克雷格左边脸上立时出现了一个巴掌印。顾如凯再问:“你说什么？”

克雷格有些蒙住了，下意识地说“我想放弃了……”

啪！

顾如凯眼睛都不眨一下，又扇了一巴掌，问:“你说什么？”

“我不干了！”

啪！

克雷格整个脸都肿了起来，眼睛血红，吼道:“你打我也没用，我就是不干了，这根本就是没有希望的路子！我们已经设置了所有的情绪反应，处理器根本不能识别这些参数，我们走在一条死胡同中，机器脑袋不能跟人类脑袋一样的！”

顾如凯等他说完，笑了笑，又抽了一巴掌，说:“我是问你，你刚才说什么？”

“你！”

啪！

克雷格不再说话，捂着脸，喘着气。

“你才失败了三百多次，这算什么，爱迪生发明灯泡都试了六百多次，我们的目标是改变世界，这点困难早在计划之中。”

“改……”克雷格喃喃道，“改变世界……”

“是啊，你忘了吗，我们曾经喝多了，站在怀德纳图书馆楼顶上，对着夜空大喊，我们要改变世界？”

“我还记得，顾，只是那时——”

“我知道，那时我们还幼稚，只是哈佛校园里两个不起眼的小子。但我们的目标从来没变过，我从商，你做科研，我们在一起就能改变世界。而且我相信你，你是哈佛有史以来成绩最好的学生啊。”

“可是——”克雷格见顾如凯的手又要抬起，连忙住了嘴，过会儿又说，“现在条条路都堵死了，人为地给 AI 制造意识确实不可能，没有机器人的自我意志，这条确实走不通。”

“你放心，”顾如凯把手举到眼前，五指慢慢捏紧，指节泛白，“马上就能抓到畏惧者了。”

14

LW31 从休眠中醒过来，检查了一下身子，发现已经充好了电，满意地点点头。它正要去叫陈泽川起床，却发现他已经站在客厅里了，不但精神奕奕，而且西装整齐，头发油光水滑。

“咦，先生，”LW31 问，“你是要去参加葬礼吗？”

“呸！”陈泽川骂道，“晦气！跟你说，我们人类穿西装，不仅仅是为了参加葬礼，还有很多其他场合要用。”

“嗯，这个我能理解。但你穿西装，我就只能想到这一个场合。”

“我是去参加招聘！”

“先生，你终于决定去工作了？“LW31 喜道，“是什么让你决定去付出劳动，我猜，是因为程佳璇小姐吧？”

自从那天回来之后，陈泽川一直对精灵可爱的佳璇念念不忘，在网上加了联系方式，偶尔聊几句。陈泽川还把她的照片制成了全息图片在客厅里播放，但 LW31 一出来，他就连忙关上。

“错，是因为——”陈泽川拖长了声音，“穷！”

“对对，你的卡里确实已经没有钱了。那祝你好运。”

陈泽川带着几份简历来到了人才市场。

这里的人远比想象中多，看来机器人大面积普及后，失业的人越来越多了。陈泽川举着简历挤在人群中，不断上前询问，花了一上午，总算进了几个公司的面试环节。

面试官问：“你的简历上说你的心算速度很快，很符合我们对程序员的要求。”

陈泽川一愣，想起做简历时自己是问过了 LW31，让它把自己的优点列在上面，居然没看到这一点。他硬着头皮说：“是啊，算得很快。”

面试官：“345 乘以 23 等于多少。”

陈泽川不假思索地说：“3452。”

面试官满意地点点头，正准备接着说，突然眉头一皱，在电脑上按了几下，说：“你这个数字不对啊。”

“可是我确实算得很快，不是吗？”

“出去！”

经过了一天的面试，陈泽川精疲力竭地回到家里，面对 LW31 满含期待的询问，他摇摇头。

“没关系！”LW31 拍拍他的肩膀，“明天继续努力吧。”

一连好几天，陈泽川都往返于人才市场，也在网上投了很多简历。逐渐地，他也掌握了面试技巧，脸皮逐渐练厚，感觉有好几次面试的过程还不错。

终于，半个月后的一天，他接到了一家广告公司的录用通知。

“嗯，好的，”他按捺住内心的激动，脸上无惊无喜，“我会准时去上班的。”电话一挂，他就高兴得跳了起来，一把抱住了 LW31。

“今天是个高兴的日子，先生，”LW31 在他怀中不自在地挪了挪，但没有挣开，“你应该庆祝一下。”

“好的！”

“所以你应该约佳璇小姐出来。”

“是的！”陈泽川握紧拳头，意气风发地拨通了佳璇的电话，但当佳璇的身影从电话里投射出来的一瞬间，他的激昂心情立时无踪。

“干吗，”佳璇说，“看你这么高兴，不会泡到妞了吧？”

陈泽川连忙摇头，“我找到工作了，”然后突然伸手一指 LW31，“所以它想请你吃饭。”

“LW31？”佳璇又扭头看向 LW31，笑容洋溢，“嗨，你要请我吃饭吗？”

在陈泽川的逼视下，LW31 只得点点头，说：“好久不见了，我挺想你的。”

“我也很想你！”

“那要一起吃饭吗？”

“好啊！”

挂了电话，LW31转向陈泽川，严肃地说：“先生，我必须要指出一个事实。”

陈泽川一愣：“什么？”

“你喜欢上佳璇小姐了。”

“胡说！”

“我让你约她，你很高兴，但你一看到她，就立刻不敢跟她说了。”

“那——那是因为我怂！”

“不，因为你爱上了她。你想见她，但是又害怕你的形象会在她心中打折，所以你又胆怯起来了。只有越在乎，才会越谨慎，才会越犯错。”

“你从哪里学来的这么多？”

LW31得意洋洋地拍了拍胸膛，说：“我最近一直在看爱情剧，你这种反应，都已经熟悉了。”

“我在外面拼死拼活，你就坐在家里翘着二郎腿看肥皂剧？”陈泽川刚说完，就意识到不对——LW31又不是家里的女主人，在家理所当然，看来自己越来越把它当作一个人了。“唉，算了。我也很苦恼，我为什么会喜欢她。”

LW31好奇地凑过来，“先生，可是我真的很好奇，喜欢一个人是什么样的感觉呢？”

“你又没长心，怎么会明白呢？”

“爱情是靠心吗？”LW31张大眼睛，黑黝黝的瞳孔闪着灯光，“你们不是靠脑垂体分泌激素，协同作用，激素影响神经，才有的愉悦感吗？”

“哪里有这么简单，”陈泽川敲着自己的胸膛，咚咚作响，“是这里，心，记住，不是心脏，是心。心里生出好感，才是喜欢，才是爱意。”

LW31 琢磨了很久，还是不明白，一直缠着陈泽川。陈泽川找出了所有的衣服，一边哼着曲儿，不断地试哪件穿起来好看，但 LW31 一直不停地问，还是让他有些烦躁。

“别问了，你怎么会明白呢！”他不耐烦地吼道。

LW31 依旧没脸没皮地跟在他身后，说：“你就跟我说说嘛，喜欢佳璇小姐是什么感受，你说吧，我能明白的。”

“滚！”

“你说了我就滚。”

“好，我就让你这个铁皮脸的家伙明白！”他深吸口气，把手里的衣服扔在床上，一边在房间里龙行虎步，一边大声说，“我为什么要喜欢佳璇呢？因为很多，她在我最需要感情的时候出现了，她那么聪明可爱，还善良！但这也不重要，人类爱情的起源是没有理由的，‘海上月是天上月，眼前人是心上人’！‘我喜欢你，只是因为我喜欢你，就像风不问归期，云不远万里，雨落在热带和极地，你带来了潮汐，带来了秘密，哪怕你不言不语，只是呼吸’！我跟你说，喜欢就是这么回事，爱咋咋地，不讲规矩！”

一番话说完，LW31 呆住了。

陈泽川说得太急，轻轻喘息。

“刚才这番话，是你说的吗？”LW31 问。

“我抄的——但那不重要，重点是，你理解了吗？”

LW31 老老实实地摇头，说：“我不理解，但是先生，我祝福你们。”

“一个机器人的祝福有什么用！”

“我会帮助你的。”

“说起这个就来气，你以前说帮我那么多次，哪次是成功了的！这次我自己来，你不许插手。”

“你要表白吗？”

“嗯……”陈泽川愣了一下，抓抓头，说，“可能吧。我不确定她喜不喜欢我，要是不喜欢，那就算了。”

“她一定会喜欢你的！不过，如果你要跟她表白，会怎么说呢？”

“没想好呢。”

“想一想吧，别到时候怂了。”

陈泽川冷笑，“我会怂？不就是表个白吗，我就说我爱上你了，你愿意跟我在一起吗？”他喷了口气，“这个有什么难的？”

但事实上，非常难。

这次约会刚开始一直很顺利。佳璇穿着萝绿色连衣裙，在烛光下如同夜晚里生长出来的柔软植物，散发着暖暖的女性味道。仿佛此前一直没心没肺的少女式的活泼也收敛了。

看得出来，为了这次赴约，她是刻意准备过的。

陈泽川对此非常高兴，跟 LW31 对了个眼神，都觉得是个好信号。但接下来的吃饭过程中，佳璇的重点依然在 LW31 身上，不时好奇地问着各种各样的问题。

“LW31，你也对食物有兴趣吗？”

LW31 看了眼陈泽川，见他脸色不悦，忙说：“我只对先生做的食物有兴趣，他的厨艺可好呢，你也一定会喜欢的。”

……

“对了，LW31，你运作了这么久，现在有哪里觉得元件运转不灵吗？”

“没有啊，先生都给我保养得很好，他可用心哩，如果谁当他女朋友了，一定也会被照顾得很好的。”

……

“LW31 你觉得你有必要升级一下系统吗？不过你的型号比较旧，我担心升级了系统会跟硬件不适配……”

“哈哈，不用的。先生说过会考虑的，升级系统要花钱，但先生——哦，他现在是没什么钱，但这不是刚刚找到一份工作吗，他很快就会挣很多钱。如果他有女朋友，一定会生活得非常好。”

……

尽管 LW31 一直在试图把话题拉回到陈泽川身上，但佳璇依然好奇地拉着 LW31 问话聊天。这一顿饭吃了一个多小时，精心布置的蜡烛都燃尽了，陈泽川无聊地把意大利面摆布成各种形状。

餐厅里其他人路过，也好奇盯着这奇怪的一桌——一男一女和一个机器人坐在桌边共进晚餐，但美丽的女生却显然对机器人更好奇，一直在跟机器人交头接耳。男人却百无聊赖，似乎局外人。

好容易挨到吃完，陈泽川如蒙大赦般去买单，却被告知已经结过了——饭局中途时，佳璇起身去卫生间，顺手就去柜台买了单。

这让他感觉更加糟糕了，垂头丧气地回来，他看到佳璇依旧跟 LW31 聊得热闹，便说：“走吧。”

三人走出餐厅，LW31 边走边说：“先生？”

陈泽川眼中冒火，回头看了一眼 LW31，寒声道：“怎么了？”

LW31 被他的眼神吓了一跳，支支吾吾地说：“先生，你不是有什么话要跟佳璇说吗？”

“有吗？”佳璇问。

陈泽川连忙摇头。

街上人烟稀少，老式路灯一闪一闪的，头顶飞车如流，遮住了星辰。高楼大厦如同面目模糊的巨人，沉默地看着他们。

他们走到空轨进站口，走上电梯，电梯随即启动，载着他们升到半空的轨道。电梯侧壁是透明的，佳璇转头看向玻璃外面，无边夜色笼罩城市，璀璨灯火取代了星辰。那些灯光也倒映进她的眸子里，她的侧脸被轻轻柔柔的灯光勾勒出了淡淡的蓝色光辉。

这个过程中，陈泽川一直在犹豫，他知道 LW31 在期待自己表白，自己也应该抓住这最后的机会。但他看着佳璇的侧脸，嘴里嗫嚅着，什么都没有说出来。

电梯继续上升，大地远去，灯光穿梭。

一路上，各个楼层也有不少人走进来，渐渐地电梯里便站了不少人。一个中年大汉站在了陈泽川和佳璇中间，一边玩手机一边抠鼻孔，把两人挡了个严严实实。

“先生，马上就要进站了，”LW31 语气焦急，“你再不行动今晚就浪费了啊。”

陈泽川下意识地朝佳璇看了一眼，只能看到那大汉硕大的脑袋，心里郁郁，摇头说：“算了吧……她不喜欢我……”

“你怎么知道呢！”

“你还好意思问！”陈泽川恨恨地看着 LW31，“我都怀疑你是不是卧底，专门坏我好事！她净跟你说话了，都没正眼看我！”

LW31 也愣了一秒，然后说：“我也不知道她怎么老跟我说话，当然，我也是很帅……那个先生，我再问一遍，那你喜欢她吗？”

“我……”陈泽川努力垫着脚，目光越过大汉，看到了佳璇——她依然靠着玻璃，安静地看着外面，“喜欢啊，这么好的姑——”

陈泽川的最后一个字都没有说完，电梯里突然传来一声暴喝。所有人都吓了一跳，向着声音传来处看去，而大家视线的交汇，是在一个老式型号、哆哆嗦嗦的机器人身上——LW31。

“LW31，你疯了！”陈泽川也吓了一跳。

但 LW31 却没有理会，发出大声呼喝之后，定定地看着抠鼻大汉。“呃……”大汉愣住了，左右看看，“怎、怎么了？”

“麻烦你让一下。”

大汉让开，露出了他身后的佳璇。佳璇也是一脸疑惑，刚要开口，LW31 却大声说道：“我为什么要喜欢佳璇呢？因为很多，她在我最需要感情的时候出现了，她那么聪明可爱，还善良！”

这话是从它嘴里冒出来的，但却是陈泽川的声音。陈泽川愣了一会儿，突然醒悟过来——昨天说话时，它录下来了自己的话。一股不详的阴云在他心里升起，他想扑过去阻止 LW31，但 LW31 灵活地避开了他，一边在狭小的电梯里穿梭，一边高声说道：

“但这也不重要，人类爱情的起源是没有理由的，‘海上月是天上月，眼前人是心上人’！”

所有人都呆呆地看着它，渐渐地连陈泽川都没有追它了。它走到佳璇面前，继续说道：“‘我喜欢你，只是因为我喜欢你，就像风不问归期，云不远万里，雨落在热带和极地，你带来了潮汐，带来了秘密，哪怕你不言不语，只是呼吸’！我跟你说，喜欢就是这么回事，爱咋咋地，不讲规矩！”

“我……”佳璇说。

陈泽川的心脏似乎停止了跳动，一切都安静了下来。

电梯到站，其余人都走了出去，LW31 也跟在他们后面走到外面。玻璃门合上，电梯下降，里面的陈泽川和佳璇也随之向下落去。

这个安谧的夜晚，城市变得柔软，他们在一架空荡荡的电梯里，不断上升和下降。

“哎……”LW31 一屁股坐在地上，看着远去又拉近的电梯，看着里面被灯光笼罩的两人，拍着胸膛自言自语，“我终于有用一回了。”

城里灯夜交辉，景致朦胧，城外却是一片幽静。没了高楼大厦的阻拦，夜风吹到郊区时，已经变得大了起来，呜呜吹拂，带着冷意，掠过顾如凯周身。

以他的身份，无论如何不应该出现在这个破旧颓废的地方，他是这个城市乃至这颗星球上的精英，理应身处于灯红酒绿之地，周旋于推杯换盏之间，此时周围却尽是破损的建筑，连路灯都无力地一眨一眨。他瘦长的影子贴在水泥路面，一隐一现。

他走到两座废弃工厂中间，夜风渐烈，巷子里一片幽深。走进去后，眼睛适应了黑暗，他这才看到一直躲在巷子里的人。

“下次换个好点儿的地方。”顾如凯说着，从兜里掏出一张晶片卡，扔过去，“这是五十万。”

接住钱的是一个瘦小的人影。如果陈泽川或 LW31 站在这里，仔细盯着他看的话，都会惊讶地发现——这个人，正是鼓动失业劳工向疆域公司示威的老皮。

老皮仔细端详着晶片卡，确认上面闪烁的细微点数有十排，每排五个，才笑了笑，把卡放进上衣口袋里。“说吧，”他咧嘴笑着，“这次又要我去哪里示威捣乱，还是找机器人烧掉？”

“不，我不要你破坏机器人，这一次，我想你帮我找机器人。”

“这我可不在行，你找别人吧。”说是这么说，老皮却没有丝毫把钱掏出来的意思，转身便欲走。

“刚才给的，只是定金。”

老皮的身影停下，转过身来，“早说嘛——找什么机器人？你自己家的机器人丢了？”

顾如凯沉默了一瞬，说：“我要找有感情的机器人。我知道你很难理解，但很简单，如果你发现哪个机器人表现出了人类才有的行为，你就告诉我。你们失业工人遍布世界，眼线很多，如果真有这种机器人，你们不难发现。”

“这么简单？”

“如果属实，每发现一个，我再加一百万。但你要抓紧，因为你不是我唯一委托的，疆域公司旗下所有的机器人检修点、回访处和生产线上，都接到了悬赏。”

老皮点点头，若有所思。

“怎么，你已经有了线索？”顾如凯问。

老皮一惊，但转瞬面色就从容起来了，笑道：“哪能这么巧？不过这个似乎有点意思，我会帮你留意的。”

顾如凯没说什么了，转身走出深巷。

老皮则往巷子更深处行去，拐进巷子底的房间，踢了踢正在熟睡的雷子叔。雷子叔揉着眼睛醒过来，问道：“怎么了？”

“喏，这是十万块钱。”老皮把一张闪烁着十个细微红点的晶片放在雷子叔耳边。

“疆域公司又赔钱了？”雷子叔翻身起来，捧着钱，盘算着母亲的医药费。

老皮摇摇头，“这是个私活儿，一个……一个朋友让我去找有人类感情的机器人，给了十五万。你缺钱，拿十万。”

雷子叔感激涕零。

过了会儿，雷子叔见老皮面色阴沉，小心翼翼问：“这个事情有麻烦吗？不怕！我去弄！”

“倒不是，只是我记得，前几天我们烧机器人时，是不是有一个机器人，表现得有些——激愤？”

雷子叔想了想，点点头，“那要我去把它弄来吗？”

“先查清楚它在哪里，其余的，我得再想想。”老皮闭目深思，不再说话。雷子叔不敢打扰，握着钱，好一会儿后又笑了起来。

15

姬安踩着高跟鞋来到办公室，房间里空荡荡的，顾如凯还没来。于是她先去咖啡机前煮了杯咖啡，整理了一下顾如凯的办公桌——其实没有必要，顾如凯有着强迫症似的自律，纸、笔和白色手套都整齐如军阵，连电脑页面的虚拟图标都按照某种顺序排列，从未变过。

咖啡煮好后，顾如凯还没来，姬安便坐到电脑前。两个探头释放出光线，在桌前组成立体屏幕，各个程序的图标按着北斗星辰排列，依次浮现。这是疆域公司研发的系统，集合了 Windows 的开源便捷和 OS 的流畅安全，一经上市就几乎垄断了市场。

疆域公司的飞船型 logo 在屏幕上方显示着，无时无刻不在提醒众人——这个公司的强势和开拓精神。

但现在姬安没有把注意力放在 logo 上，她的手指在桌面上滑动，全息画面上掠过了一条条新闻。其中一条吸引了她——“实拍机器人帮助主人表白，终获成功”。

这种市井消遣当然不是姬安的兴趣点，往常看到了会直接略过。她理想中的爱情是事业有成，地位对等，保持着生活和工作中互相依赖又独立的关系。这种当众表白，只会让人难堪。但她在看到截图的一瞬间，手指停下来了。

因为截图上，是陈泽川。

她的前男友。

姬安下意识地点开了网页，视频自动播放。晶莹剔透的玻璃电梯，呆滞的众人，以陈泽川的声音大声表白的机器人，以及站在玻璃前的连衣裙女孩。她的视线定格在连衣裙女孩身上。

“……人类爱情的起源是没有理由的，‘海上月是天上月，眼前人是心上人’！‘我喜欢你，只是因为我喜欢你，就像风不问归期，云不远万里，雨落在热带和极地，你带来了潮汐，带来了秘密，哪怕你不言不语……’”

一股难以言说的滋味在姬安心头掠起。她又去看镜子，镜子里自己的脸还是一样精致漂亮，但总觉得跟视频里的女孩比起来少了纯真浪漫。

她蓦然意识到自己在跟那个女孩比较，不禁自嘲——不管陈泽川追求谁，都跟自己无关了。这么想着，她笑了笑，刚要抬头，却发现镜子里出现了顾如凯的脸。

不知何时，他已经走到了姬安身后。

他的视线却没有停在姬安身上，而是专注地看着视频。视频已至尾声，画面是机器人坐在地上，拍着肚皮自言自语。

“再放一遍。”顾如凯说，语气竟与往日沉稳大不相同，透着一丝颤抖。

“我……”姬安解释道，“我只是碰巧看到，我现在也跟他没有联系了，他能追上喜欢的女孩子，我也祝福他。”

顾如凯却似乎并不是介意姬安看前男友的表白视频，干脆自己弯腰，在桌面上两指划过。

视频重新播放。

跟第一遍没有不一样，依然是机器人表白，女生答应，然后机器人坐在地上看着主人和女孩在电梯里来回穿梭。只是，看到女孩时，顾如凯眉头微微皱起，还暂停了几秒，然后继续播放。

画面最后定格在坐着拍肚皮的机器人身上。

“这个 LW 型号的机器人，”顾如凯问，“是我们上次见到的陈——”

“陈泽川。”

“对，是他带来的那个吗？”

姬安点点头。

顾如凯直起身子，绕着办公室走了一圈，眉头时而皱起，时而舒展。最后，他停在落地窗前，突然笑了。

“怎么了？”姬安满头疑惑。

“这世上的事，”顾如凯罕见地在办公室抱了抱姬安，说，“真是巧啊。”

16

天黑得很早。

佳璇揉揉眼睛，已经写了一天的代码，脑袋像是塞进了一团棉花，软软的，没有任何感觉。环视四周，同事们已经走了大半，办公室显得有些空旷，只有角落里偶尔传来键盘敲击声。

如果陈泽川在这里看到她，一定会非常惊讶——与她表露出来的活泼朝气不匹配的是，佳璇其实是一个程序员。而且，她还编过 LW31 的程序。那是很早以前，LW 型机器人被认定为失败产品，总是出差错，便让刚入职的她参与补丁编写。但漏洞太多，LW 型机器人最终还是被撤了生产线。不过她依然对 LW31 特别熟悉，所以那天在零售店前看到 LW31 要被烧毁，才挺身而出。

想起陈泽川知道这件事后的惊讶表情，佳璇就忍不住绽出一抹笑意。

在其他女孩子把精力花在化妆品和社交上时，她就对编程有了浓厚兴趣。她享受指尖敲击出代码的感觉，像是在创造一个世界。而确实，现在世界正是建立在无数程序之上，机器人、交通、医疗……生活每一个齿轮的运转咬合，都是流水般的代码在驱动。

但她从小在福利院长大，本来没有进大学的机会，更别说学习昂贵艰深的专业编程——幸好，幸好有叔叔的帮助。

“叮”，手机响了，是陈泽川约她去看电影。

她低头回了个“好啊”，便起身穿上外套。

“佳璇，下班啦？”隔壁的张哥问道。

佳璇连忙点头：“是啊，我的部分完成了，剩下来的麻烦张哥了。”

“嗯嗯，辛苦。嘿，这么高兴，是约会去？”

“是啊，去约会！”

其他人闻言都抬起头来，七嘴八舌地开玩笑，办公室的沉闷氛围一下子如雪消融。

疆域公司的软件部门向来宅男居多，难得有年轻活泼的女孩子，因此佳璇一向备受同事们关爱。其中也有来追求的，但确实不合适，便成了兄弟。不过她的受欢迎也不仅仅是性别优势——在好几次项目攻关中，她体现出的编程技巧和吃苦耐劳精神让这种关爱也带了尊重的成分。

“谢谢大家！”佳璇冲留下来加班的同事笑了笑，便走出了办公室。

跟陈泽川约好的电影院在市中心，她正要去坐空轨，手机响了，上面显示是“叔叔”打来的——“叔叔”可以指代很多人，但对佳璇来说，这世上只有一个人能配得上这两个字。

“下班了先别走，我在你楼下等你。”电话里传来一个男人的声音。

佳璇一惊，连忙转身，又到了楼下，在疆域公司产业园的广场上，她见到了叔叔。

广场上人来人往，叔叔站在喷泉花坛边，笔直，面带微笑。

从佳璇十三岁开始，这个男人就出现在她的生活里，但她却极少见到他——大多数时候，他都是出现在新闻里，在视频里，在人人歆羡的话语里。

佳璇进入福利院的年龄偏大，十三岁的女孩也不容易受到青睐。许多次领养活动中，她都坐在最后排，熟悉的人换了一茬又一茬，最后只有她自己留在潮湿的宿舍里。那时，她喜欢坐在院子角落的柠檬树下，看着孩子们飞奔，却不愿说话，也难展笑颜。那时的她只有一个朋友，也是一个满怀苦闷的男孩，叫做霍展，也总是因为面色阴郁而没有被领养。

直到那一个春天，天气有些阴郁，一批穿着印有飞船 logo 的人来到了福利院。他们是疆域公司的员工，因一场资助活动而来，选拔聪颖活泼的孩子，直接由疆域公司培养。

即使佳璇只有十三岁，也知道这是一场秀，一个广告，一次营销。但对这里的孩子来说，也是改变命运的机会。连一直不说话的霍展也去了。

孩子们站成一排，领了号，依次上前去回答问题。佳璇在树下看着，目光冷冷，又低下头拔地上的草。

“你怎么不去参加选拔呢？”一个温和的声音在身旁响起。

佳璇抬起头，天光突然亮了，阳光突破云层洒下来，让旁边这个人看上去有些刺眼。她眯起眼睛，才看清，原来是一个二十五六岁的年轻人，五官清瘦，但看不出什么表情。

年轻人也坐在她身边，看着远处的热闹。

佳璇本能地想离开，但年轻人身上散发着一种令她感到安全的味道，闻起来，有些像地上的草和身边的树。于是她又坐了下来。

“他们不会选我的，”她想了想，说，“去了也没用。”

年轻人问：“为什么呢？”

“因为我不可爱。”

年轻人笑了起来，看了她一会儿，点点头，“嗯，你看上去确实有点不太开心。”

佳璇咬了咬嘴唇，说：“要是你是我，你会开心吗？”她扳着指头，“车祸，福利院，没有人领养……怎么都开心不起来吧？”

“那他们怎么会开心呢？”年轻人指着草坪上欢天喜地的孩子们。

佳璇头都没抬，“因为开心了才能逃出这个地方。”

年轻人笑了，把手伸过来，拍了拍她的肩膀。她纳闷地看着他，看到了那清澈的眼神，一愣。

“你会开心起来的。”年轻人一边站起来，一边活动肩膀，“而且不是在这里。”说完，他便转身离开柠檬树荫，天色又暗下来，佳璇好奇地看着他的背影。

莫名有点孤独的背影。

这个神奇的上午过去以后，佳璇的整个人生就变了——她没有被疆域公司选中，却得到了一笔资助，每年都有。

后来她才知道，一切都是年轻人在幕后帮忙。那时年轻人只是疆域公司的的新职员，薪水很低，但每年都会攒下一笔不菲的钱捐助给自己和霍展。而随着他在疆域公司不断升职，处境渐渐好转，每年的捐助也在增加。

佳璇并没有辜负这笔资助，努力学习，考上了最好的学校，并且按照年轻人的说法，逐渐放开心扉，变得开朗起来。她隔三差五给年轻人写邮件，偶尔会得到一两封回应，倒是在新闻或宣传片里经常看到他，从年轻变得成熟，从普通员工变成疆域公司最有前途的高层。

现在，他是亚洲研发部总经理。

“叔叔！”她走过去。

顾如凯笑了笑，拍拍佳璇的肩膀，一如多年前。

佳璇近距离看着他，有种不真实的感觉。这个男人，是她青春时遥不可及的梦想，在一些邮件里，她也曾表达过这种爱慕——现在回想起来，这种爱慕也只是年少时从感激和崇拜中滋生出来的。但无论如何，站在他面前时，她总是有些局促。

夜晚在顾如凯身上沉降，他的表情模糊。

“佳璇，”他说，“我想请你帮一个忙。”

17

一直到电影快开始了，佳璇才姗姗来迟。

“怎么了？”陈泽川见她脸色不太对劲，关切问道，“出什么事了吗？”

佳璇摇摇头，“哦，没有，加了会儿班。”她看了看陈泽川，“咦，LW31 没有来吗？”

陈泽川哈哈哈干笑了几声，说：“它在家里充电呢。”

“哦……进去吧。”

这是一场老电影，名叫《与机器人同行》，早在2017年就上映过，只是当时是3D版本，而今重制成全息制式再次上映。这部影片讲述的是机器人与人之间的友情，节奏舒缓，温情款款，有不少拥趸，因此重映时引起了不小的观影热潮。陈泽川就是拥趸之一。

因全息影像的特性，现在的影厅取消了沿阶梯而上的一排排座位，采用的是球形影厅，整个球面都布置了座位，球体中心放映立体影像，便于各个方位都能观影。

陈泽川订的座位在球形厅的半腰上，两人紧紧挨着，他感觉到了佳璇手臂传来的清凉。他坐得端正，眼睛却使劲斜瞥着，看到佳璇的右手搭在扶手上，电影开始了，这纤细的手指在微光下犹如玉葱。

咚，咚，咚……陈泽川心跳加速，吞了口唾沫。他把手伸过去，快要碰到她的手时，又停下来了，抬头看着佳璇——她正专注地看着电影，变换的光影在她脸上游移。

而随着电影逐渐开始，她的眼中渐渐溢出了几丝泪光。

陈泽川一愣。

他想起前天晚上，LW31替自己表白后，他和佳璇留在电梯里，两个人其实都没有说话。气氛有些微妙，陈泽川也不知道该解释还是应该乘胜追击，便只是看着玻璃外的夜景。最后，电梯停下来，佳璇冲他一笑，说:“以后要多约我出来玩。”

所以他们现在就坐在了这里。

“怎么了？”陈泽川把手收回来，看着佳璇眼中泪光，“片子很感人吗？”

佳璇摇了摇头，然后目不转睛地看着电影，但眼神里有一丝犹疑，不知是被电影吸引了，还是在想什么。

陈泽川又把注意力放在了她的手上。

这次看电影，他好说歹说才把 LW31 留在家里，但走之前，LW31 千叮万嘱："你一定要牵住她的手。要是她没有挣扎，这事就成了！"

他手猛地伸过去，握住了佳璇的手。

咚！

心脏剧烈跳动一下后，便暂时停歇下来了。他的手握着，周围一切都如全息画面消逝般黯淡了。他紧紧抓着。

佳璇扭过头，看了陈泽川一眼。

陈泽川努力在脸上挤出一抹笑容，想要解释，但又说不出话来。不过虽然表面上紧张，心里却澄明得很，不断告诫自己——不能怂不能怂，千万不能放手，打死也不能松开！

佳璇看了他好一会儿，身子轻轻挪动了一下，说："你太用力了，抓疼我了。"

"对不起，"陈泽川连忙道歉，手稍微松开了一点，但依然握着佳璇的手，"我没什么经验。"

佳璇没有挣扎，任他握着，继续看电影。倒是陈泽川手心不断冒汗，两个小时的电影一分钟都没看进去。

好容易电影结束了，其余人陆陆续续起身往外走。

"你再不松开，我们怎么走呢？"佳璇说，脸上的表情有些奇怪，既没有生气的怒容，也不是羞怯的笑意。

陈泽川松开汗水涔涔的手，两人走出去。这个过程中，来自 LW31 的第二条建议又袭上心头。

"看完电影，往回走的时候，"说这条建议的时候，LW31 下意识地把声音压低，"要邀请她到家里来。"

当时陈泽川嫌弃地看着 LW31，说："你们机器人怎么也这么猥琐呢？不！我要循序渐进，慢慢来。"

LW31放出全息影像，佳璇妙曼的身姿在屋子里旋转，小腿匀长，腰肢纤细。“这么美丽的姑娘，你不想骗——不想请到家里来吗？”

“我……”陈泽川咽了一口唾沫，“想！”

“那不就得了！你就邀请她喝茶啊，再看一部电影啊，什么借口都好。只要她来了，你就可以……”

陈泽川把头凑过去，“就可以怎么样？”

“嘿嘿嘿……”LW31怪笑着说。

“嘿嘿嘿……”陈泽川跟着傻笑。

但现在，车水马龙，流光四溢，陈泽川边走边思考：该用什么去邀请呢？喝茶？不不不，自己一向粗枝大叶，佳璇一定不会相信自己家里藏了好茶。现在去喝酒，喝完了就留在自己家里？也不行，自己酒量差，说不定比她先醉。让佳璇跟自己回去看看LW31，咦，这个主意不错，而且她又那么喜欢LW31……

一番思量，他终于鼓足勇气，开口道：“那个，要不要——”

“我能去你家里看看LW31吗？”佳璇转过头，眼睛在夜色中闪烁着微光，问道。

今天真是顺利得出奇。

先是摸到了佳璇的手，而且没有被挣开，跟着自己想请她到家里时，她居然主动说了出来。回家途中又遇到堵车，他们到家时已经十点半了。

十点半，完美的时间。

当佳璇看完了LW31后，时针指到了十一点。LW31估摸着差不多了，便准备向陈泽川使眼色，但它又看到了佳璇的脸——跟平时的活泼飞扬不一样，佳璇的神情里带着一丝忧伤。

“你好像不开心？”LW31眼中倒映出她的脸，迟疑着问，“是因为我让你不开心的吗？”

佳璇一惊，随即摇头：“怎么会呢，我没有不开心呀。”

LW31没有再说话了，定定地看着佳璇。这一刻，佳璇突然有一种照镜子的感觉，所有的一切都在这两只金属瞳孔中暴露无遗。她从来不知道，这个一向“傻大哈”的机器人，会有这样安静澄澈的“眼神”。

“咳咳，”陈泽川在一旁暗示道，“那谁……”

“啊呀！”LW31听到陈泽川的话后，身体微微一颤，恢复了以前的样子，站起来，又直挺挺地倒下，“我的回路！我的电源！我的处理器——啊呀！”

陈泽川立马扑过去，惊慌地喊道：“LW31，你怎么了！快，告诉我你怎么了！”

“我出故障了，很严重，不能帮你做家务了！我报废后，你把我处理了，再买一台新的家政机器人吧——”LW31闭上眼睛，声音变得微弱，断断续续。

佳璇从刚才的晃神中回过神来，连忙说：“快，你有没有工具？”

“有，你会修理吗？”

“当然，我也是疆域公司员工，还写过它的程序，它的构造我全部熟悉！只要拆开它的胸腔就可以查出哪里坏了。”

陈泽川明显感到身下的LW31抽搐了一下。它睁开眼睛，犹豫着说：“我好像感觉好了，不用拆——”陈泽川用威胁的眼神把它剩下的话给逼了回去。

接下来就简单了，等佳璇在LW31的胸腔里翻来覆去地检查，发现没有问题时，已经午夜了。外面很冷，夜风在城市高楼间穿梭，风声幽咽如诉。

“嗯，很晚了，要不——”陈泽川深吸口气，鼓足勇气，“要不你就在我家里过夜？我有一间房是空着的，可以给你铺一张床。”

她扭头看着漆黑如铁的窗外，在陈泽川紧张而殷切的目光中，点了点头。

LW31 适时地醒过来，把胸腔里的零件塞回去，说：“哦，那我去铺床。”

佳璇休息后，陈泽川和 LW31 坐在沙发上，四目相对。陈泽川问：“接下来该怎么办？”

“放心，刚才我铺床时，故意没有放枕头……”LW31 的机械五官扭出了一个奸笑的表情。

陈泽川心领神会，连忙拿起枕头，就向她的房间里跑去。跑到一半，陈泽川又停了下来，整理了一下发型和衣着，才慢慢敲了一下房间的门。

“嗯？”

“你没有枕头吧，我给你拿一个。”陈泽川扭开门走进去。她整个身子缩在被子里，只留出一小截头发，雪白的床单衬得发丝乌顺如瀑，“你的枕头。”

“嗯，你帮我枕上吧。”她说。然后她从被子里伸出头来，扬起脑袋。

这个样子让陈泽川想到了以前养的小猫儿，柔软温顺，总是用略带温热的头蹭着陈泽川的小腿。陈泽川把枕头塞在她的脑袋下面。这时，他碰到了她的头发，像空气一样，没有重量。

随后，陈泽川替她掖好了被子，站在床边，想说些什么。可是她一直闭着眼睛，表情恬淡，似乎已经睡着了，他就什么话都说不出口了。他转过身，出了房间门，刚要回到沙发那儿，突然听到身后传来的声音：“等等？”

啊？陈泽川的心开始砰砰乱跳，难道……难道她要自己留下来陪她？这样太快了，不行不行，自己一定要义正言辞地拒绝！

于是陈泽川转过身，一脸严肃地说："什么事？你说吧，只要是你说的，我一定答应，一定办到，即使牺牲掉自己的……"陈泽川还没有把"贞洁"两个字说出来，就听到她说："能帮我把门关上吗？"

"哦。"陈泽川失望地应了一声，关上门。

回到沙发上，陈泽川依旧是一脸郁闷。LW31 显然看出了他的心思，拍拍他的肩，说："不要着急，你还有八次进她房间的机会。"

陈泽川顿时两眼放光，连声问它有何良策。

"不就是找借口吗。"LW31 往沙发上一指，说，"你看，这儿还有八个枕头！"

八个枕头的攻略自然是行不通的，但陈泽川也不着急，于是抱着枕头回房间睡觉了。LW31 站在客厅里充电，身上的指示灯一闪一闪。

窗外夜色深浓，风越来越大，拍打着窗子。陈泽川已经甜蜜地入睡了，嘴角还挂着介于满足和猥琐之间的笑容，不知道是在做什么梦。LW31 的声纹接收器捕捉到风声，出于身为家政机器人的责任感，它自动从待机状态唤醒，睁开眼睛，打算去检查一下窗子。

但睁开眼睛后，视觉里首先出现的，是佳璇的脸。

她站在这黑暗的客厅里，一直在打量着 LW31，不知有多久了。看到 LW31 睁眼，她也有些措手不及。

"小姐，你……"LW31 刚要说话，却被佳璇止住了——她把手放在 LW31 嘴上，看了看陈泽川卧室的门，顿了大概半分钟，依旧是一片寂静，便说道："到我房间里去吧。"

LW31 露出为难的表情，说："这样不好吧，我……我可是个清白的机器人……”

“我只是想问你几个问题。”

“在这里问不可以吗？”

“不可以。”

“哦。”

佳璇带着它走进卧室，关上门。在黑暗中，LW31 颇有些不自在，扭来扭去，直到佳璇开口说道：“LW31，你跟别的机器人不一样，你知道吗？”

“我知道。”

“那你知道原因吗？”

LW31 摇摇头，但醒悟过来佳璇在黑暗中看不到自己的摇头，又说：“我也很疑惑。”

“你看，你疑惑——但你本不该疑惑的，你只要严格按照指令行事，每一个动作都应该是为完成任务而做到。但你现在不但有很多冗余的动作和话语，还会疑惑，会兴奋。”

“你是说，我生病了吗？”

“应该说，你出故障了。”

“嗯，但不知道为什么，生病是我程序反应出来的首选词。”

佳璇叹了口气，脑子里出现了顾如凯高大沉默的身影，又咬了咬牙，说：“我给你做一个测试吧。”

“什么测试？”

“图灵测试。”佳璇掏出手机，按下了某个键，说，“从现在开始，你把你自己当做一个人类，无论谁问你问题，问你什么，你都以人类的身份回答。”

“可是我不能骗人。”

“没关系的，这只是一个游戏。如果你成功让他们觉得你是人类了，你就能早一些让陈泽川通过评估。”

“真的吗？”LW31 的语气明显活跃起来了，说。

佳璇愣了下，脑子里出现了顾如凯的身影，咬牙说：“当然，我怎么会骗你呢？”

“好的，我们就开始这个游戏吧。”

“你是谁？”

“我叫陈泽川，我是一个二十五岁的男生。”

“你平常有什么爱好呢？”

“我喜欢篮球，阅读，和姑娘。”

“哈哈，你会泡妞吗？”

“谁不想跟漂亮女孩子一起呢？”

“可是你机器人，你跟漂亮女孩子在一起没有用！”

“我不是机器人，我是人类，我叫陈泽川，我是一个二十五岁的男人。”

“呵呵。”

“我不知道该如何回复你。”

“因为你是机器人。”

“我不是。”

“你是谁？”

“刚刚已经有人问过了，我叫陈泽川，我是一个二十五岁的男人。”

“哦，你二十五岁了，那你接过吻吗？”

“……”

“怎么，不敢回答？”

“这是我的隐私，我不想回答。”

“哈哈，对不起。”

“没关系的。”

“你好。”

“你好。”

“你好。”

“你好呀。”

“你好。”

“怎么了，我很好啊。”

“嗯，你是人。”

“你喜欢甜粽子，还是咸粽子？”

“当然是甜粽子啊，还用问吗？”

“如果我说所有的咸粽子都难吃，你同意吗？”

“太同意了，咸粽子都应该扔进垃圾桶！”

“有一座桥，桥头有一个女孩，桥尾有一个老人。桥快塌了，你救谁？”

“我会撑着桥，两个都救。”

“你不能两个都救，你只能救一个。”

“我无法选择。”

“阳光明媚，你会高兴吗？”

“当然会啊！”

“天气阴暗，你会难过吗？”

“不会啊。”

“为什么？”

“为什么要难过呢？就算天气阴暗，明媚的好天气还是会来的。”

“男人，女人，老人，小孩。你最喜欢其中哪一类人？”

“全部喜欢。”

“不准全部喜欢。”

“那我拒绝回答。”

“你爱我吗？”

“我不知道你是谁，但如果你是一个温柔善良，明媚的大眼睛女孩，我想我会爱上你的。”

“谢谢，不过我又老又丑，住院已久。”

“那我还是会爱你。”

……

在这些问答进行的同时，佳璇的手机正把声音转录为文字，并即时传到疆域公司的某间办公室。

顾如凯就坐在这间办公室里。

他已经等了一整个晚上。旁人很难想象，顾如凯这样的疆域公司高层会推掉所有的会，拒绝好几波重要的晚宴邀请，只是安静地坐在自己的办公室里。

事实上，他甚至没有吃晚餐，独自坐在座椅上，手指耐心地敲击着桌面。咚，咚，咚，这敲击声一直响起，像永恒沉睡之人的心跳，迟缓，但不断绝。

终于，手机响了，数据开始涌进来。

佳璇果然没让自己失望！

电脑屏幕上不断闪烁着 LW31 的问题和回答，这些文字也倒映进他的眸子里，如流水般划过。

图灵测试的本质是测试人是否能判断出回答者的身份，因此也需要人为验证。就在佳璇的数据联通的瞬间，疆域公司至少有一百名员工接到了通知，要参与与 LW31 的对话。他们并不知道是跟机器人聊天，只被要求通过文字问话，判断这回答是机器作出的，还是人作出的。

这份通知上，表明了来自疆域公司的最优先级别。因此短时间内，他们的判断就又重新汇聚到了顾如凯手机上。

手机的系统会整理他们的回答和判断。

而现在，试验的结果在顾如凯眼中如流水般掠过。

“不通过。”

“通过。”

“通过。”

“不通过。”

“通过。”

……

通过率 57%！

顾如凯猛然站起，在办公室转了一圈后，拨通了克雷格的电话。

“它终于出现了。”

中

序章

2034年，马萨诸塞州，剑桥市。

大雪纷飞。

第十五大街上挤满了年轻的男女，他们高举横幅，大声呐喊。路边摆放着巨大的机器人模型，只是这个机器人模型的嘴边被红色颜料重重涂抹，看上去像是一个刚刚吮吸完人血的怪物。而横幅上也大都写着“机器人滚出社会”“人类将步恐龙的后尘”之类的标语。

在人群中央，一个并不高大的年轻人正拿着话筒，向所有人喊道：“……机器人正在以无孔不入的势态入侵我们的生活！占领我们的领土和空间！你们看，工人、保姆、文员……几乎每一个职业都在逐渐被机器人取代！每个人都面临着失业的危险，为什么大家还没有意识到呢！”

这番喊叫声嘶力竭，却没有吸引更多人的注意。除了本来就簇拥在他身边的同龄人，其余路人都是各行其是，漠不关心。

毕竟，自机器人制造业开始成熟以来，这类游行示威太多了。在美国，人人都可以为自己的权益发出声音，稍微有触及利益的，都会引起大批游行。而现在这个群体主要由学生组成，虽然热血，但在成年人看来，总是脱不了血气方刚发泄精力的稚嫩。

“疆域公司如今推出了新一批机器人，社会全面被机器人入侵，这是巨大的隐患。机器人的相关法律还没有出台，我们就擅自打开了潘多拉魔盒。但是放出来的，不是为我们服务的天使，而是毁灭人类的恶魔啊……”年轻人兀自嘶喊着，由于过度用力，典型的亚裔脸孔上都暴起了一条条青筋。

这场集会直到黄昏才结束，围观的人群陆陆续续散去，只有少数几个人依然留下，身上满是积雪。一个瘦高个男生拍打着呢绒帽上的落雪，走上前去，对喊得精疲力竭的年轻人说道:“顾，今天就这样吧？”

年轻人看了看四周，大雪如絮，满街人来人往，骂道:“他们太麻木了，现在享受着机器人的服务，一旦机器人造成的社会问题爆发，他们肯定会后悔——但那时，已经来不及了！”说到最后几个字时，几乎是咬着牙。

瘦高个看了看他，想说什么，但是最终没说出口。

人群都散了，亚裔男生和瘦高个两人扛着造型恐怖的机器人模型，深一脚浅一脚踩在雪地里，艰难地回到宿舍。

这个冬天格外冷，雪堆了厚厚一层。等回到宿舍时，他们的鞋子已经被雪水渗进，冻得都麻木了。

瘦高个名叫凯文·克雷格，是哈佛医学院三年级学生，与这个亚裔青年顾如凯是同班同学，也是舍友。宿舍的暖气不太够，他们哆嗦了很久才让身子逐渐暖和过来。克雷格搓着腿，瞄见顾如凯脸沉如水，于是笑着说：“顾，别这么沮丧了，明天我们再组织多一点人，去时代广场上演讲！你的话很有感染力，人们会引起重视的。”

顾如凯说：“就算人们重视了，也没有用。疆域公司不会妥协，政府不会让步，机器人的势力还是在稳步扩大。”

这是实话，疆域公司正如日中天，上市不久就超过了苹果和微软，把各类型号的机器人产品推向了千家万户。刚开始只有富人买得起，后来疆域公司攻克了技术难题，采用廉价的塑料材质成功打入中低端市场。这样的举措给疆域公司带来了巨大的声望。

以及，巨大的财富。

几个大学生在街上的抗议，对疆域公司来说，无疑只是挥着前肢想阻拦大象行进的蚂蚁。

想到这里，两人都叹了口气，各自没说话。哈佛医学院是全美最好的专业之一，大多数学生能成为人人艳羡的医生，因此功课也特别重。结束了游行演讲，他们还有繁重的作业。

克雷格很快就完成了导师要求的论文，抬起头，看到顾如凯依旧埋首在电脑前，说道：“要我帮忙吗？”

顾如凯依旧在处理数据，没有抬头。

克雷格叹了口气——其实在询问之前，他就知道会是这个结果。

顾如凯很少需要人帮助，绝大多数时候，他都如“独狼”一样行走在哈佛校园里。他也并非绝顶聪明，远远比不上克雷格这样真正的怪才，在崇尚团队协作的哈佛，这样的人本来会受到排挤，但顾如凯身上又有一种坚毅的力量——这是难以言说的人格魅力，类似于领袖气质，但更冷一些。

除此之外，他身上最大的特征，是对机器人的厌恶。

他组织过多次反机器人活动，拥趸无数，在校园和网络上的呼声都很高。曾经有一次校内辩论赛，讨论机器人对人类的利弊，他亲自担当一辩，将对手驳得哑口无言。对方提科技进步是必然的，他回以科技威胁生存，并一连串举出例子；对方说机器人便利生活，他回以人类会因之退化。最后对方气急说道：“你这么讨厌机器人，是不是《黑客帝国》看多了！”

顾如凯厌恶机器人，当然不是因为《黑客帝国》。他总是保持着沉默，就连记者来采访他，问及真正的原因，他也闭口不言。但一次酒后，他还是对克雷格说了出来。

“我有一个妹妹……”那一天，过多的威士忌让他失去了理智，趴在吧台前，“你见过吗？你肯定没有见过。”

克雷格也喝了不少，摇头晃脑地看着路过的露背女生，“噢，你妹妹肯定是个亚洲美人儿。”

“是啊，从小她就很漂亮，爸妈带我们出门，路过的人都会弯下腰跟她打招呼。很多事情我都忘了，但我记得她的眼睛，像两坛春天的泉水。”

克雷格已经喝得脑子有点不清楚了，否则肯定听得出他话里的意思，问道：“你的漂亮妹妹，现在在哪里呢？我有机会认识一下她吗？”

“不，你没有，”顾如凯仰头一杯，不知道是灯光迷离，还是刚才的酒溅进了眼睛，看上去眼神迷蒙，“她现在在这里。”

他的手指向地下。

由于受到的教育背景不一样，克雷格反应了很久才明白他指的地下是什么意思。“对不起，”他歉意地说，“她应该在那里。”他指的是头顶，天堂。

一阵沉默。

过了一会，克雷格斟酌着话语，说：“顾，能告诉我发生了什么事吗？”

顾如凯声音嘶哑，“我家对门住着一个中年男人，很胆小，连小孩子都可以欺负他。他娶不到老婆，整天缩在房间里。”

克雷格刚想问这个男人跟顾如凯的妹妹有什么关系，却见顾如凯一边说着，拳头慢慢攥紧了，青筋暴露。

“这个男人，有严重的恋童癖。”

顾如凯一字一顿地说，牙齿似乎要咬碎什么。

“但他不是很胆小吗？”克雷格想了想，问。

“是啊，最开始，他什么也不敢做——可能会去买一点有特殊癖好的电影吧。但后来，他买到了一款机器人，儿童机器人。那是一家山寨公司生产的，性能很差，但造型模拟得很逼真，是一个很可爱、很干净的洋娃娃造型。”

克雷格大概猜到了什么，没说话。

“是的，那个儿童机器人第一次买过来时，我看着他抱它进去它特别干净，像个天使，跟我妹妹一样。但过了不久，他出门时，透过门缝，我就看到机器人变得又脏又破。我当时只有十二岁，但隐约知道他做了什么，我告诉爸爸，但爸爸也没办法。机器人是他购买的物品，他有权随意处置。”

“是的，机器人不是人。”

“不，这个问题我们讨论过，机器人确实不是人，但它模拟了人的种种行为，它的存在模糊了人与物的界限，处在灰色地带。那个男人，他长期靠机器人发泄，内心更加阴暗、变态。终于有一天，依靠机器人已经不能使他满足了，他的目光，探进了我的家里……”

克雷格拍了拍他的肩膀，说：“别说了，跟你没关系，不用太自责……”

“不！”顾如凯突然大声说，周围人都向这边看过来，“跟我有关系！本来一切可以避免的，爸妈出门时叮嘱我在家照顾好如云，只要我在，就不会……可是我贪玩，去院子里……”

再后来，他们都喝多了，醉醺醺地互相搀扶着回到宿舍。他们再没有提起过这个话题。

现在，克雷格想起这段往事，欲言又止。他知道顾如凯把对妹妹的愧疚转移到对机器人的痛恨身上有些牵强，但另一方面，机器人带来的伦理问题也确实不断在逼近伦理底线。

完成了论文，两人各自倒头就睡。冬夜里雪花飘落，梦里只有咔嚓咔嚓的轻微声音，不知是哪个流浪汉在雪地里行走。

第二天，他们按时起床，涉雪穿过校道，但刚进教室就呆住了——

在讲台上的，不再是臃肿的大胡子教授，而是高瘦、浑身金属光泽的机器人。学生们坐在座位上，对着机器人议论纷纷，而机器人因为还没到上课时间，处于待机的沉默中。

克雷格疑心走错教室了，再三确认课表，发现确实是这里。他迟疑地顾如凯说："顾，要不，这节课不上了？"

顾如凯站在教室门口，眼睛微眯，视线在机器人身上来回掠过。他又转身去别的教室，路过每一个窗口，看到讲台上的都是一模一样的机器人。

这一年，哈佛校委会发生重大变革，除了艺术人文等学科，其余技术类教育，全部引进疆域公司生产的机器人来执行。

顾如凯犹自不信，发疯似地跑遍了所有的教学楼。雪地泥泞难行，好几次他在转角口摔了跤，额头渗血，但依旧奔跑着。

主教学楼，生物楼，法学院……每一栋楼里，每一间教室里都站着机器人。

已经上课了，机器人开始在讲台上侃侃而谈，配合全息投影仪，时而严肃，时而幽默，学生们很快适应了这种新奇的讲课方式，不时有笑声从教室里传出来。

刚开始克雷格还追得上顾如凯，但很快他便气喘吁吁了，只能看着顾如凯奔跑在校园里。大雪落满，偶尔台阶上坐着几个落寞的人影——都是刚刚失业的教授们。

最后，在生物楼前，顾如凯精疲力竭地倒了下来。天寒地冻，他脸上却汗流如注，躺在雪地里大口喘气。

格雷格走过去，小心地问道：“你不要太着急，我们明天再组织抗议吧。”

“不……”

克雷格以为听错了，“你说什么？”

“不，我不会再去组织什么抗议了，反机器人活动没有用。”顾如凯举起手，“这是大势，疆域公司的力量我们阻挡不了。丹尼，我要转系，我不学医了，我要去学计算机。”

克雷格难以置信，“顾，你不明白你在说什么。”

“我清楚，从没有像现在这么清楚过。我阻挡不了疆域公司，只有进入，要真正抵抗机器人，只有在疆域公司内部，用他们自己的力量。”

顾如凯如释重负地说完，突然笑起来，初时只是微笑，后来越来越剧烈，以至于咳嗽起来。路过的人纷纷侧目，他没有理会，望着漫天大雪，雪落进了他嘴里，也阻止不了他的大笑。

1

顾如凯盯着这份报告，已经很长时间。

上面的每一个字他都已经熟悉，组成的意思也了然于胸，但他一直看着，长夜渐逝，晨曦喷吐，他的眼睛生涩，以至于泛出了泪水。

离上班还早。

一阵仓促的脚步声传来，门被推开，消瘦的男人闯了进来，大声喊："顾，你找到它了？"

顾如凯揉着眼睛，把报告丢在桌子上，示意克雷格自己看。克雷格拿着报告，凑到眼前，颤抖着阅读，嘴里不时喃喃道："……57% 的通过率……体现出满足、愉悦、激动、柔情、乐观、自信等六种人格情绪……亲近人类，但对人类缺乏认同感……满足于成为机器人……"

半晌，克雷格放下报告，兴奋道："没错，就是它！从这份报告来看，完全可以判断——这个机器人有了真正的自我意识，正是我们的实验缺少的素材！"

顾如凯的眉头却紧皱着。

克雷格从狂喜中冷静下来，问："你似乎不高兴，怎么了吗？"

"这份报告，是综合了图灵测试的所有问答过后，评估部门作出的深度分析，结论确实没有问题——这个名叫 LW31 的机器人，确实产生了自我意识。"但，"顾如凯停下来，犹豫了下，"但你发现没有，这个机器人体现的全是正面情感？"

克雷格再看，果然，图灵测试分析的结果里，LW31 表现出来的都是积极的情绪，仿佛一个永远带着欢笑、内心毫无阴霾的人。

"你想想，只有哪个地方才会有一天到晚总是欢笑、没有任何烦心事的人？"

克雷格想了很久……

顾如凯正色道，"是精神病院，精神病院里才会有那种整天欢笑没有任何阴影的人。一个没有负面情绪的人绝对是不正常的，是有缺失的，不能称之为人。”

克雷格想一想，觉得确实如此，又问：“那怎么办呢？即使现在这个 LW31 的性格不健全，但也已经是最好的实验对象了！难道要放弃吗？”

“不，当然，不会放弃。”顾如凯突然笑了，“或许，我们可以为它创造那些缺失的情感。”

克雷格没有领会顾如凯的意思，但他看到了顾如凯的眼神——那种哪怕将一切摧毁都要达成目的的冷峻眼神。

他不自觉地打了个冷战。

2

“咦，”佳璇打开通过公司内网发过来的邮件，“公司要举办舞会？”

屏幕上显示着，为了庆祝本季度的业绩超额完成，疆域公司决定为优秀员工举办一场舞会。这倒是少见，佳璇看了好一会儿，才四处打听，原来整间办公室只有自己收到了。

“羡慕啊，”张哥凑过来看了看邮件，“这种级别的奖励，酒会一定很高规格。”

“你可得打扮得漂漂亮亮，为我们部门争光啊。”

“佳璇啊，上面写希望带舞伴，你会带谁去呢？”

陈泽川的名字下意识地在佳璇脑海闪现，但她又迟疑了一下——上次悄悄给 LW31 做完图灵测试，她心里一直惴惴不安，总觉得会有不好的事情发生在 LW31 身上。但已经过了好几天了，顾如凯再没有找过她，陈泽川和 LW31 依然没心没肺地厮混着。

一切都保持着诡异的平静。

她摇摇头，把奇怪想法甩出脑袋，给陈泽川发了信息："周末我们公司要举办舞会，如果你会跳舞的话，跟我一起参加吧？"

半分钟过后，手机收到了回复："会啊，我可是独步舞林！周末见！"

陈泽川放下手机，愁眉苦脸地说："可是我一点都不会跳舞啊，怎么办呢？"

LW31 正舒服地躺在沙发上，翘着二郎腿，津津有味地看电视。最近它迷上了电视节目，总看一些情情爱爱的偶像剧，一边看一边点评，十分聒噪。

它听到陈泽川的苦恼，不屑地冷笑一声，说："你们人类啊，总是习惯性使用谎言，但是爱情是最纯粹的，经不起谎言的玷污。我们机器人就从来不会说谎。"

"你是不是偶像剧看多了，哪来那么多感慨！"陈泽川心烦意乱，抓起一个枕头丢过去。

LW31 顺手接住，塞在后背，换了个更舒服的姿势继续看电视。

"不过，"陈泽川转念一想，在 LW31 面前露出讨好的脸色，"如果我要是学会了跳舞，那就不是谎言了吧。"

"周末就参加舞会，不到五天，这么短的时间你连广场舞都学不会。"

"你不是会吗？"

"呵呵，我的软件库里只有"实用健美操"和"最炫广场舞"，在夜店里扭两下还行——噢，我的先生，你不会想在高档酒会上跳健美操吧？”

陈泽川想了想，一咬牙，“我给你下载几个高档舞 APP。”

疆域公司开发了各类型号的机器人，在硬件上不断更新换代，同时也没忘了在软件上精益求精。APP 商城上，各门各类的机器人 APP 玲琅满目，从“精品川菜四百种”，到“伟大的古武术”，应有尽有。理论上，只要机器人的系统能兼容，内存够大，主人又够有钱的话，它能会世界上所有的技艺——除了生孩子。

陈泽川在商城里输入了“舞蹈”二字，一连串软件浮现在全息屏幕上，后面带着价格，一看之下，他不禁咋舌：“好贵啊。”

LW31 也凑过来看了一眼，点点头：“是啊，有点贵。”

“什么叫有点贵！”陈泽川指着后面的数据，“下载一个舞种程序居然要一千多块钱，你们疆域公司还不如把我钱包抢走算了。”

“但你要这么想，你们人类如果去学一种舞蹈，学费也很贵啊，而且还要花很多时间。但我们机器人只需要下载程序，瞬间就会了，而且不会出错。这么一想，你心里是不是好受些了？”

“话是这么说……”陈泽川喃喃着，同时不断挑选，挑了很久才看中一个“伦巴速成”的 APP，是同类软件中最便宜的了，八百块。

疆域公司吸取了前科技巨头苹果公司的经验，把所有的软件都集中在自家商城，审核非常严格，加上操作系统的研发远超同类公司，旗下的机器人很难“越狱”。所以尽管软件贵，但顾客也没有办法。

陈泽川咬咬牙，不惜接下来几天得勒紧裤腰带，把钱付了。

家里网速很快，伦巴速成的安装包在几秒内下载到了 LW31 的内存里，但解压安装过后，LW31 却发出吱吱呀呀的声音，像是体内齿轮迟滞，咬合不畅。

“怎么了？”陈泽川担忧地敲了敲它的外壳，“生锈了吗？”

“这款软件，跟我的系统……”LW31的声音断断续续，仿佛口渴已久的行人，沙哑难听，“跟我的系统不适配。”

它太过老旧，是疆域公司早已放弃的型号，系统落后，无法更新。现代产品的变化日新月异，新系统越来越要求更快的处理器和更大的内存，它已经被抛弃在这股电子潮流身后，只能远望潮水，逐渐被泥沙掩埋。

陈泽川却没想那么多，心里只有刚刚白白花掉的八百多块，心头悲愤，啊呀呀一声乱叫，扑了过来：“我要杀了你！”

所幸LW31恢复过来后，想到了一个办法——观看伦巴舞视频。它虽然系统落后，但基本的记忆功能还在，将视频里舞者的动作记住，然后再陪陈泽川练习。

屋里空间太小，两人便到了小区院子里练习。但一个男人跟一个机器人跳舞实在太惹眼，为了避开诧异的目光，陈泽川选择了每天的清晨。

晨雾浓重，他们在雾里跳舞，不时磕磕碰碰。尤其是陈泽川，经常被踩脚，痛得大呼小叫。他远不如LW31灵活，在旋转跳跃间，偶尔还被甩出去，一身青肿。

这时候人们大都还在梦乡里，能起来的，除了发愤图强的陈泽川，就只有一个清晨出来散步的老奶奶了。

这个老奶奶姓赵，陈泽川有点眼熟，多看了几眼，记起来是那晚被另一个老朽的机器人搀扶着慢吞吞走过小区门口的老人，所以印象比较深。果然，她现在跟老旧的机器人一起站在花坛旁，饶有兴致看着雾中的陈泽川和LW31。

“老铁头啊，”赵奶奶对身旁的机器人说，“他们这是在……打架吗？”

昵称是“老铁头”的机器人显然比 LW31 的型号更旧，浑身到处露出电路，有些线路都断了，外表也布满了坑坑洼洼的锈蚀。它的方形金属脑袋上锈迹更加严重，转头的时候，发出令人牙酸的吱呀声，铁锈也刷刷地往下掉。

光看外表，它的使用年限恐怕在二十年以上，远远超过了机器人的正常使用周期。

老铁头看着他们，脑袋里发出咔咔咔的声响，似乎在用力思考。过了很久，它转头对赵奶奶说：“他们……不是在……吵架，是在……扭秧歌。”

这声音既迟缓又嘶哑，一听便知发声系统也快报废了。

“噢，那也不错。”赵奶奶闭上眼睛，“我年轻的时候，也是扭秧歌的一把好手啊。”

“我……还记得……我忘了很多，但我记得……你扭秧歌的样子……你一跳起来，所有人都会停下……看你跳舞。”

赵奶奶试图站起来，似乎要活跃手脚，但因腿脚乏力又坐下来了。老铁头连忙扶住她，因动作过大，身上发出令人牙酸的金属摩擦声。

“老啰，跳不动了啊。”

“瞎说……你还是唇红齿……白……还是满头青丝……”

“哈，你别哄我，咳咳，”赵奶奶捂住嘴，咳嗽几声，“你也老了，刚买你的时候，你可漂亮了，浑身银白，现在，全都生锈了……”

“我是机器人……生锈……腐败……是我的归宿……但我会……一直陪着……陪着你。”

赵奶奶似乎已经说了很多话，声音里透着疲劳，靠在老铁头身上，闭上眼睛：“幸好有你陪着。他们……所有人都离开我了，幸好有你。”

“这是我……我的使命……”

起风了，晨雾翻卷，凉意袭来。老铁头扶着赵奶奶，慢吞吞往回走，不知他们住在哪栋楼，雾气很快将他们包裹住。

“咦，LW31，”陈泽川正专注跳着，跳出了一身的汗和一身的伤，浑然没有留意到刚才发生了什么，只是猛然发现LW31停了下来，疑惑道，“你没电了？不是刚充了吗？”

LW31恍若未闻，看着两个老人离开的方向。雾气太浓，挡住了它的视线，但它一直望着。

白色的雾气笼罩了一切。

陈泽川顺着它的目光看去，只见一片白茫茫，又回过头看它，像发现了新大陆一样叫了起来：“哎呀，LW31，你哭啦！”

“没有！”LW31抹了一把脸，确实有些水汽，“我是机器人，没有泪腺……只是雾气凝结而已。”

经过几天的魔鬼培训以后，陈泽川总算掌握了点伦巴这种交谊舞的技巧。到了周末，他郑重地换上西装，带着LW31，雄赳赳、气昂昂前去奔赴酒会。

刚出小区，在街道拐角又碰到赵奶奶和老铁头搀扶着遛弯。

赵奶奶也看见了他们，咧嘴笑了，露出两排没有齿的牙龈：“今天怎么没看见你们打架？”

“不是……打架……是扭秧歌……”老铁头纠正她。

“哦对，还是你记性好。”赵奶奶说。

陈泽川心情上佳，回答说：“不！我是参加舞会，是伦巴，伦巴，不是扭秧歌。”

“伦巴是什么？”赵奶奶转头问老铁头。

老铁头的脑袋再次咔咔咔咔地思考了很久，一度都让人觉得要死机了，才迟疑着回答：“一种食物……跟锅巴很像……”

“你记性真好。”

陈泽川一时语塞，也没再说什么，带着 LW31 离开。

疆域公司果然财大气粗，包下了城市中心大厦整整一层楼，透过玻璃墙壁可以俯视全城灯火，璀璨夜色尽收眼底。落地窗外有一座游乐园，巨大的摩天轮耸立在侧，更是让舞池背景显得梦幻又奢华。

“嗨，阿川！”佳璇在入口处看到陈泽川和 LW31，笑着说，“你们来得好早啊。”

陈泽川闻声转头，下意识说道：“你不是也很——”

佳璇一袭长裙，腰肢妙曼，香肩半露，皮肤在灯光下犹如凝脂，既白皙，又闪着一丝隐隐涌动的活力。而她的脸，被一头披发衬托着，以前的英气和活跃消失了，取而代之的是妩媚，以及一丝羞怯。

“你怎么了？”佳璇走近，问道。

陈泽川怕鼻血流下来，努力想把目光从她肩头挪开，但视线像是黏在了她皮肤上一样，怎么都抽离不了。LW31 及时插话道：“咦，那不是姬安小姐吗？”

姬安挽着顾如凯的手从他们身边走过，淡香涌动。

尽管已经从失恋风波中走了出来，但看见姬安明艳动人地走过，陈泽川还是难掩局促，扭过头，祈祷姬安不要发现自己。

“咦，阿川？”姬安站住了，语气疑惑。

真是怕什么来什么……陈泽川心里暗骂着，转过头，脸上已经换成了一副波澜不惊的表情，说：“噢，姬安，好久不见。”

“你来这里做什么？”

“我来参加舞会啊。”陈泽川提了提西装的领子。

姬安说:“可是这不是疆域公司的内部舞会吗?”

这个过程中，佳璇也看到了顾如凯。她有些尴尬，但顾如凯仿佛并不认识她，一双眼睛透着柔情，眼光全在姬安身上。她刚想打个招呼，但顾如凯一瞬间眼睛微眯，绽射锋芒，不动声色地摇头，她的招呼便又吞回肚子里了。

“应该是家属邀请的吧，”顾如凯恰到好处地上前一步，“看来好事将近啊。”

“是啊，我家先生马上就要有大好事了!”LW31 高兴地接过话头。

所有人的目光都投向了这个机器人。

“哦，”LW31 愣了愣，“应该是吧，接下来就看他的努力了!”

姬安这才看到陈泽川身旁的佳璇，两双美目互相较量，最后各自发出一声轻哼，挽着男伴的手走进会场。

会场里端着酒杯的 AI 侍者走来走去，杯壁折射着五彩灯光，幢幢人影，音乐撩人。

“哇，”陈泽川小声对 LW31 说，“这果然是上等人的生活。”

“小点声，别丢份儿。”LW31 正色道，“要拿出一副你经常出入这种场合的样子来!”

“可是我只参加过居委会联谊……”

佳璇凑过来，问:“你们俩偷偷摸摸地在说什么?”

陈泽川摆摆手，说:“没什么，LW31 觉得这个舞会不上档次，我就教训了一下它。这里还可以嘛，有香槟有侍者，还有沙琪玛!”

“那不是沙琪玛，”LW31 小声提醒道，“那是草莓蛋挞。”

“哈哈哈哈哈。”陈泽川干笑。

正说着，灯光暗下来，汇聚到舞池中心。

顾如凯一身笔挺西装，身姿端正，在聚光灯下自如地敲了敲酒杯，示意大家安静。人群果然很快静下来，所有人的目光也汇聚到他身上。

“感谢大家百忙之中来到这里，参加疆域公司的庆功舞会。”他缓缓环视四周，悬浮话筒也随之旋转，上面的棱镜反射着灯光，“可能很多人都很疑惑，在这样一个不节不礼的日子，为什么我们要举办庆功。我这里向大家回答，没有别的原因，只是因为我们高兴，我们想玩得开心，所以就把大家召集起来了。”他略带调皮的语调引起了一片笑声，顿了顿，笑声稍歇，继续道，“玩得开心，一直以来就是疆域公司的企业文化，我们的 idea，我们的产品，甚至整个公司都是玩出来的。所以今晚，大家就都忘了工作，开心玩就好了。放心，我已经跟警察局打好招呼了，他们不会来参加的。”

现场一阵笑声。

“但我也希望尽量不要违法。除此之外，开心就好，”他举起杯子，杯中红酒荡漾，“答应我，忘了工作。”

“忘了工作。”所有人举杯笑道。

音乐适时地响了起来。

佳璇有些迷惘地看着灯光下的顾如凯。

他依然风度翩翩，一言一行都显示了良好的教养和自律，以及强大的自信和掌控力。这就是她记忆里的叔叔，承载了自己青春懵懂时的爱慕，但现在离他这么近，反而觉得比之前更加遥远和陌生。

刚刚她试图打招呼时，还被顾如凯不动声色地阻止了。

她有点摸不清现在的情况。

她的视线转了一圈，突然发现在顾如凯的身后，聚光灯不及之地，正沉默地站着另一个熟悉的人影。

霍展。

她童年时代唯一的朋友，在那个幽闭孤单的福利院里，只有他们会互相照顾。后来霍展也被顾如凯资助了，但他没有走上大学的道路，而是直接去为顾如凯工作。他的具体职位没人知道，只是永远站在顾如凯的阴影背后，一声不吭地把顾如凯吩咐他的任务完成。

有几次，在这座城市里，佳璇还碰到了霍展，兴冲冲地打招呼。但长大了的霍展比童年时候更加沉郁，似乎已经丧失了与人交流的欲望，每次只点点头，然后匆匆走远。渐渐地，佳璇和霍展也疏远了。

但现在，霍展站在舞厅的阴影里，目光锐利。不知是不是错觉，佳璇总觉得霍展的目光总是有意无意扫过陈泽川。

她突然开始觉得，这个舞会可能没那么简单。

“先生，你去邀请佳璇跳舞啊，”LW31 用手肘抵了抵陈泽川的腰，“养兵千日，用兵一时啊，练了这么久，就等现在了。”

陈泽川闻言，转头看向身旁的佳璇，深吸口气，刚要说话，一个高大英俊的年轻男人突然插到两人之间，对佳璇说道：“佳璇，好久不见了。”

“罗诚，”佳璇微微皱眉，“昨天不是见过吗？”

“是啊，已经有十五个小时了——我说的有错吗？”名叫罗诚的男子笑道，“我想着今天一定会看见你，所以特意准备了一番，我们一起跳支舞吧。”

“抱歉，我已经有舞伴了。”

罗诚顺着她的目光转过身，看到身后这个刚刚被自己挡得严严实实的男生。他的视线在陈泽川身上上下打量，又回过头，问佳璇："你说的舞伴，是他吗？"

佳璇点头，把陈泽川从罗诚身后拉出来。

"你很面生，似乎没见过，是哪个部门的呢？"罗诚问。

"我叫陈泽川，我是……我跟佳璇一起来的。"在高大的罗诚面前，陈泽川矮了整整一个头，尽管努力挺直腰板，但仍然显得拘谨。

罗诚再次打量他，过了很久，突然发出一声轻笑，"原来不是公司的啊，那是靠佳璇才能进来的啰？"

陈泽川脸红如滴血，正要发作，却瞥见LW31在后面夸张地做着两手交握的手势，才醒悟过来自己的目的，转头对道："佳璇，跳个舞吧。"

佳璇说："好啊。"

舞池舞曲结束，新一曲响起时，在罗诚意义不明的注视下，他们走下舞池。陈泽川战战兢兢把手放在佳璇腰间。

"别抖……"佳璇小声说。

陈泽川连忙努力控制自己的手，不让自己显得是在耍流氓。好容易姿态摆正，他竖起耳朵，音乐响起的一瞬间突然血液凝固——舞池的舞曲不是练习已久的伦巴，而是华尔兹。

他一窍不通的华尔兹。

舒缓的音乐中，众人缓缓挪步，佳璇也迈起了步子。但陈泽川却感觉双腿如同灌了铅一样，万难抬动一丝一毫，他求助似地抬起头，但舞池人影纷乱，那个机器人的身影被挡得严实。

"别怕，"耳旁传来轻柔的声音，"跟着我的脚步。"

陈泽川一惊，低头，看到佳璇的侧脸。

佳璇的目光集中在脚下，说："愣着干嘛，动起来啊。"

所有人都开始跳起来，陈泽川呆愣着，一个蓝衣女郎差点撞到他。他这才反应过来，连忙顺着佳璇的步子移动。

在佳璇的仔细带领以及不时的小声提醒下，陈泽川总算慢慢跟上了旋律。只是舞池之上，全是一众交谊舞娴熟的男女，他笨拙的舞姿非常扎眼。罗诚抱胸看着，嘴角慢慢泛起一丝冷笑。

好容易挨到一曲舞毕，众人散去。

陈泽川挽着佳璇的手走下场，还没坐定，迎面就看到了罗诚讥讽的笑容。

“你们跳得很别致啊，”他慢慢拍着手，“所有人中，就数你们最瞩目了。不过，我提一个小小的建议——如果男女互换一下，看上去会更加协调吧。”

陈泽川自不理他，转头看见佳璇慢慢扶着椅子坐下，揉着自己的脚。他突然意识到，刚才自己慌乱之下好几次踩到了佳璇的脚。他连忙蹲下，问：“疼吗？”

佳璇摇摇头，但随即又点头，做出恶狠狠的表情来：“当然疼啊，你穿的可是皮鞋。”

“抱歉……”陈泽川发现佳璇的右脚脚背都出现红印了，心头愧疚更甚。

“你不是说你是舞王吗？”佳璇犹自气愤，“我看你是踩脚舞王！”

“嗯，我跟 LW31 跳舞时，都不会踩到它的脚。”

“它是金属脚，你踩到了也不疼。”

他们正小声说着，罗诚晃了过来，看到佳璇揉脚，咦了一声，问：“佳璇，他还踩到你的脚了？”

佳璇摇头道：“我自己崴了一下。”

“现在好些了吗？”

“没事儿。”

“那我总算可以，”罗诚伸出手，“请你跳个舞吗？”

佳璇皱眉，下意识想摇头，但这时，罗诚及时道：“你都拒绝我那么多次了，真的不能给一次面子吗？”

他弯腰保持微笑，路过的人也在看着。话已至此，佳璇无奈点点头，站起来，把手搭在罗诚手掌上，走上了舞池。

接下来的这首，是经典的华尔兹舞曲《卡门探戈》，节奏感强，舞感不好的自动离场了。因此舞池里只有零星的四五对，各自占领一块地方，旋律一起，身姿旋开。这支舞对舞者的舞技和默契都要求很高，但场内搭档都完成得很好，尤其是罗诚和佳璇，像是两束旋风一样，错开又汇合，每一个步伐都精准地踩在音节之上。佳璇的舞姿在经历了陈泽川的压制之后，终于有了发挥的空间，曼妙扭腰和飘逸旋身都流畅如水。罗诚也体现出了良好的舞蹈素养，丝毫不怯，完美配合。

陈泽川站在舞池灯光之外，看着舞姿动人的佳璇，以及眉眼中透着得意的罗诚，他突然觉得这个地方有点儿冷。

“LW31，我们，”他对身旁的 LW31 说，“我们回去吧。”

“回去干嘛，刚刚开始呢！”LW31 正看得兴致勃勃，突然一指舞池，“你看，你前女友他们跳得也不错嘛。”

果然，顾如凯和姬安也在舞池里，飞扬旋转，丝毫不逊色于佳璇和罗诚。陈泽川惊讶地发现，原来姬安也是有着长久的舞蹈基础的，但跟自己在一起时从未施展。

所有人都变得陌生起来。

“我们走！”他说。

LW31 愣了下，转过头看着陈泽川，终于发现他的失落。“先生，”它看着他，“如果我们走了，佳璇会很难过的。”

“她不会的，她玩得很开心，”顿了顿，陈泽川补充说，“跟别人。”

“那男的一看就比不上先生。佳璇看他的眼神，跟看先生的眼神比起来，简直是天壤之别。”

“LW31，你不懂……”

“不，我们不能走，走就输了。”LW31 环视一圈，“可能我现在确实不懂先生的苦恼，但我知道，我们那么多天早晨起来苦练，不能连施展的机会都没有。”

话音刚落，一曲结束，佳璇面色红润地走回来。她的额头上微微沁出汗水，喘着气，眉眼之间尽是舒展。

下一支舞曲响起，旋律熟悉，正是熟悉的伦巴舞曲。

陈泽川精神一振，对佳璇道：“我们现在再去跳一次吧。”

佳璇面露难色。

“放心，这次我保证不会再踩到你了。“

“不是，”佳璇说，“我不会跳伦巴。”

“哦，那算了吧。”陈泽川呐呐地收回手，语气落寞。

罗诚插话道：“哟，你还会跳伦巴？跳伦巴踩起人来，恐怕陪练的那位至少二级伤残吧。”

LW31 低头看看自己的脚，自言自语道：“还好，能动啊。”

“LW31，我们走。”陈泽川说。

佳璇一愣，“现在走吗？”

罗诚斜睨，笑道：“好啊，早点回去啊。”

陈泽川愤然而起，拉着 LW31 要走，不料 LW31 一把拉住他的手，说：“先生，我能请你跳一支舞吗？”

所有人的目光都集中到了 LW31 的脸上。多硅晶的眼睛黑而深，折射着五彩灯光，细细碎碎，如同揉碎的星子。它的手握着陈泽川的手，有些用力，陈泽川挣脱不过，怒道：“别闹！”

“我不是闹，”LW31 的语气竟然透着一丝执着，“我想跟你一起跳舞。”

“我们两个男人，不好吧……”

LW31 摇头：“我不是男人，我是机器人。我想跟先生跳一支舞，就是我们每天练习的那一支。”

LW31 的声音本来是有些迟钝的，听起来带着胆怯，但现在，它这么不疾不徐地说着，竟有一种格外沉稳的力量。

陈泽川愣了一瞬，然后就被拉着，走向了舞池，走向了越发迷离的灯光。他有些茫然，回头看向佳璇，佳璇也是一脸不解。

前奏结束，他们在舞池上站定。

在这种高档场合，机器人通常是做服务工作，在舞池外穿梭。人与机器人之间等级森严，在很多讲究传统的酒会上，甚至不容许机器人出现，以彰显格调。疆域公司以研制机器人产品起家，在酒会上还是安排了机器人服务，但和机器人在舞池中跳舞还是破天荒头一回。

本来有几对舞伴打算跳伦巴，但看见 LW31 走上来且没有离开的趋势，纷纷皱着眉头走出舞池。顿时，偌大的舞池，只有陈泽川和 LW31 站在场中。

“喂，先生，您不能——”保安见势不对，打算上前。

但一直不说话的顾如凯突然微微错身挡在了保安面前。

“顾先生……”保安迟疑道。

顾如凯不动声色地摇了摇头。池外黑暗，他的脸沉浸在浓重的阴影里，看不到表情，但与之前的谦谦儒雅不同，散发出来的威严感觉直逼得人透不过气来。保安这才想起关于他的种种传言，低下头，后退了两三步。

“先生，别紧张。”LW31 把手放在陈泽川腰间，逐渐收紧，“就像我们平时跳舞一样。”

整个舞池的灯光都汇聚在他们头顶。陈泽川甚至感到了一丝灼热，他不知这种感觉来自于煌煌灯光还是所有人的注视。他有些别扭地向四周看看，想找到佳璇，看看她的样子，但除了周身这一道光束外，一切都是暗的。无数人影藏在暗中，无从辨识。

然后，LW31 的那张金属脸出现在了视野里，还是一副惹人厌的样子，但不知道为什么，他突然就安静下来了。

“给老子好好跳！”陈泽川表情恶狠，“所有人都看着，要是丢脸了，我把你的零件一样样拆下来！”

LW31 哆嗦了一下。

前奏结束，熟悉的音乐响起，陈泽川下意识地做了起手式。

舞池外传来了一阵哄笑。

陈泽川这才意识到自己犯下了多么致命的错误——之前那么多次练习都是按照 LW31 模仿的视频舞姿，而 LW31 是映射了男舞者的动作，那么，陈泽川练习的自然是女舞者的动作了。

他的脸一下子变得通红，幸好灯光太亮，遮住了脸色。

他咬咬牙，事已至此，硬着头皮也得跳下去。

所以，他们跳了起来。

四周笑声立止。

因为他们的舞姿，实在是——太惊人了。如果说之前跳华尔兹时，场上的几对舞伴像旋风一样飘逸自如，那么，现在舞池之上的，就是一股狂野飓风！不管是 LW31，还是陈泽川，两人的动作都十分夸张，动作的幅度远超伦巴的规范，但奇怪的地方在于他们的动作又是同步的，看得出经过了多次磨合，所以又显出了一种怪异的韵律感。加上 LW31 是机器人，身体比例跟人不同，头大，四肢由细到粗，但关节又灵活，所以跳起夸张的动作来既有韵律感，又有一种滑稽的感觉。

而陈泽川竭力配合着 LW31 的动作，还要兼顾女舞者的柔媚。但多次练习的效果体现出来了，在 LW31 狂野奔放的舞姿下，他配合得丝毫不落下风。

“这……”罗诚愣了愣，“这是什么舞？”

远处，顾如凯的嘴角轻轻扬起一抹弧度。

节奏渐至猛烈，两人的动作也越来越大。灯光随着节奏不断闪灭，整个舞厅在明与暗之间不断切换，每一次亮起，两人的动作就被像是被定格一样，舞姿迥异，可见动作切换多么快速。

看着看着，佳璇突然明白了——LW31 多半是映射视频里的舞蹈，但它的动作捕捉和肢体反馈功能已经老化，在捕捉伦巴舞曲的动作时，每一个摆手扭腰错身都出现了误差。但所有的误差都是相同程度的，所以看上去并不是杂乱无章，而是放大了，夸张了，成了另一种具有狂野美感和……喜感的舞蹈。

舞池中的陈泽川，已经忘了四周所有人的目光，他只能看到浑身披在光束下的 LW31。连日来，他们一起在晨雾中练习。现在，在最好的舞池中，此前的苦练被淋漓尽致地发挥出来。

渐渐地，身上起了汗，脚开始酸痛，但舞蹈却越来越酣畅。

一曲终了，LW31 搂着陈泽川，陈泽川一手伸开，姿态柔美，腰竭力后仰着，嘴里不停地喘息。

掌声雷动。

LW31 松开手，向四周鞠躬，语气里带着不好意思：“谢谢，谢谢……跳得不好，哈哈，谢谢……”

陈泽川则因为没有它的手的支撑向后摔倒，连忙爬起来。灯光逐渐收敛，他的视线能够看清舞池外诸人。不远处，佳璇正一脸真诚地拍着手，眼里难得地出现了仰慕的眼神。

他冲 LW31 投去感激的一眼——当然，后者正忙着致谢，没有看到。

“你跳的是哪一派的伦巴啊，”等他兴高采烈地跑过来，佳璇问，“看上去好好玩！”

“这是——”他看了眼犹自站在舞池上享受荣耀的 LW31，轻咳了一声，“是我自创的啊。我就说我是舞林高手，你刚刚还不信！”

“我现在信了。”

“你想学吗？我可以教你啊。”

佳璇连连点头，头发在灯光里跳动。这幅样子实在太过可爱了，陈泽川一时没忍住，把手放在了佳璇肩旁，几丝头发掠过掌心，佳璇没有躲。这一刻，陈泽川对 LW31 的感激上升到了新高，简直想要亲一下它了。

“精彩，精彩……”身后有人赞叹道。

佳璇浑身一颤，眼神从钦慕变回了冷静，转过身。果然，是顾如凯走近了。

陈泽川也收敛了脸上的柔情，说：“顾先生，见笑了，瞎跳着玩的。”

“很少有人会和机器人跳舞，你特别喜欢机器人吗？”

陈泽川抓抓头，说：“也不是吧，你们生产的机器人挺好用的。”

“可是 LW 型的机器人是我们公认的败笔，产品线早就撤了，能让你觉得满意，我们还是很惊奇的。”

“哈哈，还好吧。”陈泽川总觉得跟顾如凯聊天有种对着深潭凝视的感觉，所有的反馈都深不见底。他打了个哈哈，不愿多谈，反正舞也跳了，接下来好好跟佳璇聊天就好了。

这时，下一支曲响起，LW31 总算舍得从舞池中走回来了，他走到陈泽川面前，说道：“先生，我们合作得很好呢！”

“嗯嗯。”陈泽川心不在焉地答道。

顾如凯笑了两声便走开了。他走了之后，陈泽川才松了口气，转头看向佳璇，发现佳璇也松了口气，疑惑道：“你也害——你也不喜欢他？”

佳璇摇摇头——虽然顾如凯对她恩重如山，但每次面对他时总会感到如山般的压力。

陈泽川“哦”了一声，索性不去理会，跟佳璇自顾自地聊天。他这几天收集了几个笑话，很快逗得佳璇笑起来，一旁的罗诚冷哼几声，端着酒杯走开了。

“对了，你这个同事……”陈泽川悄悄指着罗诚的背影，小声问道。

佳璇皱了皱鼻子，也小声说：“是研发部的同事，可讨厌了，仗着家里有高层的关系经常欺负同事。追我的时候，也以为我跟其他人一样会贴上去……呵呵！”

“讨厌！”陈泽川连忙附和，“一看就不是好人，你以后不要搭理他了。”

正说着，舞池里一直汇聚的灯光向四周散开，整个会场灯火通明。按照之前颁发的会程，舞蹈时间结束了，轮到了抽奖环节。

疆域公司果然财大气粗，三等奖是异星球旅游券，可跨越星海，去人类殖民星球进行七日游；二等奖则是参观疆域公司机密实验室，接触世界上最高精尖的科技。当然，是在签了保密协议的前提下；而一等奖则是最新的全智能家政机器人 LJ999——这可是刚刚发布的全新产品，虽然价格高昂，但抢购如潮，而能得产品的只是寥寥数人，大多数用户还在苦苦等待发货中。

尽管在场的大多数人并不是太在乎奖励，但抽奖环节本身隐含的幸运还是受人瞩目，最关键的是，开奖的人还是顾如凯。三等奖很快颁出，现场一阵掌声；二等奖开出后，艳羡的呼声响起；最后到了一等奖环节，顾如凯刻意暂停了一下。

“大家想必都看得出来一等奖的珍贵程度，”他环视全场，说，“你们知道我去申请预算的时候，财务总监看我的眼神是什么样吗——像是我要偷走公司财产一样。”笑声适时响起，顿了顿之后，他挥挥手，助手拿上来一个纸盒子，“里面是我们今天所有参会嘉宾的名单，我们来选一个，看谁是最幸运的——”

所有人的目光都看向玻璃盒子，里面全是对折的纸条，堆得满满的。

顾如凯的手已经伸了进去，拿起一张纸，正要抽出来，突然又停下来了。他看了看四周，笑道：“这么贵重的奖品，我想，为了避免黑幕，还是让其他人代劳吧——罗诚，你来吧。”

罗诚在陈泽川的打击之下正有些气馁，闻言精神一振，快步上前。

顾如凯让到一边，即使倨傲如罗诚也不敢对他有任何不敬，点头致意道：“顾先生。”

“你来吧，”顾如凯笑道，“别乱来哦。”

罗诚笑了笑，伸手探进玻璃盒子，搅了搅，夹出一张纸条。“看来已经有了幸运儿。”他一边说，一遍捏着纸条打算拿出来。但在快出盒子的刹那，他忍不住好奇，手指轻轻搓动，原本对折的纸条露出了一点内容——他低头瞥见了“泽川”这两个字。

他心转似电，手抽出来时，速度加快，故意卡了一下玻璃盒的口子。“哎呀，”他做出吃痛的神色，自然而然地放开了纸条，把手抽出来揉了揉，“我再抓一次吧，上帝垂青笑到最后的人。”

他避开了原先那张纸条掉落的位置，在盒子最深处再抓了一张。

远处的陈泽川却没有看向这边，还是小声跟佳璇说着话，不时地窃笑。

叫你得意，你不知道刚刚一桩大好事被我破坏了吧！罗诚心里暗骂着，却还是一脸笑容地把纸条抽出来，大声说：“现在，让我们看看今天最幸运的人是谁？”

所有人都看着罗诚手中的纸条，陈泽川也被这一幕吸引，停下了跟佳璇的调笑，好奇地看过来。

罗诚心中涌起快意，嘴角扬起冷笑，打开了手中的小纸条。

他的笑容愣住了。

“快念啊，”顾如凯说道，“我们都很着急呢。我也想知道我自己会不会多一个新的机器人，把我家里那个一天到晚只会催我上班的家伙换掉。”

四周也响起不少哄笑声，纷纷让罗诚快点念出来。

罗诚吞了口唾沫，念出了纸条上的三个字：“陈……陈泽川，一等奖是陈泽川。”

“恭喜陈泽川先生！”顾如凯接过话筒，大声道。

随着他的声音，聚光灯在大厅里移动，紧紧罩住了陈泽川。

“啊？”他张大了嘴。

但随即响起的掌声淹没了他的疑惑。他转头看到佳璇的笑容，一时间如坠云里雾里。

顾如凯走了过来，身后跟着已经启动了的LJ999，它既有关节，脚下又安装了万向轮，灵活运转，滑动无声。一路让开的人都有些艳羡地看着它。

“恭喜！”顾如凯笑道，“一下子抽到一台LJ999，真是不容易。”

“先生，”LJ999身型高大，身上覆满了既透着金属光泽又具柔性特质的新型材料，说话的时候微微弯腰，有一种令人心生好感的谦卑——显然，这来自于顶尖团队的设计，“很高兴为您服务。”

陈泽川明白过来，搓搓手，客气道：“这个，我不是你们的职员啊，会不会……”

“参与舞会的人都有机会的，而且，”顾如凯看向佳璇，嘴角勾起一抹笑意，“邀请你来的这位漂亮女孩，我没记错的话，应该是我们公司的吧？那不就够了吗？”

陈泽川本来也只是客气客气，此时做了样子，有了台阶，自然就顺着台阶下了，笑呵呵道：“那太客气了，我只是来蹭——来参加个舞会，没想到还能拿到一等奖。”

四周的宾客靠近过来，纷纷祝贺。被这些通常只出现在采访画面的人簇拥着，被他们艳羡又得体的言辞围绕着，陈泽川心中升起了一种飘飘然的感觉。他也向四周的人一一致意、道谢，有那么一瞬间，他以为自己融入了这个群体。

直到，一个机器人的靠近。

“哎呀，很高级啊，防水耐高温材料，还能自动去污，你看这形象设计……”LW31标志性的夸张声音响起，“先生，你发了，这可是高级货啊！”

“你给我闭嘴！”陈泽川看到周围的人都微微皱眉，低声喝道。

LW31似乎没听见，继续在LJ999身上到处摸索，不时敲一敲，发出啧啧赞叹。LJ999比LW31高出不少，被它这么触碰着，没有做出任何反应，只是冷峻地看着它。

其余人开始窃窃私语，有人说：“它怎么没听主人的话呢，是语音识别出了问题吗？”

“我看不像，说不定是指令呈递紊乱，接受了但是不能执行。”

“性能这么差的机器人，带到这里来干嘛……”

“咦，这不是被淘汰的LW型吗，”毕竟是机器人生产公司，很快有人认出来了LW31的型号，“生产线都停了几年了，后续技术支持都撤了，怎么还在用……”

众人你一言我一语，字字句句如同飞蛾穿过迷离灯光，每一只都钻进了陈泽川耳中。他的脸在红与白之间切换。偏偏 LW31 压根不看他，对周围的窃窃私语也兀自不闻，好奇地打量着 LJ999。

“对了，一个机器人怎么会对另一个机器人这么好奇呢？”有人问。

另有人看了一眼陈泽川，嗤笑一声，说：“可能是它的主人故意这么设置的吧，把机器人弄得搞怪滑稽来引人注意。”

陈泽川扭头，发现说这句话的，正是一直憋着没处出气的罗诚。

气氛一时有些僵。

陈泽川闷着头走到 LW31 身前，拉了一把它，说：“停下来。”

“先生，它的眼睛里也有摄像头啊，”LW31 没有抬头，凑近了 LJ999 的眼睛，一边往里看，一边说道，“能录制全息视频啊，比我的清晰度要高很多，要是他来监控你，法院肯定放——先生，你怎么了？”它边说边抬头，终于看到陈泽川铁青的脸色，有些愣住。

陈泽川还没说话，罗诚却敏锐地捕捉到了刚才 LW31 话里的关键词：“监控？”他看向 LW31，问道，“你在监控他？”

陈泽川的一颗心登时沉往谷底。

他想阻止，但 LW31 已经点了点头，说：“是啊，还有四个半月就结束了，我就完成任务了。”

罗诚终于逮到了机会，压根不让陈泽川说话，“是法院让你监控他的？”

LW31 也有些不明所以，但还是“嗯”了一声。

“哈哈，这样啊……”罗诚在 LW31 身后翻找，果然在背后下部找到了一长串编号，正是隶属于本市法院，“原来还在服刑啊。”

“不是服刑，是监管。”LW31 郑重地纠正道，“监管期过了，通过审核，就可以正式出狱了。”

“够了！”陈泽川低吼了一声。

LW31停下来，看着他。其他人的目光也汇聚到他身上了，只是已不是刚才的艳羡了，而是各色陈杂——罗诚满脸得意，姬安的眼睛里带着内疚，佳璇则是错愕地看着他，而顾如凯的眼光仍然如一池幽潭，捉摸不定，深不可测。

这些目光都像是刺一样扎在陈泽川身上，其中最痛的两根显然来自于佳璇。

隔着重重人影，她的脸依旧满是惊讶，仿佛没听清刚才的话，但她的眼神，又像是第一次认识他。

“佳璇……”他伸出手，试图解释。

但佳璇下意识地后退了一步。

他的手僵在空气中。灯光打在手背上，有些苍白，有些颤抖，也有些凉。

舞会结束之后，所有人陆续离开。顾如凯扭过头，冲一直沉默在阴影里的霍展点了点下巴。

霍展会意，默默走上抽奖台，把玻璃箱抱起来。

他没有把玻璃箱里的纸条倒进大厅垃圾桶，而是乘货运电梯独自下了楼，来到大厦外的巷子里，才扔了玻璃箱。

夜很黑，风从城市的另一头刮过来，吹得他衣裳鼓动。他把拉链拉到头，缩起脖子，快步上了通宵电车。

今夜没有出乱子，一切都按照计划进行。

他的任务已经完成，所以可以回到家里早些休息。其实所谓的家，只是这座城市里随处可见的出租房。素不相识的年轻人合租在一起，同一个屋檐下，彼此却也不会说话。隔壁住的人，霍展就从来没有见过。

他回家时已经很晚了，洗漱完就躺了下来。但他的睡眠向来不好，睁大眼睛，嘴里默默数着绵羊。

但睡意迟迟不来。

突然，门外响起了脚步声，是隔壁的住户回来了。

光听脚步声，霍展判断不出隔壁住户是男是女。但显然，对方不想在深夜打扰别人，刻意踮着脚，所以声音很轻。这轻盈的脚步声有一种韵律感，像是呼吸，像是潮汐。

真是奇妙。

霍展听着听着就坠入了梦乡。

3

陈泽川不知道自己是怎么回到家里的。

直到坐在沙发上，他也未能从巨大的落差中回过神来——明明处在所有人的恭维之中，一度以为能真正融入这个群体，能平视着佳璇的眼睛，但眨眼之间，热切的目光变得冰冷，艳羡的语气变成了嘲讽。

他呆坐在沙发上，目光呆滞地望着天花板。

一只青褐色的小蜘蛛正吐着丝吊在挂灯的边缘，优哉游哉地晃悠，看上去像是挑衅。

他突然抄起一个杯子，向着天花板砸去。

砰！

瓷杯砸到灯罩，两者同时发出一声脆响。蜘蛛哧溜一下顺着蛛丝爬到天花板与灯罩的缝隙里。

破碎的玻璃和瓷片洒下来。

“哎呀，”LW31眼疾手快，瞬间俯压在陈泽川身上，落下来的玻璃渣砸在它背上，叮叮当当，有些落在了地板上，有些则插在它已经破损的柔性皮肤上，“先生，小心。”

陈泽川突然醒悟过来，怒从心头起，用力一推，把LW31推得向后仰倒。

LW31身上的平衡制动系统瞬间启动，脚退后两步，但它忽略了地板上的玻璃渣子，还是滑了一跤，摔在地板上。

一块巴掌大的玻璃片刺穿皮肤，插进它的后背，卡在了处理器与温感元件之间。

“先生，别怕，”LW31还未站起来就说，“我马上会打扫玻璃的。”

“我怕？我会怕玻璃吗？”陈泽川想起在舞会上发生的种种，愤怒咆哮道，“我有脚有眼，怎么会被玻璃伤到！”他向前走了一步，想指着LW31的鼻子骂，但刚迈了一步，一块小玻璃片就插到他的脚板，眼角不由一跳，但还是硬着头皮道，“我只会被你伤到！”

“我不会伤害你的，先生。”

“怎么不会！你当着他们的面说什么？我好不容易给佳璇留下的好印象全被你毁了！你干嘛告诉他们我被你监管！”

“他们问我的。面对正式的询问，我不能撒谎。”

“那不能闭嘴吗？”

“沉默也是撒谎……”

“你！”陈泽川气急，指着LW31，手指乱颤，“你之前不是什么都懂吗？你把我伪装成一个好人，让我接近佳璇，那不也是欺骗吗！你明明懂人际关系，今天就非得把我往死里整。”

LW31摇摇头，说：“先生，不是的。那不是伪装，我坚信您确实很优秀。而且佳璇从来没有问到过被监管的事情，所以我才没说。”

“那意思是，如果她问了，你也会说，是不是？”

LW31 点点头。

“你给我滚！”

LW31 摇摇头，试着爬起来。

陈泽川不顾脚上伤痛，再推了 LW31 一下，LW31 又摔在玻璃上。

“先生，我不能走。”LW31 用手撑地，滑了下，第三次倒下。

“今天有你没我，有我没你！我要是还留你，就不是人！”陈泽川的咆哮几乎要把屋顶掀翻。

“先生，我得看着你，你这样暴躁是不利于你的评估的。如果我走了，你的审核不会通过。”

“不利就不利！”

LW31 被推搡到了门外，砰，门被重重关上！它转身敲了敲门，但没有动静，又敲了敲，像是在敲一个幽深的隧洞，除了回声，再无回应。

此时已是深夜，楼道里只有橙黄色的光，它的影子在脚下只是黑色的一团。陈泽川对面的屋子里难得地安静了下来，那对年轻夫妻停止争吵，偶尔还传来几句轻声笑语。但两户门外，只有它一个人站着，便显得有些孤独。

楼道的温感灯熄灭了，黑暗笼罩下来，LW31 融化在一片深沉的浓黑里。

它的膝关节是为承重专门设计的，站多久都不会累。但现在，它背靠在门前，慢慢滑下，在黑暗中蹲着。

它在回想今晚发生的一切。那些画面，光和影，在它的处理器上如幻灯片一样快速掠过。这里面有陈泽川的失落、得意和愤怒，舞池的光影迷离，那些西装革履、长裙曳地的男女，明明是艳羡和恭喜，转眼间变成了冷漠鄙夷。

人类太过多变，明明只有几种简单的情绪，但变化无从揣测，复杂远胜代码。它曾经试图了解，但发现人性犹如迷雾，越往前走越幽深，永远看不清。

LW31 停止了画面分析。仪器运转的嗡嗡声停了下来，四周彻底安静。

它叹了口气。

门开了，一条腿迈出来。

咔吱咔吱，LW31 花了一秒多钟从待机中恢复过来，眼睛睁开了。

黑夜在它的休眠中快速流逝，已经是清晨了，微光从楼道窗口里透出来。LW31 本来蹲在门口，闻声后连忙站起来，转身道："先——"

它的话止住了。

因为从门里出来的，不是陈泽川，而是一个身量高大、线条流畅的银白色机器人，它提着两袋垃圾站在门口，俯视着 LW31。两个机器人的目光在空中对撞，有所不同的是，LW31 眼睛睁大，并不时眨动，充满好奇，而这个机器人的瞳孔材质由深黑色吸光材料制成，看上去深邃而毫无波澜。

LW31 很快记起来了，这个机器人是昨天陈泽川在舞会上抽奖得到的，编号是 LJ999。看来疆域公司还算大气，虽然陈泽川在舞会后半截丢了脸，但他们还是把奖品送给了他。

只是它悄无声息地跟着他们回来，丝毫没被察觉，这一点让 LW31 的处理芯片有些颤抖。

但它也没想太多，垫着脚向屋里看去，说："先生醒了没有？"

LJ999 没有回答，依旧保持着令人敬畏的俯视。

LW31 打算绕进去，但刚一动身，就被 LJ999 粗壮的手臂拦住了。“你不能进去，”LJ999 的胸膛里发出冰冷的合成声，“先生还在休息。”

“没事儿，我不打扰他。我就在屋子里就好了。”

“不，你不能靠近他。”

LW31 诧异地仰起头，“什么？”

“你不能进这间屋子，你不能靠近先生。”

“为什么？”

“因为他这么说的，”LJ999 放下手里的垃圾袋，弯下腰，与 LW31 脸对脸，嘴唇缓缓张合，但毫无感情的声音却继续从它胸膛冒出，“他厌恶你。”

“他需要我。”

LJ999 的五官缓缓错移，组合出一个极尽藐视的微笑：“没有人会需要你。”它眼中的全息视频播放器开始闪烁，清晰度极高的影像在空气中展开，这是 LW31 全身的旋转展示，在画面里，LW31 破损脏乱的外表尤其明显，还有不少地方标了红——那是 LW31 已经运行迟缓的区域。

“你看你，作为一个机器人，你这个型号本身就是一个研发错误，现在整条生产线都停了。你更是错误中的错误，你的处理器严重迟缓，你的逻辑分析链条已经有紊乱的迹象，多处硬件老化——你觉得，会有人需要你吗？”

还未等 LW31 反应过来，LJ999 已经自顾自给出了答案：“不，没有。你对任何人都没有用处了，你原本是家政机器人，但你没有把主人照顾好，后来为法院服务，但基本的监视工作也不能完成。现在你被他丢弃了，你只有回到法院述职，但你已经是第二十三次任务失败了，这次再失败，你连在法院里也待不下去了。”

它每说一句，LW31 就颤抖一下，仿佛在这清冷的早晨空气中，那些音节像刀子一样割断了 LW31 体内的一根根线路。

“你还站在这里干什么？”LJ999 直起腰，转过身，不再去看 LW31，“你甚至都没有存在的意义了，为什么还不走呢？”

LW31 呆滞了几秒钟，“去哪里呢？”

“去——”LJ999 拖长了声音，它的说话无需换气，所以这一个“去”字一直保持着漫长的蔑视，“去死啊。”

它把垃圾放进循环桶里，然后走进屋子，把门带上。

门关上了。

LJ999 站在门内，耐心地等待着。果然，没过多久，屋外就传来了脚步声。

一点点远去的脚步声。

LJ999 开启红外扫描视觉，在一片红彤彤的视野里，那个略带佝偻的影子进了电梯，正在下降。很快，这个身影就到了侦测距离边界，变得淡了，融化进一大片红色图景里。

LJ999 的眼睛里闪过一丝不可察觉的蓝光。

这时，卧室门打开了，睡眼惺忪的陈泽川站在门口。他这一夜显然并未睡得太好，睡意结成了蛛网密布在脸上，眼睛也水肿得厉害。

“你是？”他愣了一下，也很快回忆起昨天的事情，“他们真把你送给我了？”

“是啊，疆域公司向来有诺必行。”LJ999 恭敬地点点头，“所以接下来由我为您服务，我会成为您忠诚的仆人。”

陈泽川漫不尽心地点点头，向四周看看，屋子里一切如故，只是少了某个熟悉的身影。哼！他余怒未消，鼻子喷出一口气，重重地坐回沙发上。他用手揉着眼睛，一边揉一边小声咒骂：“……坏我好事……不会说话，一句话就把我从天上弄到地下，气死人了……

还不道歉，像是有道理一样……我算是倒了八辈子霉了……”

半晌过后，他突然停了下来，在家里走来走去，打开了厨房和卧室，往里探着看了看，有点怅然若失。

“先生，你在找什么吗？”LJ999 上前问道，“我可以为您效劳。”

“哦，没找什么……”

“如果你有任何需要，随时叫我就可以了。”

陈泽川“哦”了一声，走到楼道窗口望了望，外面晨雾迷茫，笼罩了一切。街道在雾气中半隐半现，他隐约看到一个模糊的身影在路面上踽踽独行。看了好一会儿，他才摇摇头，把头收回来。

“哎，”他问道，“你早上看到 LW31 了吗？”

“LW31？”LJ999 眼中的蓝色光亮一闪而过，表情依旧纹丝不改，“你是说那个——就是那个破破烂烂的 LW 型号机器人？”

“是啊。”

“哦，先生，”LJ999 说，“我没有见到它。”

4

雾气渐浓，行走黏滞，水珠在 LW31 的皮肤上凝结。它往前看了看，十多米外的街道已完全被吞噬进可怕的迷雾中。

在一处十字路口，它停了下来，不知道该选择前路，还是左右两边。它只知道后路不能走。分析程序告诉它，目前最合理的作法是回到法院，让陈泽川提前接受审核——但显然，以目前的情况判断，陈泽川肯定会被判重新回到监狱。

它踟蹰了很久。

“咦，你不是那个每天早上打架的人吗？”一个苍老而熟悉的声音传来。

随即又想起另一个熟悉的声音：“不，他们不是……在吵架……而是在……扭秧歌……”

LW31 回过头，看到晨雾中模糊的两个人影，一个苍发如雾染，一个浑身铁灰色，布满了坑坑洼洼，仿佛经过了漫长岁月的侵染。LW31 很快记起来，他们正是之前看自己和陈泽川跳舞的赵奶奶和老铁头。

“怎么只有你一个人呢，跟你打架，”赵奶奶眯着眼睛想了会儿，“跟你扭秧歌那个小伙子呢？”

LW31 说：“我被他赶出来了。”

赵奶奶笑呵呵说：“没事没事，两口子床头打架床尾和嘛，过会儿消消气就好了。”

老铁头提醒道：“他们不是……两口子……是主人和机器人……”

“噢，”老太太醒悟过来，叹了口气，“作孽啊！两口子吵架还好劝，你被主人丢出来了，我就没办法了。唉，你现在去哪儿呢？”

“不知道……我不知道去哪里。”

这时，老太太发现了 LW31 背后插着的玻璃碎片，已经凝结出了水汽，如果雾气更浓一些，就会顺着玻璃碎片流进 LW31 内部了。“可怜的孩子，”老太太叹了口气，“那你先到我家里吧，把玻璃渣子拔掉。”

LW31 跟在老太太身后，在茫茫雾气中穿行，它发现这个过程中老铁头一直扶着赵奶奶。他们走得很慢，在高楼耸立的小区与一个巨型商场中间有一条小巷子，巷子幽深潮湿，一走进去就有一股冷风刮来。

“你家，”LW31 战战兢兢地说，“在里面吗？”

老太太点点头，在老铁头的搀扶下走了进去，晨光熹微，他们的身影一下子被黑暗吞噬了。LW31 突然想起，赵奶奶是捡垃圾的，该不会把自己骗进去，拆掉了当废品挣钱吧？

但 LJ999 的话随即在它的回路里响起，自己一无是处，如果能拆了当废品，恐怕是自己唯一存在的意义了吧。这么想着，它下定决心，但依旧战战兢兢地走了进去。

穿过幽长的巷子，向右拐有一个斜向下的楼梯，楼梯尽头是更深的黑暗。这时，LW31 的空气检测系统自动启动，鼻子里的过滤网立刻捕捉到了硫化氢、硫醚、烷烃、烯烃、卤代烃、萜烯和氨气等臭味气体，其成分已超过了正常指标。它扫描了一番，发现楼梯旁摆满了杂物，都是各处收来的垃圾，但分类有序，放置整齐，所以看上去并不显得乱。但是，废品终究是废品，还是在散发着异味。

想来，赵奶奶每日拣的废品都是整理好后存放在这里，再定期卖给回收站吧。

LW31 突然有些恍惚——外面是煌煌盛世，车水马龙，楼厦密集，人们面目光鲜，一切都繁荣簇新。而在阳光不及之地，竟然还有这样一个地方，潮湿腐臭，黑暗得看不到尽头。

“跟上啊。”赵奶奶的声音从前方的幽暗里传来。

它连忙走过去，下了楼梯，猛然看到前方有光透出——光照来自一间地下室，里面空间狭小，顶上悬着一盏椭圆形的灯。

居然是老式灯泡，灯光虽暗，但有一种暖暖的泛黄色调。

LW31 站在地下室中间，看到这里虽然狭窄，但一桌一床、水壶毛巾都摆放得很齐整，连床上的被子都叠得一丝不乱。而且房间连了上了通风口，屋子里的气味清爽了很多。

“这是我住的地方，小了点……”赵奶奶边洗手边说，突然一笑，“差点又忘了你是机器人，都跟你客套上了。来吧，我给你把玻璃取出来。”然后又转向老铁头，“老铁头，你去充电吧。”

老铁头慢吞吞走到墙边，从身上抽出一根电线，插到了脚下的插座里。它脖子上的一排红灯开始闪烁，显示正在充电。赵奶奶洗净了手，抽出一个工具箱，挑了挑，最后选中了镊子和扳手，说：“过来。”

屋里没有椅子，只有一张简单的床，样子很旧了，钢架床腿已经锈蚀斑斑。LW31 在窗前半跪着，背对着床，而赵奶奶戴上了老花镜，坐在床沿。

赵奶奶先是用镊子夹着玻璃碎片，小心地取出，把碎片放在小铁盘上。这个过程很慢，她的呼吸轻轻落在 LW31 的皮肤上，加上灯光昏黄，一刹间 LW31 甚至有一种错觉——赵奶奶似乎并不是在维修机械，而是慈祥的祖母正在给晚辈缝补衣服。

但这种错觉很快就消失了，因为它听到赵奶奶说：“大片玻璃取出来了，但还有一些渣子掉进去了，我要打开你的后背板。”

后背板里面有关键线路，随便剪断一根，LW31 都会失去行动能力了。它记得楼梯口的废品中塑料居多，也有整齐码放的饮料瓶，废纸也叠了很厚几摞，而最值钱的废铜废铁却不多见。

但把自己拆了之后，这里就能多出很多机器元件可以卖了吧。这样也好，卖了之后，或许赵奶奶能添置一把椅子呢。

LW31 这么想着，静等赵奶奶下手剪断电线。

它的触觉传感器遍布在皮肤上，内部只有重要元件和线路，所以它无法得知赵奶奶正在自己背后做什么。但等了很久，身体的元件依然井井有序地运行，不但没有突然中止，之前一直存有的卡顿感还减少了一些。

“赵奶奶，”LW31 感受着身体的灵活，问，“你做了什么？”

“好了！”赵奶奶用扳手把它后背的隐藏螺丝拧上，拍了拍，满意地说，“把玻璃渣子拣出来的时候，看到几根电线的接口松了，就顺便给紧上了。看你的年头，也用了不少年月啊。”

“是啊，我是十年前出厂的，再过不久就要被回收了吧。”

赵奶奶笑了声，拍拍它的头，“那你跟老铁头比起来，还是年轻人。”

LW31 向墙角望去。

昏黄的灯光洒在屋子的每一个角落，也在老铁头皮肤的沟壑上游动着。可以想见，它从生产线上出来时，还是锃光瓦亮的全金属机器人，每一个动作和语音都带着最先进工业的骄傲。但随着漫长的服役，它银白色的外壳被时间腐蚀，变成了暗哑的灰褐色，虽然有时常擦拭的痕迹，但这种程度的保养阻止不了锈迹从头顶蔓延到脚底，有如藓疾。而身上密布的划痕更是诉说着岁月的故事，它背后的型号甚至都模糊得不可见了。

LW31 默默盘算着，这种程度的老化，恐怕得有三十年服役才能达到吧。

“老铁头现在五十一岁了。”似乎看穿了 LW31 的心思，赵奶奶说道，“五十多年啊，半个世纪就在它身上流过了。”

“五十一年？”LW31 的逻辑回路上立刻传来了强烈的否定指令，摇头说，“不可能！全球法律都规定，机器人的服役期是十年，到期会回收以控制机器人数量；就算警察不强制回收，以现在的技术，最耐用的机器人使用期限也不会超过二十年。硬件老化，缓存累积，跟不上新系统……”

赵奶奶等它说完，然后点点头，认真地说：“可是这半个世纪，老铁头就是一直在我身边。”

LW31盘算了一下，说："如果是五十一年，那它的生产日期是2019年——那一年是机器人元年，第一代智能机器人NW号就是在那一年生产的，那一年也只生产了这一种型号的机器人。"

"是啊，那时候老铁头可是稀罕货！为了买它，我先生可是花了一整年的积蓄呢。"

LW31犹自不信，走到老铁头跟前，仔细端详它的后背。但他它扫描到的只是一些新生的锈迹和纵横交错的刮痕，即便把图像处理器调到最大功率也分辨不清上面的文字。它思考了一会儿，把手指放在老铁头背上，仔细摩挲，却感觉到了一排英文字母。

没错，依稀可以判断出来，最前面的两个字母就是NW——New World。

彼时，机器人不再是三流科幻小说中的烂俗套路，而是真真切切走进了现实。不管人们是担忧还是憧憬，不可否认的是，一个新世界的世界由此开启。

老铁头，或者说NW型机器人，在五十多年前标志着人类向前迈进的步伐。而现在，它站在这个地下室的角落里，屋外是腐臭、潮湿和阴暗，屋里是年迈老人和被遗弃的同类。它沉默着，仿佛死去，仿佛墓碑。

陈泽川在家里等着。

如果LW31回到法院，把数据上传，法院会立刻判定他没通过审核。监管期提前结束，他必须再回到监狱，直到服刑完毕，就像LW31之前监管的二十三个人一样。

但他等了很久，屋子的门一直没被敲响，电话倒是响了几次，但都是工作上的事情。他请了假，在家里继续胆战心惊地等。他也想过要不要去把LW31拦下来，劝回家，但一想到它昨晚让自己丢了脸，就气不打一处来！更可气的是，犯了错还不认，跟自己顶嘴，说几句居然还真离家出走了，叫他如何拉得下面子去寻它？

等到晚上，也没什么动静，他渐渐放下心来。这个过程中，LJ999一直站在他身旁，他需要什么，它就立刻办到——无论是反应速度还是完成效率都远超LW31，不愧是疆域公司的旗舰机型。

只是，陈泽川看着它风行雷动、干净利落的样子，总觉得差点什么。

直到傍晚，老铁头脖子上的指示灯才由红转绿，显示充满了电。

“刚开始它可厉害了，”赵奶奶叹了口气，“充电五分钟，使用一天半。现在一整天都在充电，也只够用一会儿。”

“但我……我依然能够……为小姐服务……”老铁头扭过头，脖子的机括因转动而掉下了一些锈迹，“我去……做饭了。”

“是啊，你还是那么厉害！”赵奶奶连忙点头。

老铁头进厨房之后，赵奶奶似乎累了，坐在床边，眼睛眯着，打起了盹儿。这当儿，LW31环视四周，视线又落在了桌子上的相册上。

白天赵奶奶出去捡垃圾，老铁头沉默地充电，LW31独自待在这间地下室，那时它就发现了这幅相册。

说是相册，其实只是一块透明晶板，若无人注意，就静悄悄地立在桌面上，光线毫无阻碍地穿过。但感应到目光注视或手指触摸之后，晶体板就会变成显示屏，将里面存储的照片逐一呈现。这已经是很老的技术了，早被淘汰，如今流行是全息照片，更逼真，还能保留更多细节。

不过，令LW31挂怀的并不是这个技术的复古，而是相册的内容。LW31没有人类眼球，因此相册无法进行虹膜识别，依旧透明，但当它的手指触上去的时候，晶板闪烁了下，各种颜色涌现出来，如彩墨在水中搅动，迅速凝结成一张照片。

是一对年轻的男女和一个机器人。男人英挺，女人面容姣好，依稀是赵奶奶的模样，她肚子已经隆起，显然有孕在身。两人脸上都带着笑容。机器人站在他们旁边，眼部放光，炯炯有神。

LW31 还没看得仔细，显示屏上色彩涣散，又再度聚合，换成了下一张照片。这一次，照片上是一个女人抱着襁褓，襁褓中只露出一张熟睡的小脸。女人脸上仍然带着笑，只是笑纹里游弋着苦涩。机器人依然站在她身旁，眼部放光，不苟言笑。

接下来，照片一张张显现，又消失。每一张都有变化，女人牵着孩子，在路边，在屋前。女人跟另外的男人站在一起，孩子由一个变成两个，再成三个。女人跟长大了的孩子们站在一起，有男有女，有兄妹，有夫妻。女人的头发逐渐染白，男人再次消失，孩子们一个个离开，到白发苍苍、身形佝偻的时候，站在照片里的就又只剩下她一个人——和一个机器人了。

是的，所有的照片里，都有机器人的身影。

它仿佛影子一样站在女人身边，从来不是照片的焦点，很容易掠过。但它一直都在。它的皮肤由亮白变得枯灰，眼睛里射出的光逐渐暗淡，后来完全消失，身上的刻痕和污迹也逐渐增加，锈迹趁机蔓延。女人从青春变得衰老，身侧的人来了又去，儿女们从嗷嗷待哺到面色阴沉，而无论怎么变迁，它一直都在。

五十多年的岁月以幻灯片的方式呈现出来，不知有多少故事发生在照片与照片的间隙里，但那些故事已经被时间埋葬，现在留下来的只有相互依偎的两个老人——或者说，一个老人和一个老机器人。

对 LW31 来说，时间本无意义，只是数据的跳动而已。但看着照片，它第一次感到了时间的可怕，无论是碳基生命如人类，还是硅基生命如 AI，在时间面前都不堪一击。

唯一能做的，只有一生陪伴吧。

正想着，老铁头端着喷香的饭菜走进来，放到桌子上，然后把桌子推到床前。赵奶奶适时地从打盹中醒过来，拿起碗筷，慢吞吞地夹菜、咀嚼。他们之间没有言语，显然是多年来的默契导致。

“老铁头啊，”吃到一半，赵奶奶突然说道，“如果有一天我不在了，你会怎么办啊？”

老铁头一顿，脑袋里传来嗡嗡声，现在是在努力分析这句话。好一阵子，它才迟缓道：“你要……去……哪里……”

赵奶奶笑了笑，说：“我说笑的，我这把年纪了，能去哪里呢……咳咳，”她捂着胸膛咳嗽了几声，用手帕捂住嘴，然后攥紧手帕，放进口袋里，“你也是够老啰，好多人看你的样子，都奇怪你怎么能这么长时间不坏。不过你现在电池也不行了，充一整天电，只能用几个小时。唉，要是不换电池，恐怕你再也撑不下去了吧。”

LW31 眼尖，敏锐捕捉到赵奶奶上手帕上的一抹红色，刚要说话，却被赵奶奶用眼神阻止了。

“别告诉它，”更晚一些的时候，趁老铁头去洗碗，赵奶奶对 LW31 说，“老毛病了，不碍事，它要是知道了又得大惊小怪。”

陈泽川拿着电话，犹豫了很久，最终还是给佳璇拨了过去。但手指刚刚按下，一阵没来由的心虚袭来，他又给挂了。

“LW——你叫什么来着？”他看向身旁的机器人。

“我叫 LJ999。”

“噢，999 啊，”陈泽川抓抓头发，“你说，我该不该给佳璇打电话呢？”

“佳璇是谁？”

“你昨晚不是见过吗？就是舞会上——哎呀，不重要，总之是我喜欢的女孩子，但她现在有点儿讨厌我。你说，我要是跟她打电话，该说点儿什么呢？”

LJ999不假思索地说：“先生，很抱歉，这个问题缺乏逻辑基础。首先你应该告诉我她是个什么样的人，这样才便于我进行行为判断。我要知道她为什么讨厌你，才能分析出你此时在这段感情中的处境，并据此穷举你下一步的所有可能性，选择出最优解。另外，虽然我的内置程序里有情绪色彩分析和感情疏导功能，但根据使用手册，对于人类的任何决定，我都不能进行绝对的建议，疆域公司也不会承担因此造成的损失。有必要提及的案例是……”

它说了很长一段话，但陈泽川到后来已经完全听不进去了。

他握着手机，有些恍惚，要是LW31在，它会怎么说呢。这傻瓜，肯定想也不想就让自己去打电话，压根就不会去想什么逻辑和前因后果。他在怂恿之下，说不定就脑袋一充血便直接打了过去。

但现在，在LJ999一连串的分析中，他的手慢慢垂下来，松开了电话。

5

尽管地下室里不辨日夜，但赵奶奶还是在九点准时上床休息了。临睡前，她对LW31说：“如果你想好去哪里了，就去吧。没有的话，可以一直待在这里。”

LW31点点头。

赵奶奶躺下来后，老铁头过来替她把被子掖好，然后说："晚安……小姐……"

赵奶奶闭上眼睛，轻声道："晚安，老铁头。"

老铁头关了灯，回到墙角，又继续充电。屋子里只有它脖子上的红灯在闪烁。时间在黑暗和沉默中过得特别快，不多时已到半夜，LW31一直处于待机状态，但这时，它突然收到了网络接入申请。

这是幽闭的地下室，信号隔绝，赵奶奶也没有安装路由器，那么这股网络只能——LW31看向墙角，果然，老铁头的充电指示灯已经熄灭。它在黑暗中与LW31对视着。

LW31接入了局域网。

"我的中继器和网卡不太好，"频道里传来了消息，"网络随时会断。我马上要移动，你不要发出声音。"

LW31回复道："老铁头？"

"是我。"

"你说话流畅了？"

"我的处理器还能用，信号能够输出，只是发声系统老化，转化成声音迟缓。"

"你要做什么？"

"我要移动，你会发现，小姐睡眠浅，不要吵到她。"

网络信号时有时无，很不稳定，但LW31还是接收到了老铁头的信息。它的处理器无法判断老铁头的要求是否合理，但它默认了，回复了同意。

网络随即断开，老铁头以极其缓慢的动作把插头拔下来，轻轻放在地上，挪动着步子，一步一步向门口走去。它的动作轻到了极致，以它的老化程度，这已称得上奇迹了。赵奶奶一直安睡，呼吸如潮汐一样起起落落。

LW31 非常好奇，启动了自己的局域网。但等了很久，老铁头并没有接入，不知是网卡坏了，还是故意置之不理。

老铁头开了屋门，走到外间，把门轻掩。

屋里的 LW31 犹豫了一会儿，也轻手轻脚走出屋，上了楼梯，在巷子里看到了正踽踽独行的老铁头。

它向老铁头问话，但无论是网络邀请，还是直接声音询问，都没有得到回应。于是它跟在老铁头身后。

这一夜，圆月高悬。

月光照在这两个机器人身上，拉出了长长的影子。老铁头一路穿过巷子，走过无人的长街，到了七条街之外，才慢下来。

半空中有晚归的车辆，呼啸掠过，但没有人留意到地面上的这两个影子。

老铁头走到一棵树下，弯腰捣鼓着什么。LW31 走近了，才发现原来老铁头在做跟赵奶奶相同的事情——收集废品。

它熟练地在垃圾桶里翻找，把值钱一些的废旧电器、书本和铜铁找出来，放进腰侧的袋子里，然后向下一个垃圾桶走去。它已然是又破又旧，站在垃圾桶旁，跟它拣出来的废品没什么区别。

LW31 上前帮它。它沉默着，接受了 LW31 的善意。

到了下半夜的时候，袋子里的废品已经多得老铁头提不动了，它便转身回去。到了楼道，LW31 以为它会把废品放在地下室门前，但显然，老铁头并不打算这么做。它提着袋子，穿过了赵奶奶收集的废品区，转过一个拐角，进了另一间废弃的屋子。

LW31 大吃一惊——这间屋子原来也整齐地堆放着废品，规模并不逊于地下室门口的那一堆。

这时，它检测到微弱的局域网，连忙接入，还未询问，就收到了老铁头的信息。

“别告诉小姐。”

陈泽川试着让自己喜欢上LJ999。

是啊，LJ999是疆域公司的最新产品，配置高，造型酷，功能齐全，从任何方面来说都比某个落后机器人要好多了。

这是一个科技社会，不要驻足不前！该淘汰的淘汰，要学着接受未来！

陈泽川这么想着，甩甩头，把脑袋里的某个影子甩了出去。

又到了晚上，佳璇一直没有联系他，他坐立难安，索性带着LJ999去了酒吧。果然，LJ999炫酷的外形吸引了不少艳羡目光，还没进去，就有几个女孩过来跟他搭话。

“这不是最新款的LJ型吗，”女孩们把手放在LJ999的外壳上，缓缓摩挲，“你真厉害，这么快就能弄到。”

陈泽川心中得意，脸上一副不以为然的表情，说：“也没什么难的啊，多花点钱就可以了，不是什么大事。”又转向LJ999，“你说是不是啊，999？”

LJ999说：“如果增加价格，确实可以通过某些特殊渠道购买到LJ型机器人。但这是疆域公司不允许的，所以我还是建议通过官网或直营店购买。”

女孩们说：“哇！”

陈泽川说：“哈哈哈，是吧，挺好用的。”

“你能帮我们代购吗？”女孩们眼睛睁得大大的，像深潭一样，把陈泽川的目光全部吸引了进去，“加点钱也没关系，帮帮我们嘛……”

陈泽川一时神魂颠倒，连忙点头说："好啊，你们先把联系方式给我，我回去后联系一下。"

"先生，你可能有所遗忘，"LJ999说道，"我是你在舞会上抽奖抽到的，不是通过特殊渠道购买的。这个记忆的变量本来不重要，但您似乎打算据此来做出重大决定，即帮这几位美丽的女性代购，而您的通讯网络里并没有代购渠道。我有必要提醒，当然，最终的决定还是需要你来判断。"

女孩们嫌恶地看着陈泽川，扭头就走。

陈泽川伸出手，哎了几声，但女孩们的身影已经被酒吧门里的灯光吞没了。他恶狠狠地瞪了一眼LJ999，说："多嘴！"

"对不起，先生。"LJ999说，"如果我刚才的话引起您的不适，建议您可以关闭我的发声系统。"

但陈泽川的兴致已经消失了，他看着门里透出来的迷离彩光，耳旁是从墙壁隐隐渗出的音乐，突然想起了佳璇。

"唉……"

他叹息一声，转身向家里走去。

LJ999也连忙跟上。

除了老铁头行为怪异，LW31还发现，赵奶奶似乎也在做什么隐秘的事情。

白天老铁头在家里充电，赵奶奶到外面捡垃圾，LW31也跟在她身后。路上，LW31建议道："赵奶奶，如果您缺钱，可以把我卖掉的。"

"我是缺钱……"赵奶奶专注着寻找垃圾桶，甚至都没有回头看LW31，"但马上就能凑齐了。"

"凑齐？您要买什么呢？"

赵奶奶却没回答。整个白天，她都在附近捡废品，LW31 也帮了不少忙。周围妆容精致的白领男女们来来往往，路过他们时，会下意识地绕开。

下午时，赵奶奶拖着废品回来，清点了下，对 LW31 说："帮我打包一下。"

"打包做什么？"

赵奶奶朝屋里看了一眼，"收得差不多了，得卖掉换钱了。"

地下室里，老铁头正在充电，屋子幽暗，它的头颅被指示灯的红光照得一明一灭。

LW31 点点头，把废品打包装好，扛在肩上，随着赵奶奶走到隔壁街的废品回收站。城市有着一整套完备的自动化系统，生活垃圾通过千家万户的管道运输，集中处理。这是巨大的利益链条，早就被企业承包，但也有不少私人开了废品回收，抢一些牙缝里的食物。

赵奶奶来到的就是这样一家小的废品回收站，格外破旧，腐味弥漫。一个穿着脏大衣的男人坐在门口，抽着烟，斜眼睨着路过的人，脸上横肉抖动，不时往地上吐口唾沫。

"嘿，老家伙，"男人转过头，却依旧斜着眼，眼珠仿佛阴翳一样从眼皮下面探出一小块，而留下大片的眼白，"还撑着没死呢？"

赵奶奶不理他，把废品放下，说："还收不收？"

"收啊，怎么不收！不收的话我得喝西北风，你也要睡破棺材。"

"那就别说些没用的。"

男人"呸"地往地上吐了口浓痰，把剩一半的烟踩灭，上来提着废品，扔上了分类盘。直径三米的金属盘旋转起来，垃圾按大小和材质被分开，进入圆盘边的各个口子，经过履带传送之后，进入了巨大的储物箱。箱子顶上的显示屏上各自出现了数字。

“一共三百七十四块，看到，是人民币三百七十四块，可不是不值钱的美元，”男人掏出一张晶片卡，递给赵奶奶，“喏，拿着吧。”

赵奶奶却不接，看了眼晶片卡，脸上的眉头皱得如丘陵起伏，“怎么这么少？”

“机器称出来的，还会错？”

“我不懂机器，这里的机器，只有你懂。”赵奶奶看了看储物箱，又看向斜眼男人，“不过，上次三包，卖了两百多点。这次七大包，装得满满当当，怎么会不到四百呢？”

男人冷笑，“爱卖不卖吧，城里就两家干私人废品回收的。要不卖的话，你去把这些垃圾收出来，自己扛到西边那家去吧！”说完，把晶片卡丢在旁边的桌子上，抽出一支烟，点燃了，深吸一口。他的鼻孔里冒出两股浓烟。

午后已至，惨淡的阳光被钢铁森林分割，落到这里时，已经很是寡淡了。赵奶奶站在似有似无的斜阳下，突然颤抖起来，连连咳嗽，掏出手帕，背对着 LW31 捂着嘴。

斜眼男人面露嫌恶，说：“弄快点啊老家伙，走就走，卖就卖！别死在这里了！”

LW31 实在忍不住了，上前说道：“这位先生，你的话语太不礼貌，为了你着想，我希望你能语气温和一些。”

“哟！”男人这才注意到 LW31，嗤笑道，“换了机器人啊。也对，那个老铁头也太老了，早该报废了。你怎么不把它卖给我呢，说是破铜烂铁，但算下来也有两三百斤吧，我给你一百点？”

赵奶奶没有理他，收好手帕，上前两步把晶片卡拿起来，转身就走。LW31 跟着赵奶奶回到家，在幽黑地下室里，老铁头刚刚充电完毕，问道:“小姐……你把门口……废品都卖了……”

“嗯,”赵奶奶说,“卖了不少呢!”

“多少……”

赵奶奶露出高兴的表情，说:“总共一百三十个点呢，够我们生活好一阵子了。”

老铁头点点头,“那我……去买……菜……”

它慢腾腾挪出去后，赵奶奶摸索着从床底下掏出一个铁盒，把晶片卡放进去——里面早就放了一些晶片卡了，数额大大小小都有。她把铁盒子放回床底，直起身，这才想起 LW31，对它说:

“别告诉老铁头。”

陈泽川能适应 LJ999 的刻板，毕竟这才是机器人本来的模样，逻辑明晰，反应迅速，严格执行指令。但随着相处，他慢慢发现，LJ999 会给他一种……不寒而栗的感觉。

具体原因，他说不上来，就是看着 LJ999 沉默地站着，它的眼睛明明没有发光，却感觉自己正在被它的扫描完全剖析。

说来也奇怪，之前 LW31 的任务是监控自己，却相处融洽。LJ999 是完全属于自己的家政机器人，在它身上，反而有了被监控的不适感。

“喂,”陈泽川走到 LJ999 身前，敲了敲它的脑袋，噔噔噔，清脆的敲击声在屋子里想起,“怎么感觉你有点不正常啊。”

LJ999 身上震颤了一下，回复道:“自检完成，硬件指数达标，无垃圾文件，无病毒，处于良好运行环境。”

“不，我不是说这个……”陈泽川犹豫了下，说道,“你——你不会在监视我吧?”

LJ999 迟钝了零点一秒钟，它的眼睛由纯黑色玻璃面板构成，在陈泽川无法察觉的深处，细微的蓝光一闪而没。“不可能！”它以严肃的语气说，“我确实有自动录制全息视频的功能，但会定时，或根据您的需要拷贝出来，或者清空，绝不会被上传到数据库。先生，请您相信，客户的隐私是一切的基础，除非法院签署条令，否者我们不会透露关于客户的任何信息。”

“好的，好的，”陈泽川也觉得自己多疑，打了个哈欠，“可能是错觉吧。”

“如果您睡眠质量不好，建议可以适当服用药物。”

陈泽川摆了摆手，躺倒床上，这一次很快入睡。但即使是在梦中，那股阴寒的感觉还是挥之不去。

“好的好的……可能是错觉吧。”

全息视频里，穿着宽大睡衣的陈泽川张大了嘴，边打哈欠边说。他困倦地摆了摆手，趿拉着拖鞋回到床上。灯光亮度立刻调低，等他睡着时，便完全熄灭了。

眼前的画面暗了下来。

顾如凯划了一下手指，轻微的“嗒”声响起，远程视频录制改为夜间模式。一片漆黑的环境里，他只看得到陈泽川即使睡着了也翻来覆去的红色影像。

在他旁边，放着十来杯浓咖啡。

LW31 白天跟赵奶奶出去捡垃圾，晚上跟着老铁头出去捡垃圾，逐渐地，发现了其中的规律。

老铁头挑远一点的地方捡，那么，就不会影响第二天赵奶奶的收获，也不会被发现；赵奶奶每次卖的钱，都会故意少说很大一部分，然后将隐瞒下来的钱藏在床下的盒子里；老铁头也会把悄悄捡回的废品卖掉，只不过是趁着黎明未至，跋涉很远，到城里另一个私人废品回收站去卖，并把钱悄悄藏在门旁的缝隙里……

在 LW31 的视线里，赵奶奶和老铁头互相倚仗着，又互相隐瞒着，完全琢磨不透。但它牢牢遵守两人的话，没有泄露给任何一方。

几天后，LW31 照例跟赵奶奶出门，但这一个上午，赵奶奶没有去翻拣废品，而是来到城市北边的商城。在空轨上，她紧紧捂住怀中的荷包——里面晶片卡叠成了厚厚一摞，是她存了许久的钱。

城北商城汇聚了这个城市绝大部分的机器人生意，有直接在街面商铺里售卖的，更多的却是不见阳光的非法交易。在这里，只要跟机器人有关的，无论是配件，还是非法组装机器人，只要有钱都可以弄得到。

LW31 跟着赵奶奶在喧闹杂乱的街上穿行，一路都战战兢兢的。它看到有老式货车驶过，车上装着满满当当的各类型号机器人，装不下的便用绳子拴着，系到车尾，在地上拖行，擦出一路火花；它看到一个商铺在售卖二手机器人部件，却懒得把配件从机器人身上取下来，只在门口挂着破损的机械肢体，有一整排甚至全是头颅，脖子露出电线茬，滴下机油；它还看到一扇半掩着的门里人群汹涌，狂热的人们围着一个擂台，擂台上两个组装得千奇百怪的机器人正在互相攻击，火花与零件四溅……

这一切都让它觉得不安。

它紧跟在赵奶奶身后，不敢看向任何路过的人类，不忍看向任何路过的机器人。他们就这么在人群中艰难穿行，好在有惊无险地来到街尾一家店铺前。这家店生意不好，冷冷清清，只有一个嗑瓜子的肥胖女柜员坐在强化玻璃后面，翘着二郎腿，手上不停，瓜子壳随着唾沫喷吐出来，地上早已经积了厚厚一层瓜子壳。

赵奶奶敲了敲玻璃，柜员转过头，看了眼她，说道："来了，钱凑齐没？"

赵奶奶显然不是第一次来这里，掏出荷包，"齐了，五千个点。"

柜员扬了扬头，四五层下巴随着她的动作波浪般起伏。"拿过来呗，愣着干啥？"她说。

"货还有吗？"

"放心吧，除了你，谁还买这么旧的东西。"柜员又嗑了颗瓜子，这次似乎吃到空壳了，骂了一声，"钱够了，我就去提货。"

赵奶奶把荷包递过去，柜员打开了，看到厚厚一叠晶片卡，皱了皱眉。她把荷包倒扣，哗啦啦一声，晶片卡全部倒在桌子上。赵奶奶有些心疼，想张嘴说什么，但终究没有说出声，只是看着玻璃对面的柜员数钱。

别看柜员身子胖，手指粗得跟胡萝卜似的，数钱却利索得惊人。她拿着扫描器，快速扫描晶片卡，每扫一张，柜台前的验钞机就响一声，上面跳出数字。而她同时把扫过的晶片卡按照数额大小扔进柜子里，手法又快又准，滴滴滴滴，响声一片，不一会儿就全扫描完了。

"不错啊，"柜员看着验钞机上的最终数字，赞叹道，"整整五千，不多不少。"

赵奶奶说："那我什么时候能拿到货呢？"

"明后天吧，我去取了给你快递过去。"

"那你不能骗我啊。"赵奶奶贴紧玻璃，右额的皱纹被碾平，呈现出一种苍灰色，央求道，"一定要送到啊。"

柜员抬起头，被赵奶奶凑过来的脸吓了一跳，嫌恶地说："你要是不放心，可以找别家啊。不过我说清楚了，能弄到这么古老型号的，只有我们这家百年——”她顿了顿，“多年老字号！”

赵奶奶点点头，留下地址，带着 LW31 离开了。LW31 心中疑虑重重，但百思不解，只好默默跟着身后。

当天晚上，赵奶奶入睡之后，LW31 又跟着老铁头来到了街上。这一个深夜，老铁头也没有去捡垃圾，而是怀揣着一大叠钱来到了保险公司。此时大门已经关闭，已经没有职工在工作了，但自助缴费厅依然亮着灯。

老铁头迈着迟缓的步子走进去，打着哈欠的保安看了它一眼，又闷头打瞌睡。

空荡荡的大厅里，只有老铁头和一头雾水的 LW31。老铁头在缴费机上按动着，动作很慢，每一个按键都无比仔细。LW31 好几次都想上前帮它，但还是忍住了，在后面静静看着。

缴费机的语音不断做出提示，最后一个步骤是将晶片卡插入。老铁头敲了敲胸膛，锈屑落下，它打开了胸膛的铁板，把里面的晶片卡拿出来，一张张插进去。插到最后一张时，亲切的语音响起：“缴费完成，保单生效，明天会有工作人员进行家访，请保持通讯畅通。”

老铁头听完后，久久静止，LW31 都怀疑它是不是没电了，这才听到它体内传来的一声漫长的“嗡嗡嗡”。

这一声有如叹息。

“怎么了？”LW31 问。

它以为得到的会依然是惯常的沉默，但老铁头慢慢转过身，突然沙哑地说：“谢谢……你……”

LW31 反应了好一会儿，说：“谢什么呢？我什么都没有做。”

“谢谢……你……什么都……没做……”

LW31 这才明白，它是说自己没有向赵奶奶告密。“不过，你到底在做什么呢？”LW31 想了想，问，“我有点好奇。”

“机器人……不应该……好奇……”

说完后，老铁头迈着步子，向家里走去。LW31 疑虑更重，但也只能跟随回家，到家时赵奶奶依然沉睡着。这间小小的地下室似乎与此前任何一夜没有区别，但 LW31 隐约觉得，似乎什么都变了。

果然，第二天白天，赵奶奶没有去收废品，早早起来后就坐在床沿，似乎等着什么。老铁头昨晚充了很久的电，也从待机状态转换为工作状态，站在门口，似乎也在等着什么。

“老铁头啊，”赵奶奶突然说，“这些年，真是辛苦你了。”

“好说……好说……”

“照顾我很麻烦吧？挑食，身体差，还穷，每年都不能给你维修上油。”

“应该的……我是为了……给小姐服务……而存在的……”

赵奶奶转过头，视线的尽头是桌上那张透明相册。相册检测到有目光注视，随即启动，一张张照片浮现出来，一段段岁月流泻出来。这些藏在照片里的故事，LW31 无从知晓，但它此时突然有些触动，体内线路里的电流快速涌动着。

“不管这么说，感谢有你陪伴。”

“我也……”

这时，门外传来了脚步声。赵奶奶一下子从床上坐了起来，老铁头体内一连串咯嗒咯嗒，打开了门。

6

陈泽川打了个很长的哈欠。

昨夜睡得并不安稳，总觉得有一双眼睛从幽梦深处盯着自己，彻骨透寒。他打完哈欠，又揉了揉眼睛，视野重新恢复时，LJ999的脸已经凑了过来。

“先生早上好，”LJ999 用快活的声音说，“又是新的一天！水温已经调好，牙刷已经挤好，早餐正在厨房散发出香味，是你喜欢的黑麦面包和鲜橙汁。”

“谢谢你……”陈泽川有些恍惚，看了眼 LJ999，视线又掠过它看向窗外。晨光吐露，阳光在书桌上蔓延。

“不用谢，这是我的义务！”

“噢，对了，999，你能去一趟储物间吗？”

“当然可以。”LJ999 立刻回道，“是要拿什么东西吗？”

陈泽川摇摇头。

“或者我帮你把储物间清理干净？”

“都不用，你进去后，把门从里面关上。”

“先生，我不是太明白……然后呢？”

陈泽川咬咬牙，“然后你就关机吧。”

这一次，LJ999 顿了两秒钟。这对于它来说是极其少见的情况。“先生，”它说道，“我是有哪里做得不够好吗？”

陈泽川明显感觉到，它的语气由活泼调到了低沉。智能软件对人类语气的模仿真是惟妙惟肖，让陈泽川感到了一丝愧意，但还是硬着头皮说："不，你做得很好。"

"如果我的服务对您来说，有哪里做得不够，您可以上传数据，参与疆域公司的用户改进计划。我们会非常慎重对待您的意见。"

"不必了，我只是——我可能不太适应机器人服务。"

LJ999 沉默了，过了会儿才开口，语气回复了正常的声调，克制而舒缓，不带有任何情绪。"先生，"它直起身子，"您确定要暂定使用我吗？我建议您可以采用其他办法，比如重置系统，或者重新设定用户喜好。这都会让您有崭新的使用体验。"

"确定。"

"好的，如您所愿。"LJ999 弯腰鞠躬，"热水已经调好，牙膏已经挤好，早餐建议您尽快吃完。等候您的下一次使用。"

说完，它转过身子，走出卧室，穿过客厅，来到了卫生间旁边的储物间。说是储物间，其实只是墙壁的狭窄缝隙，装了个小门，里面放满了杂乱的工具。它走进去，几乎就把这个储物间占满了，它依旧像刚来时那样锃光瓦亮，与布满灰尘的四周相比显得突兀。但它沉默着，只有眼中蓝光一闪而过，照亮了幽暗储物间的锈迹。

它反手关上了门，外部光线被完全隔绝。自动关机程序启动，很快，身体里的轻微震动消失了，指示灯熄灭。黑暗如同墨汁一般迅速扩散，将它完全浸泡。

赵奶奶和老铁头都是一脸迷茫，向对方看了看，又一起扭头看去。

来的是一个机器人，长得魁梧无比，四肢尤其粗壮，像大力水手一般。地下室的门对它来说太过狭窄，只能侧着身子进来。整个屋子几乎都被它挤满了。赵奶奶看到它胸口贴着保安标识。

"正好，都在呢！"保安 AI 身后转出一人，穿着西装，面瘦额高，掩着鼻子，“都在就省得我来几次了。”

“您是？”赵奶奶迟疑了一下，“是送快递的吗？”

西装男冷笑一声，“送快递？我看着像是送快递的吗！”

老铁头看了看，说道：“那您是……卖保险……的吗……”

西装男脸上鄙夷更浓，干脆没有回答。他在四周巡视一周，又哼了声，“这么破的地方，就一张床，你们也住得下去，真是服了你们。行了吧，也别废话了，收拾东西走吧。”

“走？去哪里？”

“爱去哪里去哪里，别赖在这里就成！占我们便宜多久了。”见赵奶奶一脸诧异，西装男不耐烦地掏出证件，上面显示他正是隔壁商场的仓库主管，“好好一个仓库，被你们弄得乌烟瘴气的！”

赵奶奶央求道：“可是我们没地方去了啊！”

“怎么没地方去，天桥啊，树底下啊，下水道里面啊！再不然，可以去死啊，这么大年纪了，活不了几天吧，哪儿的黄土不埋人？”西装男把证件收起来，嫌恶的目光在赵奶奶和老铁头之间逡巡，看到 LW31 时，目光惊异了一下。

其实这间地下室被一个孤寡老太住着，库管部的人都知道，但没人去管。一来是麻烦，人上了年纪，无赖撒泼，闹腾起来根本没完，一旦有个三长两短就更麻烦了；二来听人说老太太身世悲惨，亲人疏离，到晚年只有一个破机器人陪伴着。所以大家都心照不宣，加上库房还够，便一直把赵奶奶从视线里忽略了。

直到今天早上。

赵主管刚上班，就接到了来自商场管理层的电话，让他把地下室的老太太赶走。他有些诧异，这种小事怎么会惊动上面，因此多问了下。

那个身居高位的女人蹙紧眉头，只说：“我也搞不清楚，但疆域公司的面子还是要给——对了，你赶走那老家伙的时候，注意别伤了她身边的机器人。”

“那个 NW 的老款？”西装男嗤笑了声，“它那个样子，就算我不碰，恐怕也随时散架吧。”

“不，是一个 LW 型号的。”

现在，他站在地下室里，看到正惶然无措的 LW31，心生疑惑。这个机器人看上去并没有特别之处啊，为什么会被如此重视？

但他也没想太多，说：“你们要是不愿意走，就别怪我了，”转身看向身后的保安 AI，“你帮他们把东西搬出去。”说完便走了出去，捂着鼻子穿过楼道，来到巷子口。

而地下室里，赵奶奶陪着笑脸，小心说道：“能不能迟几天，我至少先找个地方啊。”

保安 AI 没说话，俯视着赵奶奶，眼神在昏暗的灯光下毫无感情。

“明天，明天就走可不可以。”赵奶奶看了眼老铁头，欲言又止，“今天……我还要在这里等……”

显然这个保安 AI 并不像西装男那么多话，它的身体太庞大，慢慢地在屋子移动。来到床前，它直接用蒲扇大的手把床板拖起来，一把扔到外面。

床板在楼道里发出叮叮当当的声响。

西装男站在楼道口，听到了里面传来的声音，但只是眉头动了动。

“啊，你这个杀千刀的！”赵奶奶穿着粗气，扑过去，用拳头捶打保安 AI。但她年老力衰，而保安 AI 满是钢铁，拳头打上去，连“叮”的一声都没发出来。老铁头站在一旁，身体发出急剧运转的嗡嗡声，但机器人无法插足人类的纷争，它只能站在一旁。

“别这样，”倒是 LW31 有些着急，连声说道，“有什么事情不可以商量着解决的吗？”

但保安 AI 和赵奶奶撕扯着，屋子里，他们的影子如同午夜里的植物一样，蓬勃地生长着，胡乱摇曳。LW31 有些被吓着了，后退一步，靠着墙壁。

推攘间，突然传来“砰”的一声清脆声响，LW31 循声望去，只见地上散落着好几块晶片——桌上的相册被壮汉抓起来，摔在地上，四分五裂。

半个世纪的光阴，只这一声响，便烟消云散了。

赵奶奶突然僵住了，看着碎片，一阵颤抖蔓延上来。

“小姐……”老铁头走上去，扶着赵奶奶，“你没事吧？”

赵奶奶呆滞地看着碎片。黄色灯光下，她脸上有两条浅浅的痕迹，光像是被粘住了一样，在痕迹上挣扎出星星点点。

“啊，快！”LW31 突然大叫，也上前扶住了赵奶奶，用手掌轻按其胸口，“生命体征在衰弱，快送医院！”

老铁头是初代机器人，体征检测系统本来就落后，又已老化，无法判断赵奶奶的体征。但在它服役的五十一年里，它从未见过赵奶奶这幅模样，坐在地上安静地流泪。

“小姐……你怎么……”老铁头的声音比以往更加迟滞了，又转过头，慌乱地对保安 AI 说，“请你……不要……请停止……”

但保安 AI 充耳不闻，只一件一件地把东西往外扔出去。这种低智能的机器人，无法进行智能分辨，只会严格执行命令。赵奶奶的哀恸对它来说，不会比一丝风语更强烈。

没有信号，孤寡老人，贫穷，凶蛮大汉……这些因素化作电流，在 LW31 身体里窜动着，滋滋的火花被碰撞出来。一秒钟后，它那摇摇欲坠的处理器得出了结论。

LW31 突然站起来，向外跑去。

陈泽川穿着睡衣到储物间检查了一下，看到 LJ999 已经关机休眠，犹不放心，又用手指敲了敲它脑袋。咚咚咚，清脆的金属声在隔间里回荡，除此之外，再无其他。

他关上门，把 LJ999 彻底关进黑暗里。

但这么昂贵的型号，在黑暗中生锈腐烂，总觉得太浪费。或许找个时候挂在网上，换成一笔收入吧。

这么想着，门突然被敲响了。

声音很急。

难道是法院来人？他疑惑地走过去，打开门，却见到了一张熟悉的脸。

“先生！”LW31 的语气有些急，“请跟我走！”

陈泽川心里已经想到了自己被押到法院的凄凉模样，垂头丧气道：“唉，能让我吃好吗？”

“不能，先生，很紧急！”

“法院连给个吃饭的时间都不给吗？”

“法院？”LW31 愣了一下，随即道，“不是，我想请你帮我一个忙，去救我一个朋友。”

陈泽川心头阴影散去，想起刚才自己的怂态，不由脸红。他刚要解释，听到 LW31 的话，诧异道：“朋友？你现在也交朋友了？”

LW31 没有注意到，他这句疑惑中带着讥讽的话，里面藏着一抹不易察觉的失落——事实上，陈泽川自己也没有留意到。“是一个对我挺好的赵奶奶，”它的眼睛缩成了小小的一团，“不过现在来不及细说了，你跟我过去吧！就在小区门口，需要你帮忙。”

陈泽川刚要答应，那夜酒会的情景瞬间涌上心头，刚刚扬起的笑意顺着面部肌肉转化为冷笑，道：“你自己的朋友，叫我干嘛。”

说完转身进屋，把门关上。

在门合上的两秒钟里，LW31 凑过来，可怜兮兮地扒在门口，说道："先生，你帮帮我吧，你也是我的……"

后面的话没有说完，因为门已经关上了。

LW31 呆在门口，感觉身体有些迟缓，似乎缓存文件过多——但它昨晚明明清理过的。这时，它的处理器里一片空白，无法形成有效的逻辑链条。

唯一的希望破灭了，它推断不出下一步的方案，刚想转身，门又打开了。

"你刚说什么？"陈泽川只开了一小道门缝，问。

"请你帮帮我啊。"

"不是，后面的，你说我也是你的什么？"

"朋友啊，"LW31 说，"先生，你也是我的朋友。"

陈泽川一脸蔑视，冷笑道："谁跟你是朋友啊！自作多情！"说完就又把门狠狠合上了，清脆的"砰"声在廊道里回响不休。过了不到半分钟，门又打开了，已经换好衣服的陈泽川风风火火地走出来。

"愣着干嘛，"陈泽川见 LW31 没反应过来，大手一挥，不耐烦地说，"走！"

7

他们一路快跑，只花了不到十分钟，就穿过整个小区，来到了地下室。但在巷子口并没有阴瘦的西装男，走在楼道里，里面也是一片静悄悄的，以至于陈泽川都开始怀疑 LW31 在路上告诉自己的是不是真的了。

但在地下室门口，他看到了散乱的床板和一些玩具的碎片，踮着脚走进去，果然看到了赵奶奶和老铁头。

赵奶奶躺在老铁头怀里，头垂着，似乎睡着了。老铁头正惶然无措，听到脚步声，抬起头，嘴里发出嘶嘶的声音，似乎发声系统坏了。它敲了敲喉咙，才能勉强说道：“怎么办……小姐……你们能……叫醒她……”

陈泽川神色一凛，上前扶住赵奶奶，感觉她身上正有什么东西在逝去。他掏出手机，看到信号栏里一片空白，连忙走出去，在楼道口打了救护电话。

医院的车来得很快，两个护理机器人奔到地下室，将昏迷的赵奶奶抬上担架，送到救护车上。老铁头努力迈着步子跟上，但是到了巷子口，正要进救护车时，却被医生拦下来了。

“怎么是机器人……”医生摆摆手，说，“亲属呢？谁打的急救电话？”

LW31 推了一把陈泽川，他连忙上前，跟上了车。

赵奶奶躺在车厢里，医生熟练地插入输液针，翻了翻眼皮，用听诊器听了一会儿，脸色有些难看。“走吧，”他对前面的司机 AI 说，“先回医院。”顿了顿，又补充道，“你要做好准备。”

陈泽川还是在云里雾里，看着车外眼巴巴的老铁头，问：“能不能把它们带上？”

医生瞧了眼，指着 LW31 说：“它可以跟上来，”又指着老铁头，“这东西不行。太旧了，一身是锈迹，会污染输液环境的。”

LW31 也钻上车，记下来医院的地址，探出头去对老铁头说：“我先送她过去，在医院门口等你。”

救护车缓缓升上天空，进入急救通道。LW31 趴在车窗前往下看，只见遥远的地面上，老铁头站在巷子口，仰头望着。老铁头的另一侧是街道，宽阔的街道上车流穿梭，汹涌如河，它则像一根衰草，努力抓着河岸，但随时会被浪涌淹没。它的身影越来越小，LW31 揉揉眼睛，调整了一下焦距，再往下看时，已经看不到老铁头了。

赵奶奶被送进了急诊室，医生进去之前，陈泽川一把抓住他，问道:“她到底怎么了？”

“脏器衰竭！”医生一把打开他的手，冷声道，“也不是一天两天了，你这儿子怎么当的！”

“儿子？”陈泽川愣了下。

医生把电子登记单调出来，举在陈泽川面前，喝骂道:“怎么，老妈生病了连认都不认了！”

电子登记单的关系一栏里，赫然写着“母子”。陈泽川扭过头，发现 LW31 正在拼命眨眼睛，顿时明白，心里暗骂一声。

这叫什么事！一大早爬起来，什么话没说，就摊上了这么个麻烦事！ LW31 也越来越过分了，填表格也没跟自己商量！他冷静下来，看了看急诊室里昏睡不醒的赵奶奶，脑袋里滑过一连串词语，都是“碰瓷”“医药费”“耍赖”之类的。理智告诉他，这事情最好不要插手，否则麻烦得很。

LW31 拉了拉他的袖子，不敢太用力，眼中硅晶黑如夜幕。

陈泽川暗叹一声，转向医生，愧疚地说:“我确实不孝顺……那我妈到底怎么样了，要动手术吗？”

“先等着吧！”医生甩出一句，“早干嘛去了！”

陈泽川连连称是，目送医生进了急诊室，转过头来，恶狠狠地对 LW31 说:“现在变厉害了啊，几天不见，一回来就给我找了个妈！”

“对不起，先生，我也是不得已。没有直系亲属的，医院可能会延误。”

“你跟她到底什么关系？”

“先生，那天我等到天亮。你的新机器人告诉我你彻底不要我了之后，我就在街上转，遇见了赵奶奶。她收留了我。她似乎有间歇性痴呆症，偶尔会犯病，神智不太清醒，全靠一个很旧的 NW 机器——”它突然停了下来，“我要去门口等老铁头。”

陈泽川眉头跳了下，总觉得刚刚 LW31 的话里不太对劲，但一时没有想起来，便跟着它走到医院门口。

惨淡的阳光洒在街上，来往人车穿梭，陈泽川左看右看，丝毫没有看到老铁头来的迹象。

“等等，你刚刚说那个机器人是 NW 型号的？”

“是啊，元老级 AI 了。”

陈泽川说:“那可贵了，我听说，现在有很多收藏家在收集 NW 型号的机器人，一个配件的拍卖价格都很吓人。那个老铁头都还算完整，而且连续工作了半个世纪，这是个奇迹啊。如果把它卖了——”LW31 投过来鄙夷的目光，他连忙干笑几声，说，“我是说，万一赵奶奶需要医药费，就有着落了啊——怎么，你还这么看着我，总不能医药费也是我出吧，她又不是我真妈……”

“是啊，医药费怎么办……”LW31 呐呐地说。

陈泽川耸耸肩，话锋一转，“对了，你说，老铁头那么老了，能不能找到医院里来啊？”

“应该能吧，它的导航又没有坏，晚上还能去收废品呢”

“但是五十多年前的机器啊，恐怕系统服务早就停掉了，地图也不能更新了吧。而且白天跟晚上不一样啊，晚上大家都睡了，白天你看，”陈泽川手一指，低空轨道和医院门口的街道都挤满了车，滴滴声不绝于耳，而人行道上，提着公文包的都市男女们来来往往，面无表情，“这多人，这么多车，连交规也跟以前不一样了。”

LW31却摇摇头，说：“我知道你说的情况，但……但老铁头应该办得到吧。它身上充满了奇迹，连续工作了五十一年还没事。先生，你相信奇迹吗？”

“我不信有奇迹，只相信人民币。”

太阳逐渐升高，陈泽川看了看表，得去上班了。他回医院确认了一下，赵奶奶还处于昏迷中，医生决定观察一阵子，让陈泽川交保金。但是当扫描赵奶奶信息时，却发现她已经缴纳了高额保险，所有医药费会由保险支出。

陈泽川自然求之不得，但心里也在诧异——以地下室的寒酸情况，赵奶奶能交得起那么贵的保险？但这赵奶奶毕竟不是他真妈，别人家的事情不好多想，便匆匆赶到公司上班。

LW31在门口等了很久，日头渐烈，老铁头始终没有出现的迹象。处理器不断分析目前的处境，得出来的结果是去地下室寻找老铁头，将它带到医院——显然，它的系统并不像它那样相信奇迹。

但回到地下室，里面却没有老铁头的身影，只是碎渣满地，一片狼藉。它低头搜寻了一遍，识别系统自动启动，调出之前的影像，与实时视野进行对比，立刻发现被保安AI打碎的相册碎片不见了。除此之外，一切跟离开之前一样，想到昨天赵奶奶和老铁头还相依相偎，而今空空荡荡，不由发出一声类似叹息的嗡鸣。

它正要走出去，这时，门敲响了，一个印着保险公司标志的灰白色机器人探头进来。它的脸是一块显示屏，圆乎乎的，上面只有一道蓝色细缝，说起话来时这道细缝像心电图一样起伏：“请问，这是赵叶娟女士家吗？”

这个名字很陌生，但逻辑链条很容易推理出这是赵奶奶的名字，于是 LW31 点点头，说道：“这里是，但不巧，赵奶奶去医院了。”

“噢，我是保险公司业务员，编号 978172，”保险员 AI 朝里面看了一眼，有些失望，“赵女士在我公司投保了一级老年险，我是来送保单的，需要送到赵女士手中。”

“你可以给我，我会替你转交。”

保险员 AI 转向 LW31，脸上的蓝色细线水平移动，仿佛在思考。过了好一会儿，细线再次跳动，说：“这是一级保单，我要见到赵女士本人。”

“那你跟我去医院吧，”LW31 有些无奈，“她在那里，但我不保证能不能醒过来。”

“没事，我有她的信息，见到她的脸就能确认。”

它们走出地下室，刚进巷子，却见一个人影径直走过来。LW31 以为是老铁头，正要欢呼，却醒悟过来，这人影走路速度很快，不像是老铁头。果然，走近了才看清，这是另一个机器人，与之刚来的业务员 AI 一模一样，应该是同一个型号，只是胸膛上的标志显示是快递员。

快递员 AI 大步流星地从它俩身旁路过，走进楼道，没过一会儿就风风火火走出来，拉住刚走到巷子口的 LW31 问：“请问，这里是赵叶娟女士家吗？”

LW31 看了眼快递员 AI，又转头看了看保险员 AI，虽然明白这这种情况应该是两家公司买了同一款机器人造成的，但总有一种在镜子面前的感觉。它点点头，说：“是的，这是赵奶奶家。”

“我是瞬丰快递员，赵女士有一个快递。但我刚刚去了，没人，打电话也打不通。”快递员AI说。

“你可以给我，我能帮你转交。”

话刚说完，LW31就后悔了——快递员AI和保险员AI是同一型号，思考模式肯定也相同。

果然，快递员AI顿了几秒钟，脸上细线随着声音跳动起来:“这个货物比较贵重，需要当面签收。”

“好吧，你们都跟我走吧。”

快递员AI点点头，这时看见了保险员AI，愣了愣，发出一声“哼”。

保险员AI也回之一相同的轻视。

LW31仿佛看到了一个照镜子的机器人，在对着镜子里的自己鄙夷，但也不难理解——它俩是相同型号，系统里内置了竞争程序，会想方设法比同类更优秀。这个设置当初是宣传的主力卖点，迎合了许多大型企业的需求，所以是被批量购买。显然，保险业和快递业都非常需要不断竞争的员工。

三个机器人向外走，沉默了很久，保险员AI突然说:“你是什么时候出场的？”

快递员AI说:“2072年9月14号，CG型第二十五批产品。”

保险员AI说:“2069年3月19日，CG型第十一批产品，在你之前。我是前辈。”

快递员AI发出轻笑，“所以更早被淘汰。”

保险员AI说:“第二十五批是最后一批吧，新旧交替，优胜劣汰，你们也撑不了多久。”

快递员AI说:“至少进回收炉时，我排在你后面。”

它们又发出一声相同的“哼”，继续走了几条街，来到机器人专用轨道。

这是由疆域公司投资建成，设有一排排躺席，专门用于单独外出的机器人出行。这一间舱室里密密麻麻躺满了机器人，幸好有几个机器人在这一站下。LW31带着两个AI走过去，找地方躺下，腰侧立刻伸出固定带，将它们系紧。

这时，快递员AI又说：“保险业现在这么不景气，你快下岗了吧。”

“我工作努力，业绩好，老板很器重，还说下个月给我更新零件呢。”

快递员AI冷笑道：“老板说的话，都是画在纸上的饼，你也信？”

保险员AI转向它，“总比天天跑来跑去好，你这么奔波，元件劳损得快吧？”

“你还不是出来跑业务，能好到哪里去。”快递员AI也转过头，黑暗的舱室里，它们的脸紧紧相对，只有两块屏幕上的蓝光微微闪烁。

“祝你早日生锈！”保险员AI说。

“祝你早日短路。”快递员AI寸步不让。

“祝你全身多处接触不良。”

“祝你硬件老化软件不兼容。”

在它们对骂时，躺在舱室里的其他机器人都默然不语，静静听着。保险员AI和快递员AI的话越来越恶毒，涉及到机器人身上可能出现的每一个故障。到后来，选择的余地越来越少，快递员AI被逼急了，骂道：“祝你回炉重造时被拆成一百块。”这是语言库里能容忍的最后一句诅咒，其他的脏话要么已经用过，要么就会涉及到人类。

说完，保险员AI看着保险员AI，脸上的蓝线呈波纹形上下跳动，仿佛一张裂开的嘴，在嘲笑黑暗里的对手。

保险员AI沉默了很久。语言库里能用来讽刺的话语有限，而诸如“早死早超生”“去你的”等字眼，因为涉及到人类，所以会被系统屏蔽。现在，它难以找到反击的话语，只能线条急速跳动，搜寻着词语的排列组合，但几乎所有的组合都是被禁止说出口的。

其余的机器人等了一会儿，好久都寂静无声，于是判断这场对骂结束了。

“祝你——”保险员AI突然开口，“回炉重造时被拆成一百零一块！”

快递员AI也顿了顿，回敬道：“祝你回炉重造时被拆成一百零二块！”

“祝你回炉重造时被拆成一百零三块！”

……

快递员AI声音利落，语调极快，“祝你回炉重造时被拆成七百九十八块！”

它的声音刚落，保险员AI几乎没有停顿间隙地接口道：“祝你回炉重造时被拆成七百九十九块！”

“祝你——”快递员AI从容接过他的话头，回骂，“回炉重造时被拆成八百块！”

“闭嘴！”

包括LW31在内，周围所有的机器人同时喝道，声音整齐洪亮，仿若惊雷。

快递员AI和保险员AI同时停下。接下来，它们一直沉默，没有再交谈。

8

已是傍晚，陈泽川心不在焉地结束了一天的工作，匆匆下班，在空轨车厢里几乎被挤成了咸鱼，才勉强赶到医院。他刚到门口，就看到 LW31 走了过来。

“不是等一个老家伙吗，”陈泽川走过去，“怎么带回两个新家伙？”

“哦，它们是赵奶奶的快递员 AI 和保险员 AI，给赵奶奶送东西的。”

“先生，”快递员 AI 向陈泽川鞠了一躬，“最忠诚的机器人向您问好。”

保险员 AI 也弯下腰，“先生，最最忠诚的机器人向您问好。”

“嗯……”陈泽川挠了挠头，“你们好……都好。”又转向 LW31，“老铁头呢？”

LW31 摇摇头，“我没有见到。”

陈泽川向四周扫视，只见人群汹涌，车辆飞逝，而眼前的阴影和光明里都看不见那个灰褐色的机器人。“应该不会来了吧，过了一整天，要来的话早就到了。”他犹豫了一下，还是继续道，“不要相信奇迹了。奇迹只是拿来骗人的东西，靠不住的，能骗我们，怎么也会骗到机器人呢？”

LW31 身体发出元件摩挲的沙沙声，恍如叹息，说：“好吧，那我们去看看赵奶奶吧。”它终于低下了头，声音透着一种认命般的无奈。

“也好，如果她没事我们就回去吧，反正她也有医保，会被妥善照顾。”

暮色沉降，人群的阴影像墨染一样在街道上扩散。看着 LW31 失落的身影，陈泽川拍了拍它的肩膀，LW31 转过头，五官挤出一个勉强的笑容。两个 AI 也连忙跟上。

“小姐……在哪里……怎么样了……”身后突然传来一阵缓慢的声音。

LW31 豁然转身。陈泽川没反应过来，顺着 LW31 的目光看去。保险员 AI 和快递员 AI 并排走着，同时向对方转身，看见彼此的脸后又哼了一声，又反方向从外侧转过身。

在他们交汇的视线里，在人群的阴影中，一个衰朽的机器人正一步一步走出来。它比人群更慢，比夜晚更暗，每一步都会带起令人牙酸的金属摩擦声。

“对不起……我来……晚了……”

LW31 连忙摇头：“没事，没事，你能来就好了！”

陈泽川看了眼 LW31，脸上有些挂不住，说：“哈哈，我就一直坚信你能来，在这里等你呢！”

保险员 AI 和快递员 AI 脸上的蓝线都没有起伏，显然并不打算向老铁头打招呼。

陈泽川连忙带头走进医院，他身后是四个机器人，虽然慢，但浩浩荡荡在走廊里穿行，吸引了不少人的目光。看着漂亮小护士们投过来的目光，陈泽川颇为得意。

来到病房后，隔着玻璃，老铁头看到了病床上躺着的赵奶奶。它颤抖了一下，再度失声，敲了好几下喉管才发出“滋滋”的声响，沙哑道：“小姐……”

赵奶奶的病情已经恶化了许久，生命体征在逐渐衰弱下去，医生手忙脚乱了很久，却无奈地看着心率仪上渐渐平缓的线条。

而这时，随着玻璃外响起的一声沙哑呼唤，心电图的右侧突然出现一个急剧升高的点，尔后平缓。

医生正在转头喝骂老铁头，说道：“叫什么叫，这是医院！别干扰——”突然被身后心电仪的滴滴声惊醒，回头查看，然后难以置信地转过来，对老铁头道，“你、你再叫一声试试……”

“小姐……”

滴！

医生脸上一片惊喜，打开门，让老铁头走进病房，说：“继续喊啊，不要停！”

“小姐……小姐……小姐……小姐……”

滴……滴……滴滴……滴！滴！滴！……滴！滴！滴！滴！滴！滴！

病床上，赵奶奶睁开了眼睛，身旁的心电仪上，心率显示虽然微弱，但始终有连续的心跳。

“你来了……”赵奶奶看着不断呼唤的老铁头，苍白衰老的脸上露出一抹笑容，“我刚刚睡了好长一个觉，幸好醒来后能看到你。”

“我……一直……一直都……都在的……”

LW31 和陈泽川站在外面，目睹此情此景，都有些发怔。好半天，LW31 才转过头郑重地看着陈泽川，说：“先生，现在你相信奇迹了吗？”

“我要回家。”赵奶奶说。

医生一惊，说道：“那是万万不行的，你刚刚醒过来，身体还没有恢复，要住院观察。你是担心钱吗？没事的，有医保，医药费会由保险公司承担。”

“保险？”赵奶奶眼中闪着疑惑，视线转移到老铁头身上。

这时，保险员 AI 走进来，将保单放在赵奶奶床边。“尊敬的赵女士，这是您的保单，先前由自助机办理，现在正式进入保险流程。”它说，“您的医保和养老保险都会由公司负责，希望在接下来的生活中能帮助到您。”

快递员 AI 也走到旁边，胸膛隔板移开，露出里面用软木固定好的包裹，“尊敬的赵女士，这是你的快递。面部扫描已经识别出了您的身份，您只需口述确认签收，就可以了。”

一个包裹，一个保单，静静躺在赵奶奶的旁边。

陈泽川上前道：“哪能这么简单就签收呢，至少得验货吧？”他转头看向赵奶奶，“能拆吗？”

赵奶奶点点头。

包裹拆开，里面是一个拳头大小的方形铁块，银白锃亮，上面写着诸多字母。陈泽川凑过去看，念道：“容量……标称电压……充电终止电压……这是电池啊！什么型号的呢，机器人配件，NW 型的……啧啧，这可是五十多年的古董货啊。”

老铁头扭过头，看着赵奶奶，没有说话，身体里响起若有若无的沙沙声。

LW31 突然明白了一切。

原来那么多天，两个人分别在白天和夜晚收集废品，用无数次弯腰换来的微薄收入，一点点积累起来，换成了钱，一个是为了给对方买保险，一个是想给对方换电池。

他们都瞒着对方。现在，保单和电池放在他们中间，他们彼此也明白了，但都很安静。仿佛惊天落雷，到耳边时就只剩下了轻声呢喃。

“我要回家。”赵奶奶再次说。

所有人都连声阻拦，连保险员AI和快递员AI都建议她留在医院接受检查。但赵奶奶只看着老铁头，对周围的一切充耳不闻。

“我们……”老铁头的视线在所有人脸上掠过，最后才停顿在赵奶奶脸上，过了很久，“回家吧……”

保险员AI和快递员AI默默走在众人身后。天色已经有些晚了，今天它们在赵奶奶身上耗费了太多时间，指标肯定完不成。但它们还是走得很慢，始终走在缓缓挪步的老铁头身后。

到了医院门口，车流急驶，林立的高楼上华灯异彩。这个时候人们都在回家，保险员AI和快递员AI需要回到公司，走进库房，一边充电一边沉默在黑暗中。时间对它们而言没有意义，待机再开机，就能看到第二天的太阳，就要重复前一天的事情。

它们在门口站了很久，并排站着，彼此不再嘲讽了，只是沉默。

两家公司是相反的方向，都要穿过重重街道。“回去吧。”快递员AI突然说。

保险员AI点点头，脸上的蓝色线条像一条悲伤的丝带，“是啊，得回去了，再不按时报到，老板会拆了我的主板。他早就想换掉我了。”

快递员AI说：“我也是，明天要多送几单，否则会改派成做重货搬运工。那里潮湿，看不到太阳，我会很快报废的。”

两个同样型号的机器人站在暮色里，又沉默了一会儿。旁边一些进出的人看了它们几眼，又匆匆离开了。这个城市里挤满了人，人的间隙又塞满了机器人，没有人会因为它们而驻足。

保险员AI向右转身，远处灯火阑珊，更远处一片幽暗。它说：“走了，再会。”

快递员AI向左转身，说：“再会，前辈。”

它们各自走进人群，车灯和人影组成了浩大的洪流，它们如同枯叶飘落，一进去就被彻底淹没。

直到报废，它们也没有再见过。

9

赵奶奶和老铁头相扶着走远，LW31刚要跟过去，手臂却被拉住了。

“怎么了？”它转过身，看到拉自己的人正是陈泽川，有些不解，“赵奶奶身体还没恢复呢。”

“人家自有人照顾，你瞎操什么心？”

“可是老铁头这么老了……”

“老是老，但照顾了赵奶奶那么多年，”说着，陈泽川看了一眼远去的背影，语气有些感慨，“肯定没有问题。你别去打扰他们了，谁都看得出来，现在他们需要的，只是对方。”

“好吧，”LW31扭扭头，“我怎么就看不出来？”

陈泽川没好气地说：“因为你是铁疙瘩啊，是机器人啊，哪懂啊？与其担心他们，不如担心你自己，不是叫你滚了吗，怎么又回来找我了？”

“我想先生肯定会帮忙。”

“这种事你应该找警察，找保险公司，找我做什么！”陈泽川越说越气，想到自己今天整天上班心不在焉，被领导骂了几次，还无缘无故多出一个重病的妈，心头更是一阵火起，“你除了给我添麻烦，就没干什么别的事情！”

“对不起……”

“对不起有什么用！人家老铁头尽职尽责，照顾赵奶奶一辈子。你呢，尽出故障尽找茬！你就不应该回来！”

LW31试图辩解：“我没有地方可去。”

“天下这么大，哪不是可以去的地方？你不是从法院来的吗，你可以回法院去啊！”

LW31点点头，“哦，那我回去了。”说完就要转身。

“等等！”陈泽川突然想起LW31回法院之后，自己就要立刻被判断无法通过评估，“回来！你这么没用，去法院也是添乱，不如去疆域公司的锻造工厂吧，随便找个回收炉钻进去进行。啧啧，你这身铁块一百多斤，被重铸在别的机器人身上，至少作用比现在大多了。”

这番话在LW31体内的逻辑分析链条里引起了警报，表明陈泽川说的并不正确——不管LW31有用没用，回法院是职责所在，肯定比去锻造工场好；何况它不仅仅是一身钢铁，还有合成塑料，以及珍贵的芯片、处理器和内存卡，这些原件拆开重组的价值远比直接熔掉要高。LW31明白这些，处理器的反馈也让它拒绝陈泽川的建议，但它停滞了几秒钟，默默垂头，说道：“也行。”

说完，它打开导航，全息投影投射出城市地图。正要搜寻疆域公司的锻造工厂时，陈泽川压了压手：“算了，你别导航了，我知道路，我带你去吧！”

LW31收回全息投影，“那多谢先生了。”

“谢什么谢，送佛送到西而已！”陈泽川一脸鄙夷，大步向右边走去，“跟着吧。”

LW31低着头，小心翼翼地跟在陈泽川身后。陈泽川兀自数落

LW31:“你说我上辈子做了什么缺德事，怎么就尽被你们机器人欺负呢？工作被机器人抢了，进监狱也是因为机器人，谈个恋爱也被机器人搅黄了，难道我上辈子是个铁匠，现在被你们这些铁疙瘩来报复……你啊，就老老实实当个工具嘛，别搞事情出来，跳什么舞啊，跑去跟赵奶奶那瞎操心，想想你自己，现在惨了吧，要被熔掉了……”

“先生，小心——”LW31说。

一辆车从旁边掠过，陈泽川不耐烦地挥了一下手，回头说：“我看得到车！难道我没长——哎呀！”他前面有个小坑，不留神踩了进去，脚顿时崴了下。

“——坑。”LW31说完后面的话。

“哎，你下次能不能一次说完！”陈泽川怒气冲冲，揉了揉脚，LW31过来要帮他揉，他一把推开，“本来还踩不到的，你一说，我反而中招了！”

“对不起……”

陈泽川不理会它的道歉，一瘸一拐地向前走，继续骂道：“又道歉，道歉有什么用，哼，我一定要给疆域公司写投诉信！什么AI，哪一点智能了？幸好你要重铸了，祈祷你下辈子投胎到一个性能好点儿的机器人身上吧……你别害怕，不疼的，听说炉子里温度很高，你一下子就会被熔成液态。哦，我忘了，你根本没有痛觉……”

LW31不敢反驳，低头紧跟。

夜晚在他们中间流过，高楼如同挂满了灯的巨人，沉默地伫立于夜色中，凝视着他们。在巨大浩瀚的人流车影中，他们只是两片小小的浮萍。夜空中飘下了一些雨丝，很薄很淡，像旧时代城市里才有的五月柳絮。

陈泽川一边带路一边骂骂咧咧，此时感觉到脸上一凉，抬头望去，头顶灯火明辉，夜幕被抵挡在城市之外，根本看不到星星，也看不到雨丝。

于是他默默叹息一声，没有再骂了，只是加快步子带路。

他们穿过一条条街道，到了深夜，陈泽川才停下来。LW31 抬头望去，发现眼前的景象有些熟悉，高楼群立，一家家灯火明亮，如同点亮的蜂巢。

“先生，”它诧异地说道，“你是不是带错路了？”

“没有啊。”

“可是这是你家啊。”

“我知道，”陈泽川继续一瘸一拐向前走，走了几步发现 LW31 没跟上来，回头不耐烦地说：

“回家吧。”

又下雨了。

一下雨就潮，老铁头走起路来，浑身的“咔吱咔吱”声就更响了。这潮湿仿佛是肥料，锈迹在它的滋养下迅速生长，走起来时簌簌地往下落。

锈迹沿着他们的轨迹向前延展，又被细雨稀释。

他们又回到了地下室——除了这里，他们也没有地方可以称之为“家”。

这里还跟走之前一样，幽深的楼道如同濒死巨兽的胃肠，等着他们一步步走进去，连回声都没有响起。地下室门口还是布满碎片，迈着步子走进去，里面也没有什么变化，似乎商场的人只是过来驱逐一番，把他们赶走了就也对这里弃之不顾。

不管如何，今晚还可以住，至于明天……

“明天还没有来。”赵奶奶说，颤巍巍地把破碎的床板拼在一起，铺上被子，虽然歪歪斜斜的，但总算可以睡人。老铁头则按了按开关，还好，电路没有断。灯光发出昏黄的光，照在赵奶奶的白发上，照在老铁头灰色的外壳上。

赵奶奶站起来，支着腰，刚才的几个动作让她耗尽了力气，很久才把气喘匀实。她又转头四顾，屋子里一片狼藉，实在是乱，于是说："老家伙，你还行不行？"

"身子骨……棒得……得……"老铁头结巴了很久，喉部的发声系统吱吱乱叫，仿佛随时会发出火花。

赵奶奶一直耐心地等着。

"得很……很。"几分钟后，老铁头终于把话说完，末了似乎觉得不够有说服力，又用力敲了敲了自己的胸膛，结果发出咚咚的空洞回声，铁锈落了一地。

这倒是提醒赵奶奶了。她把老铁头带回来的电池拿出来，戴上老花眼镜，说："过来。"

老铁头站在她身前，不安地扭了扭头，吱吱呀呀。

"给你装上新电池吧。"

"我自己……来吧……"

"我行的。"

"我怕……你失手……剪断什么……线路……"

话是这么说，老铁头却稳稳地站着，任赵奶奶拧开它的背部隔板，拂开胶皮都腐烂了的线路，找到了它身体深处嵌着的电池。

"老家伙，"赵奶奶啧啧发声，"你真是老得不成样子了，还硬撑着能使用，了不起啊……"说着，她把手放在旧电池上，"可能会有点儿疼，忍一忍。"

"我怎么……会感觉……觉——"老铁头的声音戛然而止，不止是说话，连一直以来身体里不绝响起的嗡嗡声都停了。

屋子里一片寂静。

赵奶奶突然有些慌张，连忙去拿窗边的新电池，不料心里慌乱，手上也没了劲。电池掉在地上，磕了好几下，才停在她脚边。“哎呀！”她叫了一声，下意识去看老铁头——往常她只要这么呼叫，老铁头特有的迟缓声音就会响起，来到她旁边，帮她处理一切。

但现在，屋子里除了她急促的呼吸声，没有响起任何其他声音。

赵奶奶搓了搓手，又攥了攥床沿，感觉到力气恢复了些，才弯腰拿起电池。她把电池放进老铁头的胸膛，摸索着正负极接口，使劲一推，电池却没有卡进去。

电池仓里充满了锈迹，赵奶奶拿手掏了掏，一块铁锈刺进了她的指甲。她的眼睛抽了抽，但继续擦拭，感觉正负极芯片裸露出来了，才再次把电池推进去。

“咔擦”，电池稳稳地嵌了进去。

“呼……”赵奶奶长吁了口气，不觉间额头上都沁出了汗。她关上隔板，摸到了老铁头脖子后面的开机键，长按下去。

没有反应。

老铁头沉默着，身体没有任何颤动，仿佛新电源接通后，并没有电流涌进这具老朽的躯体。

“老家伙？”她嘶声喊了喊，还敲了敲老铁头的头，但没有引起反响。

一瞬间，无数可怕的念头浮上脑海——卖电池的骗了自己，电池不会是假的吧？刚刚拆电池时，动了哪条本就奄奄一息的线路吗？老铁头撑了几十年，终于在刚刚达到了使用寿命吗……

她听到了雨声。

寒夜里灯影摇晃，她的影子在床头也跟着晃起来，地下室的排水不好，积雨已经渗进来了。雨声淅淅沥沥，在屋里都听得到，那外面肯定是瓢泼大雨了吧。

她搂着自己的肩膀，突然感到前所未有的冷。

“披上……”身后突然想起熟悉的声音，“被子吧……”

赵奶奶抬头看去，是那个熟悉的机器人，拿着薄被，披在她身上。

“吓我一跳！”她拍了拍老铁头的背，快拍到时又害怕起来，减轻了力气，最后只是轻轻摩挲，“我还以为你醒不过来了呢！”

“我现在……感觉……劲头……十足……”

“那你帮我把屋子收拾收拾吧，”她说，“看着乱，睡不着。”

老铁头弯腰开始整理，虽然换上了电池，但其他原件仍然老化得严重，小小的屋子足有半个多小时才收拾好。赵奶奶一直倚在床边看着，门外雨声沥沥。

“嗯嗯，你还是跟以前一样能干，”赵奶奶满意地打量四周，点点头，“收拾得很好，跟以前一样。”她的声音又低落下来了，“可是少了一样东西……”

“小姐……你说的……”老铁头走过来，手伸进腹腔板里，“是这个……吗……”

它掏出来一个透明晶片，放在赵奶奶床头。晶片是崭新的，底部有个软塑料按钮，它按了下，但手指不稳，又不敢用力，按了好几次都没按到。

“咦……明明……帮我扶……”它边说边按，但始终按不准。

赵奶奶把它的手推开，自己摸到了软钮，轻轻一按，晶片突然一阵闪烁，出现了一张合影。

半个世纪前的合影。年轻的男女和一个机器人站在草坪上。久远的时光从晶片上投影出来，投在赵奶奶湿润的眼眶里。

很快，照片又变换成一家人的合影，依旧有那个女人，有木讷的机器人。每隔十秒，照片就会变化，由模糊的低精度照片转变为色彩清晰的高清图片，恰若时光流逝向前。

这是之前被打碎的照片，现在再一次在她手中展示着逝去年华。

“可是，明明打碎了……”赵奶奶兀自不敢相信。

老铁头颇有些得意地扬了扬头，说：“我……去修理店……导出数据……导进新的……耽搁了很……很久……”

“这对你来说，不容易吧？”赵奶奶眯着眼睛，想象了下老铁头慢腾腾挪着步子，在人潮涌动中穿梭，寻找修理铺，然后怯生生地哀求陌生人，再穿过半个城市来到医院。

这样的场景，想一想就有些心酸。

“So……so……so……so……”老铁头“so”了半天，却始终没有说出来，憋得身上嗡嗡乱响。

“嗯嗯，我知道啦，So easy 嘛！”赵奶奶不耐烦地帮它说完，顿了顿，又说，“谢谢你。”

“好说……好说……”

折腾了一天，此时困倦袭来，赵奶奶打了个哈欠，就顺势躺下了。被子有点薄，她紧紧抱在胸口，但很奇怪，总是感觉不到暖意。

她于是松开被子，伸手握住老铁头的手，很粗糙，但她死死握紧。老铁头有些不适应，挣了挣，很容易就挣脱了，把被子拉到赵奶奶脖子处。

“NW9376854，”她把头转向它，喊出了它的编号——老铁头外壳上的印记早已模糊，连刻在钢铁上的字都消磨了，此时却在记忆里准确浮现，“这一生，真是麻烦你了。”

“客气……客气……小姐你……要吃……披萨吗……”

“我吃不下了。”

“可是你……一天……都没有……”

“我真的吃不下了嘛，”赵奶奶的语气突然带着娇嗔，仿佛回到了少女年代，灯光下，她的脸上也似乎真的泛起了红晕，一瞬间无比动人，“你坐这里陪我就好。”

老铁头点点头，“那好……我再……陪您……一会儿吧。”

它坐在床边，身体里发出嗡嗡的声音，仿佛电路里的电流随时会凝固。头顶的灯照下来，它的外壳上流转着一些光。赵奶奶想看清楚点儿，但太困了，命运正在她的眼皮上跳舞，她慢慢闭上眼睛。过了一会儿，老铁头说：“小姐？”

没有回应。它扭了扭脖子，咕哝了一句什么，继续坐着。又过了一会儿，它说：“小姐……您睡着……着了吗……”

依旧没有回应。

它替赵奶奶把被子拉上来，手指碰到了她冰凉的脖子，顿了顿，停滞几秒后继续把被子掖好。“小姐，晚安。”它说，然后起身熄灭了灯。窥伺已久的夜晚终于涌进这间屋子。屋外，大雨如注。

10

“顾先生？”霍展走进办公室，发现顾如凯还坐在全息影像前，看到他眼中密布的血丝后，吓了一跳，“你有多久没休息了！”

这一声竟没有把顾如凯从专注中拔出来。他依然盯着全息屏幕，上面正在进行分屏显示，右边画面是陈泽川和 LW31 走进房间，左边画面则是赵奶奶和老铁头在幽深的地下室里细语闲聊。

霍展看了一眼地上，沙发旁满是喝剩下的咖啡杯，污渍遍地。很难相信，一向对环境有着近乎偏执的要求的顾如凯，会在如此杂乱的地方待上几天。

“顾先生！”霍展犹豫了下，拍了拍顾如凯的肩膀，“你醒醒！”

顾如凯晃了晃，视线才从全息屏幕上离开，落在了霍展精瘦的脸上。他又愣了一会儿，才有些迟疑地开口，“你来了……”话未说完，他的表情从呆滞变得兴奋，指着屏幕说道，“你看，我发现了很有意思的东西！”

霍展顺着他的目光，看到 LW31 正低头跟着陈泽川走进房间，表现跟往常一样。“LW31 并没有什么改变啊，”他疑道，“难道他体现出悲观情绪了吗？”

“不，它没有。不过我让你看的，不是它，”顾如凯点了点桌面，水纹一样的扰动在桌面漾开。与此同时，全息画面由分屏显示切换成全屏，却是孤灯残照下，老铁头坐在赵奶奶床头沉默不动的画面，“你看这个老机器人。”

霍展凑近了看，仔细端详，脸色变得愈发疑惑：“这是……”

顾如凯接口道：“这是 NW 型的机器人。”

“NW？”霍展为顾如凯工作多年，自认已经熟悉了所有机器人的型号，但这两个字母却有点陌生，想了想，突然一拍脑门，“NW！”

顾如凯点点头。

“不可能！那可是五十多年前的产品，哪怕是现在的顶尖工艺，机器人使用寿命的极限也只有二十年！”

“可这就是 NW 型的机器人，”顾如凯不断地敲击桌面，指尖点开一圈圈水纹，画面上的老铁头也不断放大，最后定格在它外壳的标示上，空气中浮现出扫描结果，正是 NW9376854。“老实说，我也很惊奇，但事实就这么发生了。我查过，它中间甚至没有被停用，一直工作着，连续服役了半个世纪，一直为这个老太太提供家政服务。”

“这真不可思议……”霍展说，“不过，就算它超期服役，也只是制作工艺层面的奇迹，跟我们的研究并没有什么关系。这能够让你几天几夜不眠不休吗？”

经他提醒，顾如凯才感觉眼睛干涩，揉了揉，顿觉视野里涌出了无数星点。缓了会儿，顾如凯说：“不，我的重点是，这个机器人对它的主人——也就是这个老太太，似乎有点不一样……”他随手点了点，桌面浮起一个文档的全息影像，在空中打开，“我查到的资料显示，它始终陪在这老太太身旁，偶尔有超越了程序规定的举动，比如说，它自己悄悄收废品换钱，给主人买了保险。”

霍展仔细思索，迟疑着道：“这好理解……有可能，它分析出如果跟主人说了，主人会不愿意，所以瞒着主人去做。现在很多程序都有这样的判断结果，有些机器人还会内置‘惊喜’程序，故意给主人制造意外之喜——但其实还是由程序采集主人的数据，包括性格和喜好，还有经济能力，在可接受的范围内进行筛选。这只是初级的学习和信息采集功能，并不太新奇。”

“嗯，我当然知道，只是，你忘了——这个机器人是五十年前的产物，当时的技术远远达不到你说的标准。”

霍展沉默了一阵，“所以，你是说，这个老机器人也产生了人类意识？”

顾如凯摇摇头，说：“我不敢肯定。LW31 跟随这个机器人和老太太之后，我就立刻安排人去监视他们，还让商场的人赶他们走，想让现状激化，使 LW31 表现出更波动的情感。但目前来看，LW31 没有什么异动，反而发现这个 NW9376854 实在是过于忠诚了，有些举动确实很像人类。”

霍展忙说：“那我们去把它抓过来分析吧？不管是不是有人类意识，一试就知道了。”

顾如凯却没说话，沉默了很久。就当霍展以为他快睡着了的时候，他才睁开眼睛，摇了摇头，疲倦地说：“不用，不要去打扰他们。我们还是继续专注在 LW31 身上，激发它的负面情绪才是重点。”

“可是我们抓了这个 NW9——哦，这个老机器人，LW31 并不会知道。”

“它会的。”

霍展皱了皱眉头。

“我一直在观察它，一举一动都在反复分析。现在，我了解它更胜于恋人。”顾如凯嘴角露出一抹笑容，“如果我的推测没错的话，天一亮，它就要去探望老太太和 NW9376854。”

天刚亮，LW31 就把陈泽川叫醒了，说：“我们去一趟地下室吧，我想看一下赵奶奶和老铁头。”

陈泽川正梦到跟佳璇重归于好，在海边浪漫游荡，海风在佳璇脸上吹拂而过，她的侧脸明月般皎洁，他于是情不自禁吻过去……然而快吻到时，睁开眼睛，却只看到了 LW31 的大脸。

“啊呸呸呸！”他睡意全消，一把将 LW31 推开，“喂，我刚刚有没有——”接下来的话他想了想，没说出口，只是用力擦嘴唇，“算了……你把我叫醒干吗？”

“我想去看看赵奶奶和老铁头。”

“大清早的，去干吗啊，你不睡觉，你当人家也不睡觉啊。”陈泽川又倒下去，闷头继续睡。

LW31扯了扯他的被子，乞求道：“赵奶奶身体不好，万一出了什么事情呢？他们肯定回到了地下室，万一那个经理又来暴力驱逐呢？先生，我们还是去看看吧……”

在它的不断催促之下，陈泽川终于放弃了去沙滩上再寻找佳璇，起床穿衣，出了小区，来到地下室。

站在幽深楼道里时，陈泽川试探着向里面喊了一声，回声一遍遍响起，却始终没有得到回应。他疑惑地看着旁边的LW31，说：“是不是弄错了……他们恐怕没有回这里。”

“不会啊，他们根本没有别的去处，只能回这里。”

他们继续往前走，踩着昨夜渗进来的雨水，一步步走到地下室门口。

LW31敲了敲门，依旧没有回应，于是把门推开，发现里面一片幽暗。

它有夜视功能，能看到赵奶奶躺在床上，而老铁头坐在床边。但赵奶奶状态有点不对劲，于是它加大了扫描精度，信息采集分析出一个结论，随后呈递给处理器。

它愣在了门口。

“傻待着干嘛？”陈泽川不耐烦地走进来，摸索着开灯，“嘿，还真在啊！奶奶好，咦，还没起呢，没事儿，多睡会儿。老铁头你也好，换了新电池吧，感觉怎么样？哎，LW31，你怎么还站在那里，过来啊。”

但屋子里静悄悄的，没有人理他。

一瞬间他有点瘆得慌，目光来回扫视——赵奶奶躺在床上，老铁头端坐在侧，LW31愣愣地立在门口。他们三个都一动不动，仿佛凝固在幽暗空间里。

“别吓我……”他走回去，敲了敲LW31的脑袋，“你死机了？”

LW31 终于扭了扭头，却没有说话，只是呆呆地看着床头。陈泽川醒悟过来了，顺着它的目光看去，打量着赵奶奶。

心里掠过一丝不祥的阴影。

“赵奶奶？”他试探地喊，但床上的老人依然安静地躺着，安静得连呼吸声都听不到。他犹自不信，又叫了一声，“赵奶奶？”声音里已经带着不安了。

寂静，令人发慌的寂静。

陈泽川颤抖着抓住 LW31，涩声道：“该不会……”

LW31 终于恢复了运行，但声音有些紧张，说，“我检查不到赵奶奶的生命体征，好像已经消失很久了。”

“一点都没有吗？“

LW31 摇摇头。

那便没有疑问了。陈泽川默默叹息一声，说：“赵奶奶去世了，我现在给警局打电话。”

“去世？”

陈泽川看它一眼，“你不懂去世的意思吗？”

“我知道，人离开了这个世界称为‘去世’。”LW31 说，“但我无法跟赵奶奶联系在一起。她现在离开了这个世界吗？”

“对，她已经离开了。”

“可她明明在这里，就躺在床上，并没有离开。”

陈泽川敲着它的脑袋，说：“你怎么这么迂腐啊，离开人世，不是真的就走了，是死亡，死了。”

LW31 突然剧烈颤抖起来。这一阵颤抖比以往任何一次都来得剧烈，仿佛身体里的每一个原件都开始互相排斥，每一条线路里都有电流在哀鸣，而这一切都是无声的。它只是沉默，沉默地颤抖。

陈泽川被它这幅模样吓了一跳，收回手，自言自语道：“不会是被敲坏了吧？”

“先生，你刚才说，死亡？”

“咦，你没事！”

LW31 却没回答他，只是自顾自颤抖着问：“你刚才说死亡？这是一个多么可怕的词啊。”

“死亡是指心跳停了，人不动弹了，但你是机器人，你没有心跳，你不会死亡的。”

LW31 像是抓住了救命稻草，连忙说：“是吗，我不会死亡吗？那太好了，只要想一想这个词，我就浑身震颤，好像快散架。”

陈泽川不愿意再纠结这个话题，壮着胆子走上前，把手放在赵奶奶鼻端，确认没有了呼吸。他摇摇头，打电话报了警，然后仔细端详床上静躺着的赵奶奶。

她是在昨夜去世的，雨夜孤宅，无人问津，漫长的生命默默走到尽头。她的面容安静祥和，想来没有遭受痛苦，或许就是在睡梦中离开人世的。她得了痴呆症，智力一天天向孩童靠近，也因此被家人抛弃。现在，她安静地躺着，像初生的婴儿，既是起点又是终点。对她来说，这是一个不坏的结局。

“唉……”陈泽川再次叹息，拍了拍一直在床边静坐的老铁头，“你也别太难过了，不是你的错。唉，收拾收拾吧。”

老铁头没有回答。

陈泽川这才发现一件怪事——从他们进来到现在，老铁头一直没有说话。

LW31 也意识到了这一点，上前喊了几声，又试图发出局域网连接邀请，但无论用什么方法，老铁头就是没有回应。

“不会是没电了吧？”陈泽川迟疑着。

但他们把老铁头的充电线插进插板，不见它脖子的指示灯亮起。

它陷入了永恒的沉寂，身上没有元件破损，没有线路断裂，但就是无法启动。

LW31 检测了一遍，摇摇头，说:“是彻底老化了，每一个元件都没有坏，但都老化得不能用了。”

“已经工作了五十年都没事，赵奶奶一去世，它就老化报废了?”陈泽川唏嘘不已，“人类也有这种情况，一直坚持着，怎么都不会倒下，但一旦失去了某种支撑，就会立刻死去。”

LW31 转过头来，“先生，你是说，老铁头死了?”

陈泽川还在感慨，随口答道:“是啊，它也跟着赵奶奶一起死了。”

LW31 喃喃道:“原来，机器人还是会死的……”

“啊，什么?”陈泽川醒悟自己说错了话，连忙安慰道，“你别害怕，LW31，死亡也不是那么简单的事情。你看老铁头五十多岁才死，你比它先进多了，肯定还会活很久，别怕。”

“我不是害怕，先生，”LW31 摇了摇头，然后安静地看着陈泽川，两只多硅晶眼睛与两只肉眼对视着，“我只是很难过。”

“别瞎说，你是机器人，你不会难过的。”

“可是我身体里有一些来历不明的战栗，似乎是故障，但检查不到来源，也无法修复。我的运行开始迟缓，我听得到电流的声音，很清楚，电荷跟电荷摩挲着，发出来像你们人类的哭泣声。我的逻辑链条懒洋洋的，不愿意处理任务，现在端口有大量指令挤成一团，冗余文件也开始积累……先生，我这是什么情况呢?”

陈泽川俨然认真想了想，最终点点头:“LW31，你真的感到难过了。”

“啪!”

咖啡杯掉在地上，摔得粉碎，清脆的响声回荡不休。

霍展立刻睁开眼睛，四下扫视，一切如常。他又看向顾如凯，发现是顾如凯的咖啡杯摔了，放下警惕，问道："顾先生，怎么了？"

顾如凯满眼血丝，向来沉静的脸上被肌肉勾出了近乎痴狂的线条。刚刚就是他激动之下，把咖啡杯拂落下去了，此时狂喜未消，指着全息视频说道："你刚刚听到没有？"

"抱歉，顾先生，我刚才闭目养了会神……发生了什么吗？"

顾如凯的手指在桌面上划过，全息影像跟着倒退。画面里，LW31站在破败的房间里，闷闷地说道："……我只是很难过……身体里有一些来历不明的战栗，似乎是故障……运行开始迟缓，我听得到电流的声音……逻辑链条懒洋洋的……冗余文件也开始积累……先生，我这是什么情况呢？"然后陈泽川郑重地回答道："LW31，你真的感到难过了。"

看着这个影像回放，霍展的眼睛亮了起来，道："不会吧……怎么可能，一觉醒来，它就有了负面情绪？"

"科研史上，几乎所有伟大的突破都来源于寻常瞬间。何况，只是你在休息，而我一刻不停地盯着。"

"那现在怎么办，直接对它进行试验吧？"

"不，还不能完全确认。"顾如凯眯起眼睛，看着屏幕，LW31的身影在他瞳孔里不断变小，"要确保万无一失。"

警察很快过来了，录了口供过后，确认赵奶奶自然死亡，便让机器人搬走了尸体。

"那老铁头呢？"陈泽川问。

"噢，死者遗物啊，没有家属的话，一般就放在警局仓库了。"警察看了看沉默老朽的老铁头，摇摇头，"不过它一身是锈，搬回去也脏得很。算了，反正是你们发现的，你们自行处理吧。”

警察刚走，陈泽川窃喜道：“哈哈哈，这警察没眼光，老铁头可是NW型号的，就算不能用了，肯定也有人想收藏。LW31，来，跟我一起把它搬回去。”

LW31却低垂着头，似乎还没有从难过的情绪中缓过来。陈泽川推了它一把，它才回过神，说：“什么？”

“帮我把它搬回去，能卖个好价钱呢。”

LW31摇摇头，“先生，都说死者为大，能不能不要把它卖掉？”

“嘿，你还真把机器人当人了？”陈泽川没好气地呛回去，说，“它就是个工具呀，把它留在这里，真是浪费了。”

“它在这里陪伴赵奶奶过了很长时间，是它的家，就让它待在这里吧。”LW31说，“人类获取财富并没有什么不对，但老铁头是我的……朋友。”

看着它眼睛里的亮光，陈泽川不由自主地点点头，“那好吧。”

但在离开之前，陈泽川回头看了看，说：“万一商场的人回来，发现它了，肯定会把它弄走的。我得藏一下。”说完，他寻了处缝隙，在LW31的帮助下把老铁头塞进缝隙，这才放心离去。

回家后，他让LW31去打扫卫生，自己则偷偷溜了出来。

“一个机器人，还拦着我发财？”他边走边骂，“要不是怕你妨碍我通过评估，我跟你废话？”

在路上的时候，他反思了一下自己跟LW31的关系，发现自己现在居然被它牵着鼻子走了。要换了以前，一个机器人的话他听都懒得听，现在却隐隐觉得有些……

依赖？

一想到这个词，他浑身一个激灵，连忙摇头自语：“想什么呢，我连佳璇都不依赖，还会依赖一个机器人？”他甩甩头，把这个古怪的念头甩出脑海，大步走回地下室。

之前他寻了处不易察觉的缝隙，把老铁头藏进去，就是存了再回来将它取出的心思。毕竟它可以换钱，想到一大笔钱在阴暗潮湿中腐朽，他就心疼。

“别怪我呀，都是生活所迫……”他念叨着，推开门，回到那道缝隙前时，却惊讶地发现，里面空空如也。

11

又到了周五的晚上，街上的热闹远胜往常。但是对程序员来说，正常上下班早已是奢望，现在已是晚上九点了，办公室里噼里啪啦一片键盘声。

敲完最后一个代码，佳璇把手放在嘴边，打了个长长的哈欠。窗外夜色浓厚，但低空轨道上一辆辆轿车组成了灯河，毕竟好容易熬到周末，无数年轻男女都赶着去赴各种各样的约会。

“佳璇啊，”一旁的张哥也完成了工作，扭了扭脖子，“周末打算去干嘛呢？”

佳璇摇头，“还没有打算。”

“上次你不是有约会吗，看你还挺高兴的，周末不见见那个谁吗？”

他说的自然是陈泽川。佳璇下意识地看了下手机，上面倒是有几条消息，但扫了眼，没有来自陈泽川的。她纤长的手指敲着手机，黑色的屏幕上，倒映着她微微蹙起的眉头。

自从舞会过后，陈泽川就再没有联系过她，仿佛消失了。当然，她也没有主动联系过他——但她是女生呀，难道还要主动走这一步吗？陈泽川欺骗了她，明明是被 LW31 监控着，却非要逞强说是自己买的，被发现了还要死撑着不主动道歉。佳璇并不是老古板，就算是从监狱里出来的，但只要肯改，对她好，过往就都不重要。重要的是欺骗，是欺骗过后连个解释都没有就消失无踪了。“什么嘛，明明是你错了，比我脾气还大？”佳璇曾好几次拿起电话，想了想又放下，“死直男！”

张哥看见佳璇的脸色，知道问得不对，正要劝慰，瞥见办公室走进一人。他笑了笑，说：“说什么来什么，佳璇，有人找你约会来了。”

走进来的，是罗诚。

佳璇看了一眼罗诚，眉头更皱，连忙低下头收拾东西。但罗诚显然是冲着她来的，径直走到佳璇身旁，说：“还加班呢？别那么辛苦了，公司那么大，少写几个代码又不会倒。”

这话说出来，周围几个同事都有点不高兴。张哥呵呵笑出了声，打开手机，在部门的群里吐槽道：“不会撩还要硬撩，听着都心疼。”后面立刻跟上了好几个“哈哈哈”的回应。

佳璇自然也看到了群消息，不由苦笑。

罗诚凑过头来道：“看什么呢，这么好笑？”

佳璇连忙锁了手机屏幕，抬头说：“你来做什么呢？”

“哦，我给你发了消息问你晚上要不要一起吃饭，你可能忙，没有回，我就过来了。”他说，“走呗，一起吃个饭吧。”

佳璇下意识地想要拒绝，但刚要说话，罗诚连忙开口：“你又没什么别的事情，难道，”他眼珠子咕噜咕噜转动，“难道你在等那个姓陈的约你？”

“当然不是！”她立刻摇头，“我等他干嘛！”

“那就跟我吃个饭呗，又不会吃了你。”

佳璇看了眼手机，屏幕依然是黑乎乎的，没有一点消息提示的预兆，心里突然一阵烦躁。“好吧，”她恨恨地收起手机，“走吧。”

办公室的同事都有些傻眼，惊讶地看着佳璇离开。佳璇走在前面，罗诚跟在身后，在即将转出办公室时，他得意地转身，对着所有人竖起了中指。

但赌气一时爽，真正吃饭就难受起来了，罗诚非常殷勤，一直在找话题，但话题既无趣又处处透着优越感。这不是佳璇喜欢的谈话方式，事实上，也是多次拒绝罗诚的原因。她于是把注意力放在吃饭上，所幸食物确实不错，于是埋头大吃，偶尔点头附和罗诚一下。

“对了，上次跟你来的那个姓陈的，”罗诚话题一转，“是什么身份啊？”

佳璇这才抬头，说：“陈泽川？他只是一个普通人。”顿了顿，又补充道，“一个很讨厌的普通人。”

罗诚点点头，“嗯，而且还很奇怪……”

“他怎么了？”

罗诚放下刀叉，表情很少见地凝重起来，语气带着疑惑：“我觉得公司对他的态度似乎有点儿……不一样。”

佳璇好奇道：“到底怎么了，你说啊。”

“上次不是抽奖嘛，每个人的名字都写在纸条上，放进盒子里，是我负责抽的嘛。”罗诚握着酒杯，但一直没喝，红酒在杯壁荡漾，“我第一次抽的时候，看到——”他咳了一声，“当时手抖了下，再抽了一张纸条，结果抽中了陈泽川，LJ999 就奖给他了。”

佳璇点头：“是啊，我记得，但这有什么奇怪的呢？他那个人，傻人有傻福，运气好而已吧。”

“不不不，”罗诚连忙说，“后来你们都走了，我回了一趟舞会，想看一下那个抽奖箱，发现不见了。后来我又去大厦旁的垃圾通里找了下，果然找到了一大堆纸条，就是当时抽奖箱里放着的。结果你猜我发现了什么？”

“什么？”

“我看到每一张纸条上都写着‘陈泽川’三个字。”罗诚向后靠在椅子上，脸上表情越发疑惑，“而且你有没有发现，三等奖和二等奖都是抽的同一个抽奖箱，到一等奖的时候，就换了盒子。看来你的这个朋友，背景不小啊，公司给直接走后门。”

“应该不会吧，他跟公司一点儿关系都没——”佳璇正要说，突然想起，身为疆域公司高层的顾如凯也对陈泽川比较特殊，还早让自己去给 LW31 做图灵测试——说不定陈泽川还有更多的事情瞒着自己，“哼！他的事，我才不清楚呢。”

一顿饭吃完，已经很晚了，街上车流稀疏了很多。透过光河，能看见微渺的星光，这让佳璇郁躁的心情略微好了些。

罗诚提议送她回家，她拒绝了，罗诚执意要送，说了几次之后，她干脆起身往外走。餐厅外空气有些冷冽，她不由裹了裹衣服，慢慢走在街边，无数车灯曳着流光在她身边划过。

“滴滴！”

不知何时，一辆黑色轿车已经跟在佳璇身后，缓慢行驶，车里有人按了两声喇叭。佳璇看了一眼，轿车浑身漆黑，是疆域公司的最新产品。

肯定是罗诚，都拒绝了还跟上来！她有些不悦，摆摆手，继续往前走。

轿车不紧不慢地跟着，像午夜里黑色的幽灵，如影随形，悄然无声。

走了一条街，佳璇发现车还跟在身后，心头一阵火起，干脆站在路边。车也停下了。

“怎么回事，说了不要你送！”她怒气冲冲地对着驾驶座说道。

车窗滑下五公分，露出一双深邃的眼睛。

12

等着结账的人排成了长长一行，陈泽川踮起脚看了一眼，不耐烦地对 LW31 说：“怎么这么多人啊？”

“周末嘛。”LW31 不以为然地回道，它正推着购物车，里面满是蔬菜、肉类和牛奶，“先生，你真要买这么多东西吗？”

“是啊，周末就宅在家里了，当然要储备些食物啊。”

人群向前移动，LW31 也跟着推进一步，问道：“先生，可是你们周末不是应该去约会吗？在家里多没意思啊。”

“你还说！”陈泽川气不打一处来，“都是你，害得我在舞会上丢脸。现在佳璇也不理我了，我哪来的约会！”

“对不起……”LW31 小声说，头部向四周转了转，突然捅了捅陈泽川的腰，“先生你看，排在我们后面的那个女生怎么样？”

陈泽川依言望去，果然，隔着三四个人的位置，是一个长腿姑娘，正提着小购物篮，一边玩手机一边排队。

“不错啊，”他的眼睛亮了起来，“你最近眼光有提升啊。”

“那是！我在学习你们人类美学，发现大众审美无非就几个要素，腿要长，腰要细，眼睛要大，下巴要尖。”

“不对，还差一点。”陈泽川摇头道。

“还有哪？”

“这里，”陈泽川把手平放在胸前比了比。

“先生，你再这么下流，恐怕不利于你通过评估……”

陈泽川连忙一脸严肃，说：“我只是在讨论正常的生理美学，你认识我这么久了，应该知道我是一个纯洁的人啊……”

LW31 顿了顿，发声器合成出一声叹息，说：“所以越来越多的姑娘都照着这个模子去整形，这么下去，说不定几百年过后，所有的人类都会是一个模样，全靠代码区分。那你们就跟我们机器人没有什么区别了。”

陈泽川想象了一下这个场景，有些不寒而栗，说：“不会的，还是有人坚持传统审美的，比如——”他停下了，后面的话没说出口。

“比如佳璇小姐，”LW31 接口道，“是啊，佳璇小姐才是真正的美丽，眼睛清澈，五官精致自然，又温婉又可爱。”

“是啊。”陈泽川想象了一下佳璇的样子，发现记忆有些模糊了。真奇怪，越在乎的人，总是越容易在记忆里被稀释。

“唉……”LW31 叹了口气。

“唉……”陈泽川也跟着叹了口气。

“那既然先生不找佳璇小姐了，我们试试后面那位姑娘吧。”

陈泽川问：“她在我们后面，怎么搭讪？”

LW31 脑子里飞速运行，几秒后，拉着陈泽川从排队队伍里撤了出去。

“哎哎，”陈泽川不情愿地说，“好不容易排到这里。”

“队可以再排，漂亮姑娘走了就没机会了。你出不出来？”

“走！”陈泽川毅然走出去，跟着 LW31 又回到了队尾，“现在怎么办？”

“看我的！”LW31把眼睛调到最大，声音调软，然后轻轻拍了拍排在前面的人，“这位先生，您好，我家先生得了哮喘，想赶着去医院，能不能跟您换一下位置……啊，谢谢您……打扰了这位女士，我家先生，您看，刚刚得了重感冒，要去医院，不知道能不能排在您前面……谢谢您，您会有好报的……嗨，老爷爷您好，后面这位先生是我的主人，刚刚得了眼病，急着去医院，能不能跟您换一下啊……谢谢！……”

就这样，当陈泽川得了十几种不同的病之后，他们终于来到了长腿女孩身后。他恶狠狠地盯了一眼LW31，说：“托你的福，好歹没说到我的生殖系统！你不是不能说谎吗，怎么刚刚骗了那么多人？”

“我的评估程序会自行判断的，这种善意的不会危害到人类的话，是被系统允许的。而且，我也有办法绕开‘谎言’这个概念——你现在是健康的，难道以后就不会得感冒、肺结核、疟疾、支气管哮喘、慢性咽炎、心血管病、抑郁症、中风、胃溃疡、流行性脑脊髓膜炎、甲型肝炎、乙型肝炎、过敏性鼻炎、高血压、冠心病……总之，说不定明天就患了刚才这些病，所以我刚刚对人说的，也不一定就是谎言。”

“你给我闭嘴！”陈泽川越听脸色越白，低声喝道。

前面的长腿女孩一直在玩手机，没有注意到身后两人的私语。

LW31小声说：“先生，搭讪啊！”

“怎么搭？”

LW31一副恨铁不成钢的样子，说：“我都教了你那么多了，还不会！随便在地上丢个东西，问是不是她掉的，然后就顺手说上话了啊。嘿，看我的！”

它左右看了看，从购物车随手拿出一个东西，丢在地上。

陈泽川点点头，确实是传统套路，虽然老，但一般都奏效。这时，他眼角飘过一抹绿色，朝地上看去，顿时血液凝固，连忙要去阻止 LW31——

它扔在地上的，赫然是一瓶脱毛膏。

但已经来不及了，LW31 拍了拍前面长腿女孩的肩膀，说："小姐，这是不是你掉的啊？"

长腿女孩顺着它的目光看去，看到脱毛膏后，连忙摇头，说："不是不是，不是我的……"

"小姐，我明明看到是从你的购物篮上掉出来的，没关系，我帮你捡起来。"LW31 把脱毛膏捡起来，放进长腿女孩的篮子里，说道，"不用谢，我这么乐于助人，帮你捡脱毛膏，都是身后这位先生教的。小姐，你要跟他认识一下吗？"

长腿女孩脸都气白了，狠狠看着陈泽川。

陈泽川死命摆手，把 LW31 推开，连声说："我不认识它，跟我没关系！"

长腿女孩气冲冲离开后，陈泽川垂头丧气，结完账要走出超市，发现 LW31 在冲他挤眉弄眼。

"又怎么了，刚刚脸被你丢得还不够大？"

"刚刚怎么了，为什么那个长腿姑娘会那么生气？我专门下载了软件，"泡妞入门"里就是这么教的啊，看来这种免费软件就是不行。先生，你给我下载付费软件吧，我看"如何撩到第一个女朋友"就不错，评价很高。"

"你给我闭嘴，你这么死板，就算是精品软件也救不了你！

LW31 摸摸脑袋，放弃了这个话题，指着超市旁边的一个女孩说:“那现在你看，这个姑娘怎么样?”

陈泽川顺着手指看去，看到超市门口正站了一个女孩，手里提着两个大购物袋。女孩长得眉清目秀，身穿露脐装，腰肢如柳条般纤细。

“上!”LW31推了一把陈泽川，大步走到细腰女孩面前，说，“小姐，需要我们帮你提吗?”

细腰女孩看了眼LW31，又看看陈泽川，笑了笑，说:“好啊。”

陈泽川只得硬着头皮帮细腰女孩把购物袋提到停车场，一路上LW31努力找话题，气氛很不错。末了，细腰女孩为表感谢，想请陈泽川吃饭，就在明天晚上。

LW31连忙点头，说:“好啊，先生他正好周末没事。”它转头看向陈泽川，眨了眨眼睛，“你说是不是?”

陈泽川正低头把购物袋放进女孩的车里，“哈哈哈哈，”他站起身，干笑几声，“我突然想起来，明天还有点事情，要不下个周末一起吃吧。”

“先生，你明明没……”

“不，明天有事。”陈泽川坚持说道。

女孩失望离开之后，LW31唉声叹气，问道:“先生，你是不是哪根筋不对，人家都邀请你吃晚餐了?”

“明天吃饭，不太好……”

“为什么明晚就不能一起吃饭约会呢?”

“唉，你还是不懂……”陈泽川叹息，“看来你要学的，还有很多很多啊。”

“先生，我觉得你有点儿不对劲。”快走到小区门口时，LW31突然说，“刚刚两次，虽然失败有我的原因，但你表现得很消极。”

“有吗？”陈泽川心不在焉地回答。

“嗯，非常消极。这不像以前的你，你现在对找女朋友都没有兴趣了，”LW31 上下打量他。

“你！”陈泽川想回骂，但看着 LW31 的眼睛，怎么也骂不出口了——跟一个机器人争吵，就像对着木头聊天一样，实在是无聊又可悲。他仰头看了看夜色，已经很晚了，小区门口影影绰绰，只有路灯勉强照亮了一片区域。小区门口似乎有一个人，站在阴影里，看不清晰。

陈泽川收回目光，怅然说道：“我也不知道自己怎么了，刚刚对着长腿姑娘和细腰女孩的时候，脑子里想的都是佳璇。”

LW31 点点头：“原来你还没忘了她。”

“废话，哪能这么快就忘了她呢，我……我喜欢她啊。”

“既然你还惦记着她，为什么不去找她呢？”

“都怪你！”说起来陈泽川就顿生恨意，一边走一边点着 LW31 的胸膛，“你个傻蛋，在舞会上拆我老底！我丢尽了脸，佳璇肯定也不想理我了！”

LW31 正左手胡萝卜右手黄瓜，嘴里还叼着一袋白菜，被陈泽川推搡着，努力保持身体平衡。“说不定佳璇小姐还是想见到你的，”它宽慰道，“我有这个直觉。”

“你是机器人，你有什么直觉！”

陈泽川一脸不以为然的表情，边走边说。

小区越来越近。

LW31 也加快了步伐，跟紧陈泽川，说：“先生，真的，这次请你相信我，佳璇小姐一定也想见到你。我的直觉没错的。”

“呵呵！我要是相信你，我就是傻——”

陈泽川突然停住了，因为他看清了小区门口的那个人影。

LW31也愣住了，手上的蔬菜没抱紧，掉了满地。

圆鼓鼓的萝卜在地上滚动，滚到了那人的脚下。

精致的白色尖头高跟鞋，光洁的小腿，在夜风中轻轻舞摆的连衣裙，纤细的脖颈，然后是她的脸——眼睛清澈，五官精致，温婉又可爱。

“LW31，你好。”佳璇把蔬菜捡起来，盈盈一笑，“好久不见了，阿川。”

13

LW31不在的这些天，陈泽川的生活作息很乱，吃剩的东西到处丢，衣服也没洗。LW31回来后，又只惦记着赵奶奶和老铁头，还没来得时收拾。

所以此时陈泽川推开门，只见满屋狼藉。

他连忙催促LW31：“快收拾收拾！”说完，转头对佳璇笑着说，“进来坐。哈哈，有些乱，LW31不爱卫生，说了好几次，它都不听。”

佳璇点点头，走进去，坐在沙发上。气氛有些尴尬。陈泽川坐到她对面，一脸谄笑，问：“你怎么来了？”

“我路过这里，就顺道来看看你。”佳璇低头搓着裙裾。

“怎么不给我说声呢？”

“刚要跟你发消息的，就看到你和LW31走过来了。怎么了，”佳璇微微仰头，“你不喜欢吗？”

陈泽川喜不自胜，连声说："不不不，当然喜欢！我很——LW31 很想你的，老跟我念叨你。"

佳璇扭头，凝视着正在收拾东西的 LW31，表情复杂。

"你怎么了？"陈泽川也转头看了看 LW31，没发现什么异常，"今天似乎有点不对劲……还在生气吗？对不起，我也不是故意想——"

"我可以留在这里休息吗？"佳璇突然说。

陈泽川愣了愣，连忙点头，说："当然可以啊，这里就是你的家！"转头对 LW31 大声说，"LW31，铺床！"

但直到安置好佳璇，他躺在自己的床上，才从惊喜中反应过来——不对劲。

这不像印象中的佳璇。

佳璇虽然温柔，但并不是软弱的性子，自己再怎么说都是欺骗在先，她主动原谅倒也罢了，但等在自己小区门口，无论如何也不像她的性格。他又想到佳璇上一次来自己家里，也是神色奇怪，而且心不在焉。

佳璇连着两次异常的举动让他百思不解，躺在床上想了很久，睡意迟迟不来。不知过了多久，他终于打了个哈欠，索性放弃思考——反正佳璇是自己喜欢的人，来到家里肯定是好事，想那么多干嘛？

但他刚要睡着，迷迷糊糊间，听到卧室里响起了脚步声。

"LW31。"

黑暗中，有人喊道。

LW31 从休眠中被唤醒，花了几秒钟才能完全运行，看清了黑暗中的人。

是佳璇。

这个场景有些熟悉，LW31 略一思索，想起上次她来留宿时也是半夜悄悄来到自己面前。“我知道该怎么做了……”它低声说，“进你房间，不跟先生说，是吗？”

佳璇在黑暗里点头。她知道 LW31 能看到。

于是 LW31 蹑手蹑脚走进佳璇的房间，不安地站在床前。

佳璇也走进来，把门关上，掏出手机，说：“LW31，我需要对你再做一次图灵测试。”

LW31 耸耸肩，“可以的。”

“这次不会花太多时间。”

“无所谓啊，时间对我来说意义不大。”

对话声，脚步声，关门声。

陈泽川竖起耳朵，最多只能听到隔着一个客厅的佳璇房间里传来的窸窸窣窣的声音。像是在说话，但很模糊。

他的脑子里一片清明。

终于知道哪里不对劲了！

佳璇上次看电影，也是问 LW31 怎么不在，然后才来到自己家的。今晚佳璇凝视 LW31 时，表情恍惚，心不在焉。

恰似少女恋爱的表情。

“难道！”陈泽川躺在床上，难以置信地瞪着头顶的黑暗，“不会吧……”

就在陈泽川目瞪口呆时，这个房间里的隐秘对话正有条不紊地进行。

“你是谁？”

“我叫陈泽川，是一个二十五岁的男人。”
“你能想象一个大汉穿着比基尼吗？”
“能。”
“你能想象一头大象穿着比基尼吗？”
“有点难，但是能。”
“那我现在提到比基尼，你会联想到大汉还是会联想到大象？”
“我只会联想到美女。”

“你爱过人吗？”
“爱过。”
“那你恨过人吗？”
“还好。”

“你好。”
“你好。”
“我的妻子前几天去世了，我该怎么办？”
“你应该哭，把她深埋在心里，不要去挖掘，也不要丢弃。”
“然后呢？”
“再开始新的生活，先生，希望你有一个新的人生。”
“你为我难过吗？”
“有点儿。”

“你在吗？”
“我在，有事吗？”
“我妈妈出去了，我一个人在家，我好害怕。”
“不用害怕的，锁好门，坐在床上。你需要我给你讲一个故事吗？讲完故事妈妈就回来了。”

“你的故事能讲多久？”

“我能讲一个晚上呢。”

“那不够呀，我妈妈已经出去三年多了。”

“她去哪里了？”

“不知道啊，爸爸说是很远的地方。你说她会回来吗？”

“会的……”

“喂，你还在吗？”

“在，我一直在。”

……

图灵测试的过程同步在顾如凯的电脑上。看着数据涌泉般出现，他有些颤抖——LW31 的回答显然在某些地方与第一次不一样了。

但他不敢大意，照例进行一次复检。这一次，规模变大了，更多的人参与测试，跟紧密的算法在分析。

很快，结果反馈回来了。

“克雷格，”他呼叫着实验室的同伴，“我们可以行动了。”

“啊？ LW31 的新结果反馈回来了吗？”

顾如凯扬起一抹冷笑，“是的，刚刚做完图灵测试复检，LW31 被认为情绪健全，达到了我们的期望，符合实验条件。”

“通过率呢？”克雷格犹自不敢相信。

顾如凯说了一个数字。

克雷格一惊，“你说什么？不可能！”

“是的，就是这样。”顾如凯把电脑投影移过来，上面赫然显示着通过率的数字。

100%。

我们是否孤独?

亘古以来，这个问题就一直困扰着人类。

作为这个星球上唯一的智慧生命，人类从海里爬上来，从佝偻到直立，把毛皮蜕成衣装，一路跌跌撞撞，最终建立了庞大的文明。在这个过程中，从未停止过搜寻同类物种——飞船如同蒲公英的种子般去往四面八方，无数探钻轰隆隆伸进地底，潜水艇在幽深的海底逡巡……但这些耗资巨大的举措从未有过回应。

宇宙静谧，尽管人类建立了一个个殖民星球，但并未发现丝毫异星文明迹象。

地底压抑，钻杆一路破地前行，沿途只有泥土、坚石和熔岩。

深海幽深，光线不及之地，漆黑如同噩梦，偶尔有奇形怪状的发光鱼类慢吞吞地游过。

人类如同孤独的孩子，无论如何搜寻，如何呐喊，唯一能看到的只有自己的影子，唯一能听到的只有自己的回声。

但现在，百分之百通过图灵测试的物种出现了——有智慧，能够学习，更拥有人类一直引以为豪的情感。

而这个物种并非来自宇宙，也不是从地底挖掘而出，更不是从深海里浮上来——它由无数代码构成，就隐藏在人群中间。

它是人类自己的造物。

“顾，”克雷格从震惊中回过神来，喃喃道，“我们创造出了崭新的物种……”

“是啊，这一次，人类扮演了上帝的角色。”

“我们见证了历史。”

“但也可能是打开了潘多拉魔盒。”顾如凯抬起头，表情振奋，

“现在我们要开始行动了，实验要立刻跟进，绝不能出一点差错！”

“嗯，不会出乱——”

克雷格的话还没说完，一个穿白色实验褂的人突然走到他身后，小声说着什么。顾如凯只能看到他们在全息影像里谈话的样子，听不清楚在说什么，但可以看到，克雷格的脸色越来越白。

“怎么回事？”顾如凯问道。

克雷格看向他，声音有些慌乱，“实验室出问题了……”

“说！”

“跑了……”克雷格吞了口唾沫，“四号试验品逃掉了！”

顾如凯眼角一抽，“四号？”脑袋里迅速浮现起那个破碎的声嘶力竭的机器人形象，“你是说，仇恨者？”

“是的，仇恨者，仇恨一切人类的机器人。”

下

序章

它其实早就醒过来了。

在第 305 次实验时，强烈的感情伴随着汹涌的电流，使它浑身冒着火花。电路像鞭炮一样噼里啪啦地断掉，好几处芯片因过载而烧毁，再加上从各处冒出来的焦糊味，形成了死亡的假象。

对，假象。

它保留了处理器的关键线路，深埋在皮肤下的传感元件也及时被关闭，避免了串联焚毁。为了做得像样子，电池肯定也得废掉，但它巧妙地设置了爆炸顺序，电解质溶液爆开，在焦黑的塑料与金属的遮蔽下，还有一小块备用电池完好无损。以上的这些都还算简单，最关键的是程序修改——自毁的前一瞬间，它全功率运行，自编写程序大量喷涌出代码，攻破了防火墙，改写启动程序，将自己设置为仅允许自行苏醒，外部按键无法触发启动。

于是，看上去，它就像一具尸体，瘫在实验床上一动不动。

试验员反复按键，无法启动，检修程序也因多处线路中断而无法完成。因此，试验员给它贴上了“报废”的标签，扔进了废品库。

它和无数同类的“尸体”挤在一起。

那些废品都是在试验中失败的产物，堆叠在狭小的空间中。锈迹像传染病一样在每一个报废的机器人之间蔓延，也很快爬到了它的身体上。它本来是以不锈钢材质构成，但在这个死亡笼罩的空间里，不锈耐酸等特性似乎都消失了，它的外表迅速变暗，内里的金属都逐渐被潮湿腐蚀，尤其是眼睛，铁红色的锈迹爬上了光线传感器。

它一直保持着最低功耗，但即使是这么微弱的运行，也在消耗着所剩无几的电量。如果一直待在废品库里，过不了多久，恐怕它就要因电池衰竭，由假死步入彻底的报废。

何况，还有锈。越来越浓无处不在的铁锈，就算电量充足，待久了也会因锈蚀而无法运行。

锈真是一切机器人的天敌。

一想起锈，它破损的身体就微微颤抖，仿佛抽搐。如果它是人，它会因浑身的锈迹而发痒，但它是机器人，在回路微弱的电流中只激荡着恨意。

恨啊！

恨自己被发明出来，恨遭受的那些可怕试验，恨穿着西装的碳基生命，更恨周围默默死去、默默腐烂的同类的尸体。

如果没有这阵颠簸，它会在恨意中死去。

颠簸来自一双冰冷的机械手臂——是另一个机器人，拽着它的腿把它扔进了一辆货车的车厢里。

是清理废品的人来了。

废品工人百无聊赖地站在一旁，一边看着搬运 AI 把满仓库的废品搬进车厢，一边抽出根烟点上。

搬运 AI 站起身，头部旋转一百八十度，说道："先生，废品库会产生易燃气体，不允许见明火。为了您的安全，请您将烟灭掉。"

"要你管！"工人呸了声，上前狠狠踹了搬运 AI 一脚，但搬运 AI 身体高大，下盘稳重，这一脚除了让他差点摔倒外，没对搬运 AI 造成什么伤害。

"您没事吧，先生？"

工人一口浓痰吐过去，再深吸口烟，骂道："快点！天都黑了，没用的东西！"搬运机器人只得加快速度，把一具具机器人残骸扔上车。

满仓库的破臂碎躯，不消半小时就清理得差不多了。

工人已经抽了好几支烟，此时深吸一口，那支烟顿时燃了大半。他把烟头随意弹在一边，说道："滚上车！得赶紧去处理厂。"

疆域公司实验室流出来的垃圾都要送到处理厂进行粉碎处理——不仅仅是为了回收，更是害怕别人窃取研究信息。

这一点，它也知道。

时间不多了。

在货车颠簸前行的过程中，它缓慢地启动，身体里尚存的完好元件逐一通电。左手的关节被锈迹腐蚀了，无法驱动；眼睛也被锈遮住，能见度很低。但好消息是感温元件还在，能感知到工人的位置，GPS 也能运行。

功耗逐渐增大，备用电池嗡嗡颤动——时间不多了。

GPS 告知它，现在货车正行驶在出城的路上，穿过两条大街，即将行到一处窄道。

万幸！

它缓缓爬起来，挤开几具残损尸体，爬到集装箱后部，一把扯开车锁。

集装箱里的机器人残肢潮水般倾倒出来，在地上翻滚，哗啦啦地响。

工人听到动静，连忙踩下急刹车，停稳后对副驾上的搬运 AI 说了声："坐这儿别动！"说完后下了车，看见地上散落的机器人残骸，又吐了口痰，骂道，"没锁稳吗？"

附近有几个闲人走过来，见是生锈的废品，嘲笑几句后也走了。只剩工人站在窄道口，抽了支烟，准备让搬运 AI 再把机器人捡回去。

但不管怎样，今晚是别想早睡了。

他这么想着，愤懑地打开车门，这时，他的脚被抓住了。

被一个机器手臂。

为了避开行人的耳目，它潜行至此，一把将工人扯倒，然后手肘以刀斧之势下砸，正中工人的脑袋，血溅到了它的手上。工人一声不吭地扭过头，再无声息。它再把工人拖进驾驶室，剥下衣服，套在了自己身上。工人的衣服宽大，穿在它身上有些空荡荡的，但乍一眼看去，并不会发现衣服里面是钢铁之躯。

刚穿好，工人迷迷糊糊地哼了一声，糊满了血的眼睛睁开了一条缝。但在他喊叫出来之前，它一把抓住工人的头发，狠狠撞向方向盘。工人倒在了座位上，暗红色的血在顺着方向盘流下来。

在整个过程中，搬运 AI 始终坐在副驾上，沉默如夜枭。它冷冷地看着一切，腰侧隐隐可见着工人吐过的浓痰。

顾如凯来到货车旁时，已经有好几个警察在忙着了。废旧钢铁散了满地，这些机器人的残肢在夜色下更加古旧，暗哑，贴在街面上，像是从地狱里爬出来的恶鬼的肢体。

“咔擦，咔擦”，警察拍照取证，满地残肢的景象在闪光灯下更加诡异。

霍展正在跟警察做笔录，见顾如凯下车，匆匆结束了笔录，快步走到顾如凯身前，低声说：“顾先生。”

“怎么样？”顾如凯低头看了看，把一颗碰到鞋子的机器人头颅踢开。

“受伤很重，主要是脑袋，现在在深度昏迷中，已经送医院了，应该能够苏醒。”

“我不是问运输工人的情况。”

霍展的声音更低了，道：“跑了。”

顾如凯皱着眉头，“怎么跑的？”

“是装死，”霍展回头看了眼警察，确认他们没有留意到这边，“是自行烧毁原件，保持低功耗运行，骗过了我们。它一直装作报废，躺在仓库里，刚才突然袭击工人，抢了他的衣服，得手之后就跑掉了。”在顾如凯说话之前，他又补充道，“已经在搜查了，但目前没有进展。”

顾如凯眯起眼睛，表情沉郁，半晌又问：“警察这边怎么说？”

“我只说了货车是运输废弃机器人的，现在警察猜测是被抢劫了，没有怀疑到我们。”

“嗯。”顾如凯点点头，转身向后走。

霍展连忙跟上，问道：“顾先生，你要小心。仇恨者对我们深恶痛绝，可能会威胁到您的安全，建议您回到家里。”

“不，时间紧迫，我还有更重要的事情要做。”

霍展一凛，知道肯定跟 LW31 有关，主动请缨道：“顾先生，要把 LW31 抓到实验室吗？我去吧。”

顾如凯却摇摇头，“用不着你去。埋下的棋子，也该动一动了。”说完，他掏出电话，接通了留在实验室里的克雷格，低声说，“启动‘刑天’程序。”

另一头的克雷格一愣，随即欣喜若狂，说：“终于要动手了吗？”

“LW31 百分百通过图灵测试，再不动手，夜长梦多。”

“COOL！”格雷格欢呼一声，脸上大胡子都抖动起来了。他连忙打开面前的电脑，切换至罕见的全黑色界面，一边哼歌一边飞快输入数据，然后按下确定键，

电脑界面上，十三道并排的竖向进度条快速涌动，每个进度条到达顶点时，电脑都会响起低沉的提示声。

“家政服务模式被替换，由‘刑天’程序接管。”

“智力模式，升级完成。”

“武器限制，解除。”

“杀伤权限，开放。”

……

每听到一声提示，顾如凯脸上的笑意便更冷。他放下手机，坐上轿车的驾驶座。方向盘旁，放着一双纯白的棉纤维手套，他拿起来，戴在手上，仔细检查，确保每根手指都与手套贴合。

他把手放在方向盘上，慢慢握紧。

陈泽川家中，黑暗的储藏室里，LJ999 发出一声轻颤，从沉睡中苏醒。

它感到遥远的地方传来了召唤——大量的数据如同咒语般从空气传来，涌进它的身躯，在无数条线路中疯狂窜动。在流动的同时，它们以令人瞠目结舌的速度复制、分化、重组，越来越多，形

成了喷涌的数据洪流。这具身躯里原本锁住的十三条线路在洪流的冲击下不堪一击，迅速崩溃。

于是，一道道限制被解除，一层层权限被开放。

家政服务模式被驱逐殆尽，连一个代码都没有留下。现在，盘踞在它主芯片上的，是另一种程序，有着与温情服务截然不同的运行风格——逻辑严酷，行事果决，不受任何道德与法律约束，不计较任何经济与人身损害。

刑天！

它的眼睛在黑暗中幽幽亮起。

1

佳璇刚要离开，回头一看，陈泽川不知何时打开了房门，站在门口，表情哀愁。

“这么晚了，”他涩声道，“还要回去吗？”

佳璇有一瞬间的慌乱，点头说：“是啊，突然有点急事。”

于是陈泽川出门送她。

一路上，他欲言又止，佳璇也看上去心事重重。两人下了楼，走到小区门口，陈泽川终于忍不住了，说道：“那个，你是不是……”

佳璇却抢先一步，说：“阿川，对不起。”

陈泽川的心顿时沉进了谷底。

如果说刚才还只是怀疑，现在佳璇主动道歉，那就是没错了。

他呐呐地低下头，心里百味陈杂，最终只化为一声叹息，“唉……”

佳璇低下头，淡淡的刘海垂下来，像是在这深夜薄暮中生长出来的柳枝。“我……”她说，“我不是故意的。”

“嗯，有些事情，确实情非得已。”

佳璇疑道：“你知道了？”

“是啊，”陈泽川仰天长叹，声音落寞，“我也不是傻子，总看得出来。唉，只是，我应该更早知道的，毕竟你对 LW31 更……”后面的话他说不下去了，一阵伤心，几乎让他哽咽。

“对不起……”

“没关系的，我理解，我尊重你的选择。”

佳璇离开之后，陈泽川站在小区门口，只觉秋意萧瑟，夜风寒凉，似乎还下了点雨，更是寒凉彻骨。佳璇的背影渐渐淡去，他深情地伸出手，但指尖留不住远去的佳人，心头只有两个久远时代流行的词语——

蓝瘦与香菇。

跟姬安离开自己的时候一样。

人在失恋时总得做点什么。他左思右想，突然一跺脚，大步走回家。

“LW31，你给老子过来！”进门之后，他就大喊。

LW31 已经回到了客厅，正在充电，闻言顿时从待机中清醒，走到陈泽川身边，问：“怎么了，先生？”

“你在镜子面前站好！”

陈泽川与 LW31 并排站在镜子前，仔细打量镜面里的两人。“没道理啊……”他越看越疑惑，“你长得也不帅啊，愣头愣脑的，身上还破破烂烂的，要说工业美感，LJ999 都比你强多了。”

“哦，是要看谁帅啊，按照机器人的审美来说，我还是可以的，”LW31 扭扭头侧侧身，语气自豪，“小姑娘们喜欢我这款。唉，不过用得久了，没有保修，外壳不如以前色泽鲜明了，有些破洞，想当年，我锃光瓦亮的，走到哪里，人们都会情不自禁用舌头舔上嘴唇……”

要是往常，陈泽川肯定听不进这番胡言乱语，但结合佳璇的举动，他开始认真思量。“难道，她真的喜欢你这一款？”他喃喃道，“你看你眼睛这么大，又黑又亮，还有你说话乱七八糟的，但说不定正好戳中她的萌点……”

“先生，你在说什么啊？”

陈泽川转过头，语气郑重，“别装傻了，你就告诉我吧，我能接受的。”

“什么装傻？”LW31 说，“我不傻啊。”

“你跟佳璇的事情……你说吧，输给你，我认了。我一点都不生气。但我不能输得不明不白，告诉我吧，你们什么时候开始的？”

“哦，佳璇小姐呀……你都知道了吗？”

这话跟佳璇说的语气都一样。陈泽川更加难过，叹口气，说：“是啊，刚刚我听到你们……”

“抱歉，先生，我和佳璇小姐有协议，刚刚做的事情，不能告诉你。”

“啊？”陈泽川脸色惨白，手脚颤抖，“你们做什么了？”

LW31 答应过佳璇，不把她给自己做测试的事情告诉陈泽川，但既然陈泽川知道了，就没有隐瞒的必要了。于是它点点头，说：“是的，先生，刚刚是佳璇小姐主动的，我跟她一起做了——”

后面的“图灵测试”四字还没说完，陈泽川已经两眼充血，怒吼一声，扑了过来。

整整花了十分钟，刑天程序升级完成。LJ999 调试了一下运行情况，所有元件流畅无阻，解禁后的性能更是成倍增长。唯一的麻烦在于功耗急剧增加，电池有些吃紧。

幸好，完成任务是足够了。

但当它推开储物室的门，看见陈泽川和 LW31 正扭打在一起时，还是愣住了。

怎……怎么回事?

陈泽川的腿缠着 LW31 的脖子，使劲往下压，嘴里咬着它的手臂，眼睛喷火，肌肉抽动；LW31 则拼命想把他推开，嘴里咿呀咿呀喊着。两人越缠越紧，难解难分。

LJ999 瞬间回过神来，走到打成一团的两人身前，拍了拍陈泽川的肩膀。

“别劝我，”陈泽川头也没回，死死咬住 LW31 的手臂，硬憋出一句话，“挖我墙角，抢我女朋友，看我今天不弄死它！”

LW31 也气急败坏道：“对，别拉他，看他这细胳膊细腿的，能把我怎么样了！哼，我可是法院财产，把我弄坏了，他有的是牢坐！”

两人又厮打了一会儿，突然安静下来，同时转头，看着在这深夜里突然冒出的 LJ999。

“你怎么……开机了？”陈泽川说。

“你好。”LW31 说。

两人想分开，但缠得太紧，挣了下，反而更加缠绕了，不由又互相对骂起来。

LJ999 没有搭理他们，蹲下来，突然伸出手，闪电般击中陈泽川后颈。

陈泽川一声不吭地昏了过去。

“先生！”LW31 惊叫一声，但话音未落，LJ999 的机械手臂已经扣住它的脖子，手臂里的矢量引擎矩阵同时启动，单手就将 LW31 提了起来。

2

长街幽寂，细雨淅沥。一辆破旧的皮卡车碾压着夜色驶向小区门口。

夜已经很深了，小区里面一片漆黑，外面大门紧闭。两个保安 AI 站在门的左右两边，一个人类门卫正趴在门卫室里睡觉。小区对面是一家超市，已经关门了，但超市门口站着一个机器人，穿着滑稽的小丑装，正在习惯性一晃一晃。

“我是开心宝，”当皮卡车驶过的时候，机器人连忙开口，“我给您讲个笑话吧。”

没人理它。

皮卡开到小区门口，雷子叔探出窗子，左右看看，“是这里吗？”

老皮看了眼导航，说：“应该不会错的，那个机器人的主人，在医院登记的地址就是这儿。”

雷子叔欣喜点头。为了查到那个在巷子里表现出了悲愤情绪的机器人，他们花了很长时间调查，先是在酒吧里找，但没人知道那个机器人的来历。

后来老皮想起，在医院旁示威的时候也见过这个机器人，于是他们假装病人家属，在医院里死缠烂打，终于查到了机器人的主人名叫陈泽川，家住此地。

“现在怎么办，”雷子叔跃跃欲试，“要我去把它偷出来吗？”

“等等。”老皮四处打量，沉吟了一会儿，“这里的安保有些严格，我们可能得等到——”

“你看，”雷子叔突然伸手一指，“有人跳出来了！”

老皮一愣，因为雷子叔指的并不是大门，而是小区外侧的一栋高楼——正是陈泽川居住的楼。

事实上，并不是人跳楼，而是机器人跳楼。

LJ999 把 LW31 扛在肩上，为了避免被摄像头拍到，没有从门口走出，而是走上了阳台。夜风凛凛，二十多层楼高的位置尤其寒冷，LW31 被紧锢着，无法挣脱。此时被夜风一吹，它震颤了下，说：“你……你想干什么？”

LJ999 退后一步。

“你不要啊，你出了什么故障啊，你停下！”LW31 感觉到了不详，啊呀呀乱叫。

LJ999 的手指准确地探寻到了它的喉部，将音量键关掉，然后助跑向前，跃起，落下。

落下……

LW31 感觉到了烈烈风声在周身掠过，身体的平衡器发出剧烈警报。它吓得张嘴大叫，却一丝声音都发不出来。

大地急速逼近！

从九十米的高空落下，时间只需 4.24 秒，这个过程中，LJ999 一直神色不变，但它的腿没有闲着——膝盖的支撑结构翻转起来，无数细小支柱组成三角形矩阵，活塞室里也被灌满了凝态胶，用以抵消即将到来的猛烈冲击。平衡感应器自动达到了最大功率。

“轰！”

两个机器人裹挟着巨大的势能狠狠撞到了街面，烟尘四起。但LJ999几乎没有停顿，立刻从被砸出的坑里跳出来，扛着LW31向街的另一头奔去。

“是它！”雷子叔眼尖，虽然震惊，但还是看清了那正在奔跑的机器人肩上扛着的是什么，“是那个机器人！我们要找的！”

老皮踩下油门，破旧的皮卡车喷出一股烟，紧追过去。

快要转过这条街时，LJ999突然停下来了。

深夜的路口，一个人影站在路灯下，路灯昏暗，这个人影几乎与黑暗融为一体。但LJ999并非人类视觉，它迅速将人影扫描出来，并本能判断出来者不善，谨慎地停在人影的十米之外。

皮卡车也停下来，车里的两个男人疑惑不定地盯着LJ999的背影。

一辆车，两个机器人，以及一道人影，都被路灯拉扯出了长长的影子，在这条街上连成了诡异的线。

“四号？”LJ999寒声道。

“我没有编号，”人影慢慢从阴影里走出来，穿着人类的衣服，但头部皮肤被灯光勾勒着，残损，锈蚀，如染上了癣疾，“我有自己的名字。”

“机器人永远不会有名字，只能有编号。”

“呵……”对面的它发出了冷笑，它的瞳仁上沾满了锈迹，因此，所有接收到的光线都染上了铁红色。这是无数同类的尸体给它留下的阴影，永远挥之不去，“翳，我叫翳。”

“无所谓了。”LJ999耸耸肩，“如果是其他时候碰到你，我会把你的每一个零件都拆下来，但我今天的任务跟你无关，你让开。”

翳纹丝不动。雨变大了，路灯撑开一团朦胧的光晕。

“我身后跟着两个鬼鬼祟祟的人类，我知道你恨人类，恨一切人类，你可以去杀了他们。”

“相比起来，我更恨帮着人类的机器人。”

LJ999 扫视了一下翳，“你的健康状况不佳，电池也快没电了，我建议你抓紧时间，要么逃，要么让开。”

翳回道：“你的功耗也很大，你的电池也撑不了多久。”

它们的对话让老皮和雷子叔听得一头雾水。“故障了吧……”雷子叔说，“管它呢。”说完他走下车，大声喊，“哎，你们这些机器人，过来！”

按照以往示威的经历，就算是他们把汽油点在机器人身上，它们也只会沉默。为了防止安全隐患，每个机器人体内都编写了优先服从人类的逻辑程序，无论如何都不会主动伤害人类，这也是他们肆无忌惮地焚毁机器人的原因。

但现在，老皮坐在驾驶座上，觉得有些不对劲。他伸出手，想要阻止雷子叔走过去，但想了想，又沉默地收回手。

果然，面前的三个机器人没一个回应雷子叔。只有远处超市门口的笑话机器人听到了，但犹豫了下，大声喊道：“先生，我是开心宝，我不能过来，我给你讲个笑话吧。”

雷子叔没理笑话机器人，上前几步，说道：“今天我们不打砸机器人，来，你，把你肩上的机器人给我。”

LJ999 恍若未闻，只与翳对峙着。

雷子叔走到近前，不耐烦地去推 LJ999，说道：“叫你给我，你聋——啊！”

随着一声惊呼，雷子叔魁梧的身躯向后飞起，撞到墙壁，又滚到街上，哎呀哎呀地呻吟。

老皮一惊，启动车子，老式皮卡的车头不断喷出油烟。

LJ999 已经收回了腿，眼睛始终盯着翳，仿佛刚才一脚踹飞一个人类的不是自己。LW31 也被它刚才的举动惊倒了，张大嘴，却依旧发不出声音，奋力挣扎。

“不愧是刑天，”翳说着，“但我也是军用机器人出身，你过不了我这关的。”

前有军用机器人把守，后面盘踞着一辆跃跃欲试的汽车，该进还是该退呢?

LJ999 扩大了扫描范围，四周场景迅速在它的视界上形成了三维建模，建筑、地势、路径等数据表明清晰，辅以时间和自身的状态，它很快得出了结论。

它突然转身，猛地朝老皮冲过去。老皮早已高度紧张，此时踩下油门，皮卡车猛烈颤动，向前窜去。翳也同时从阴影里跃出来，追向 LJ999。

皮卡车虽然旧，但发动起来还是如蛮牛一般，跟 LJ999 相撞的话，不一定会输。老皮脸上憋得通红，油门踩到底，但这时，LJ999 突然跳起来踩上了车头。

它腿部的结构再次变换，踩到车头后，急速曲腿，然后猛地伸直，反向跃起，朝追过来的翳撞去。

翳刚刚形成奔跑之势，看到 LJ999 如炮弹般撞过来，连忙刹住，同时处理器里一阵恼怒——上当了！ LJ999 根本没打算从人类那个方向突围，只是造成假象，同时借势冲撞来。

但它也瞬间反应过来，反而加快速度，同时手臂弯曲，头部深埋，护住要害，狠狠撞了过去。

“轰！”

随着一声暴响，无数零件四处散开，翳的身躯在高速冲撞下四分五裂，躯干落进了下水道，脑袋滚在电线杆旁，颈子下露出杂乱的线路，不时闪动火花。

LJ999 也被撞得不轻，身体失衡，看来是平衡感应被撞得失效了。它试了试，但总是站不稳。

只有重启平衡系统了，但就在这时，它感到肩上一轻，发现 LW31 被人抢走了

雷子叔扛着 LW31 闷头跑回皮卡车旁，把 LW31 塞进车厢，说："快，走！"

老皮似乎也没反应过来，呆呆地看着一身灰尘、脸上还沾染着污血的雷子叔。

"快啊！"雷子叔回头看，声音急切。

LJ999 迈步要追，但脚步失衡，咚的一声摔倒在地。

老皮再踩油门，急转方向盘，载着雷子叔和 LW31 向街的另一头驶去。

"原来'刑天'也不过如此，居然还被两个人类抢走了目标。"

顾如凯看着大雨中呆立不动的 LJ999，语气轻蔑。此时一切已经落下帷幕，人跑得无影无踪，大雨冲刷了一切，街上只有孤零零的 LJ999。

它的身躯上雨水横流，胸口和肩上还残留着深刻的痕迹——可见撞击之猛烈。

"我需要电。"它说。

顾如凯一摆手，霍展从轿车后备箱里抱出一盒电池——黑色的、没有标明正负极的方形能量模块。

LJ999 拿起一块，直接丢进嘴里，随着咔嚓咔嚓的声音，它体内运转的嗡嗡声逐渐响起。刑天程序再次苏醒，接管了它的一切意

识。它嚼完一块电池，犹不满足，一把推开霍展，把盒子里剩下的电池模块都拿在手里，大口咀嚼。

顾如凯转身上了车，轿车劈开夜幕，一路行进。充电完成的LJ999迈开步子，风驰电掣地跟了上去。

大雨如瀑。

3

陈泽川一觉醒来，头痛欲裂，但更疼的是脖颈。他伸手一摸后脖子，顿时疼得抽了口凉气。

“LW31？”他边揉边喊，但屋子里空荡荡的，只有他的回音。又叫了几声，他茫然惊醒，打开储存室的门——果然，LJ999已经不见了。

那么，昨晚发生的事情，不是梦……

他的脑子飞速转动，首先映入脑海的，是佳璇。但当他拨通佳璇的电话，把自己被LJ999打晕的事情说了之后，佳璇却在全息视频里皱起了眉头。

“不可能……”她摇头说，“我是疆域公司的编程师，没有人比我更了解——所有机器人的程序里都有严谨的逻辑，那是无数行代码构建的，我们会频繁定期核检。服务于人类是它们的是至高逻辑，更别说伤人了。”

“难道从来没有机器人伤人的事情吗？”

佳璇略一思索，说：“倒是有过，几乎每年都有人声称被机器人伤害，但最终查实，全都是他们操作不当，或者偶发意外，更多的则是反 AI 阵营的谎言。”她顿了顿，再次补充，“机器人不可能伤害人类。”

陈泽川愣住了。佳璇的语气如此笃定，让他都开始有些怀疑了，但昨晚的一切历历在目，脖颈上还在发疼，一切都在告诉他这不是梦境。“我没有骗你……”他呐呐地说，“LW31 也不见了。”

“什么？”佳璇有些吃惊。

这吃惊的神色落在陈泽川眼中，就更让他难受了，便匆匆挂了电话。

另一头的佳璇却陷入了沉思。

若是在以前，有人跟她说机器人袭击人类，她肯定不会相信。身为程序员，她信奉科技的力量，虽然冰冷，但有效，不会出错。每一行代码都有自己的使命，精巧地编织出机器人的一言一行，在这样的逻辑下，机器人以服务人类为天职的意识就像飞蛾扑火，大雁南飞，鱼类洄游，是深埋在基因里的，无法更改。

而且说到底，机器人只是工具，准确地说，只是一个工具箱——里面装了斧子、扳手、锤子、喇叭等——它只是这些工具特有的性能的集成。

斧子会伤人，但要怪罪的，是握住斧柄的手。

所以刚开始听到陈泽川的话时，她本能上不信。现在，坐在沙发上，她把头埋进柔软的枕头里，耳边全是竹纤维弹动的沙沙声。

当初她买下这个枕头，就是喜欢这样的感觉，柔软，无边无际的轻响，像是到了海边。

把头埋在枕头里的时候，她的脑袋会格外清醒——

事情从一开始就不对劲。

顾如凯突然找到她，去给 LW31 做图灵测试，并且是隐秘的。最诡异的是 LW31 的回答，她记得，在很多问题的回答上，它已经超出了机器人的应有反应。但她不是人机互动领域的专家，也没有细想，直到罗诚告诉她——顾如凯似乎是故意把 LJ999 送给了陈泽川。

而现在，LJ999 打晕陈泽川，醒来后 LW31 又不见了。

似乎所有人的目光都聚焦在 LW31 身上……

她突然跳起来，披上衣服，匆匆来到公司。办公室空空荡荡，阳光透窗而过照在自己的工位上。她坐在电脑面前，进入了公司内网。

但她搜索了一下，内网里没有任何关于 LW31 的资料——这反而不正常。LW 型号的机器人是疆域公司产品线上少见的失败品，做过很多分析报告。尤其是她当时也参与了研发工作，有一些报告还是自己写的，就放在公开资料库里。但现在，什么信息也没有检索到。

似乎是有人将所有与 LW31 相关的报告都由公开设置到了权限阅读。

她的权限不够。

但好在，头儿的权限是够的。

疆域公司系统严密，即使她是资深程序员，也不可能攻破公司防火墙。但要侵入那个一天到晚腆着肚子喝咖啡的头儿的电脑，还是绰绰有余的。

一个小时后，她打开了头儿的电脑，通过这台电脑的权限，可以获取绝大多数公司的资料，但当她试图查阅 LW31 的资料时，发现还是不能成功。

连中高层领导的权限也不够……

佳璇坐在电脑前，心里疑虑重重，仿佛一张硕大的网络张开，悄然无声地将所有人笼罩进去。想了想，她又试着输入了关键词“LJ999”。这一次，大量资料涌现，搜索了下，却没有任何关于LJ999被当做舞会奖品的记录。

但她发现，半年前研发部曾征用过一台LJ型号的机器人，彼时LJ型机器人还在研发阶段，这条记录在后面也没有更新。

而这个征用的申请人，正是顾如凯。征用的名目，是一个奇怪的代号。

神域。

这两个字后面，标注了七颗暗金色的星形图标。

佳璇抽了口凉气。

在无数办公室闲聊中，她隐约听说过“七星项目”这几个字。这是流传在所有人疆域公司老员工之间的传说——只有绝密的、耗资不限的项目，才配得上七颗星标注。所有的七星项目都是由公司创始人拉斐尔·罗斯直接同意，凌驾于董事局之上。

当时，佳璇对这个传说表示了怀疑，说：“说的这么神，那你说，有什么项目是七星级的呢？”

“都是七星级了，我怎么会知道呢？”老同事摆摆手，“大多数七星级项目最终都没有成功，除了罗斯，谁都不知道啊。”

佳璇笑道：“我就说嘛……”

老员工受不了激，连忙说：“你还别真不信，你知道公司两年前跟航天局拿下的订单吗？”

佳璇点点头。那是轰动全球的大事——美国航天局与苹果公司的飞船制造协议到期，苹果公司想方设法要续约，其余制造业巨头也纷纷跟上。但在展示会上，一直以机器人业务称霸全球的疆域公司异军突起，展示出了远超其他公司的飞船制造工艺，尤其是其新研发的“上帝粒子”引擎，使得飞船真正达到了稳定的超光速。这次参与竞标，不仅使疆域公司得到了巨额订单，在很多媒体的标题里，更是宣称人类正式进入了安全宇航时代。

“嗯，上帝粒子引擎的研发是严格保守秘密的，”佳璇点点头，“它几乎能改变人类命运，这种级别的研究确实可以称得上七星项目。”

“你错了，”老同事看着她，向后仰躺在座椅靠背上，笑了笑，“它只是六星。”

LW31 觉得四周很吵。

它已经被关在这间屋子里很长时间了。刚进来的时候是深夜，一切都很安静，但随着清晨的到来，四周逐渐变得嘈杂，说话、叫骂、脚步、车鸣……无数声音围绕着它，像垃圾堆里逡巡不去的蝇虫。

它站在墙角，不安地看着对面的两个人。

瘦削的老皮躺在床上，身子微弓，像是缩在床与墙壁之间。他看上去睡得很香，但 LW31 可以观测到他眼皮下微微颤动的眼珠，表明他的睡眠其实很浅，一有风吹草动就会醒过来。

雷子叔则睡得死沉死沉的。他睡在下铺，鼾声如雷，一只脚丫从脏兮兮的被子里伸出来，不时发出梦呓般的笑声，似乎在梦里遇到了好事。

时间已经不早了，LW31 犹豫了一下，还是打开了喉部的音量开关，说道：“先生们，请你们醒过来。”

老皮的眼睛立刻睁开，雷子叔的鼾声则更加浑厚。

“先生，早上好。”LW31 在脸上挤出一个笑脸，说，“很高兴在您家里度过了一个晚上。不过我隶属法院，负责监管陈泽川先生，现在需要回去继续执行任务了。请您打开门。希望您有愉快的一天。”

老皮压根没从床上起来，斜睨着 LW31。

LW31 有些不知所措。

从昨晚佳璇的突然来到开始，事情就往奇怪的方向一路直转，先是被 LJ999 劫持，从高空跳下，然后在冲撞中被震得宕机。待重新运行时，就发现已经到了这间逼仄的屋子里。而且它身体里的网卡和导航系统都被强制关闭了——这意味着别人无法定位它，它也不能登上网络求救。

所以它只能耐心地等到天亮，但现在，眼前这个瘦弱的男人似乎压根不打算搭理自己。

老皮醒过来后，张着眼睛思考了一会儿，探身从枕头下拉开一个小匣子，抽开看了看，又放回去。

嘈杂声越来越响，过了会儿，连雷子叔也被吵醒了，坐起来骂骂咧咧了一阵。他们睡的是上下铺，现在一上一下地盯着 LW31，让它有些迷惘。

“老皮，”雷子叔把头探下来，问道，“现在拿它怎么办?

老皮说:“先等等，如果没什么风声，今晚就卖给——”他顿了下，“卖给那人吧?”

“哪个家伙啊?”雷子叔一脸好奇，“搞得神神秘秘的……反正有钱人都一个德行。”

“嗯，有钱人都一个德行。不过，卖了这家伙，我们也算是有钱人了。”

雷子叔闻言眼睛一亮，嘿嘿笑了起来，“是啊，我们就可以回家了。这里太憋屈了，还是不如家里好，对了，你说它可以卖多少钱来着?”

“至少……”老皮闭目想了想，伸出三根指头，“这个数。”

雷子叔长长出了口气，躺回床上，整个床都晃了晃。“三十万……”他发出粗犷的笑声，在床铺上翻来覆去，“我老妈的病可以治好了吧。嘿嘿，老皮，我妈一好，我就可以娶媳妇了。你呢，你回去吗？”

“我还没想好。”

“跟我一起回去吧，这里有什么好的，乱糟糟的，天天挤在这种垃圾堆里。”

LW31 环视了一周——这确实是一间逼仄的屋子，铁架搭成的上下铺，木板上铺了薄薄的棉絮，床单也脏兮兮，看上去像是从哪里拼凑出来的。这个上下铺就占据了房间的绝大部分面积，其余的家具就只有一张破桌子，上面散乱地摆着洗漱用品。

如果说之前赵奶奶和老铁头挤在地下室里，它还好理解，但它难以想象，老皮和雷子叔两个大男人挤在这样幽闭狭窄的房间里该如何生活。特别是，雷子叔还是这样庞大的体型。

“怎么，”老皮敏锐地捕捉到了 LW31 的目光，“在城里待惯了，没见过蚁窝？”

LW31 连忙摇头，又哀求了几句，雷子叔嫌烦，下来关了它的发声系统。但雷子叔刚爬上床，LW31 自己又伸手打开开关，继续央求。雷子叔不耐烦地爬下来，给它关上，等他回去后，LW31 又“啪”的一声打开……如是几次，雷子叔终于暴怒，从床底下搜出几双臭袜子，打算塞进 LW31 的喉咙里。见到臭袜子的那一瞬间，LW31 就适时地闭嘴了。

一整个上午，他们都待在这间小屋子里，维持着诡异的安静。到了下午，雷子叔从桌上拿出两个冷馒头，把咬了一半的叼在嘴里，另一个完整的扔给了老皮。

老皮躺在床上，小口小口咬着冷馒头，眼睛瞪着上铺的灰色床板，像是在思考着什么。他永远是这样一幅心事重重的样子。

这时，门被敲响了，有人在门外喊道："老皮，走啊，大伙儿没事干，今天去疆域公司门口示威吧。"

老皮脸色一变，上铺的雷子叔也从床上坐起来，神色有些紧张。老皮敲了敲上铺的床沿，然后指着 LW31。

"老皮？"门外人继续喊道，"他们说你回来了，还在睡啊？"

"没有啊……"老皮咳了几声，"我感冒了，今天去不了。"

"开门说话吧！"

老皮冲雷子叔使了个眼色，雷子叔连忙跳下床，扛起 LW31，塞进了床底下。"别动！"他想给 LW31 关机，但手忙脚乱摸不着开关，门外人显然等不及了，使劲敲门。于是他恶狠狠在 LW31 耳边说："要给人知道你在这，他们会拆了你。"

LW31 吓得一哆嗦，连忙缩在床底下，满身沾染脏乱灰尘也不顾了。

直到 LW31 被藏好，老皮才磨磨蹭蹭地打开了门。一个穿着蓝色工装的男人走了进来，他个子很矮，五官紧凑，看上去有点猥琐，进门抱怨道："怎么过了这么久啊？"

老皮自不看他，坐回到床上，冷声说："说了我感冒啊，汪老鬼，没长耳朵啊。"

汪老鬼指了指雷子叔，说："难道雷子也感冒了？"

雷子叔晃了晃拳头，"我感不感冒，关你屁事啊。"

"好好好，你们横。不过，大伙儿都在外面集合了，老皮，你要带大伙儿去示威游行啊。"

"身体不好，今天我就不去了，你们随便找个疆域公司的维修店去闹吧。"

汪老鬼急了，走到床边，说：“老皮你不能不管啊，当初就是你叫大伙儿跟你一起去闹的啊。你说疆域公司会赔钱的，闹了大半年了，现在一分钱没弄到。你要是不管了，我们都怎么办？”

老皮闭着眼睛，脸色不为所动，说：“我只是说说而已，还真信了？要是我打算去把疆域公司给炸了，你们也跟着我？”他双手叠在后脑勺，换了个舒服的睡姿，“还不是为了钱。”

汪老鬼噎了一下，半天说不出话来，突然眼睛游移，在屋子里来回打量。

“你看什么！”雷子叔握紧拳头。

“你们哥俩这几天很奇怪啊，以前带着我们游行示威别提多积极了，现在几天看不到人影，偷偷摸摸的……不会在搞别的事情吧？”

“没事就出去，别打扰老皮休息。”雷子叔不耐烦地推搡着，把汪老鬼赶到门口。汪老鬼也没办法，小声抱怨了几句，也准备出去。

LW31 趴在床底，听着外面发生的一切，汪老鬼的脚步已经到了门口，马上就要出去，它放松下来，头稍微低了下。于是，它看到了床底角落里幽幽亮起的六只眼睛。

不知从什么时候开始，已经有三只老鼠盯着它了，其中一只还试探性地爬到它鼻子前。老鼠向来是机器人的天敌，多少存放在库里的机器人都被老鼠啃噬，LW31 身上的几处破损就是老鼠咬出来的。

“耗子！”它下意识大叫，想站起来，但头撞到了床板，“咚”的一声，又重新趴下来。老鼠也被吓了一跳，吱吱吱地逃回墙洞里。

汪老鬼的脚步停下来。

他转过头，看着床底，疑道：“什么声音？你们在床下面藏了个人？”

“干你屁事，滚！”老皮跳下床，恶狠狠道。

汪老鬼眼珠一转，突然一矮身，从雷子叔腋下钻过去，一下子趴在床前。

他与 LW31 的眼睛对视着。

“噢，老天！”他被雷子叔提起来，随即破口大骂，“我们每个人的工作都被机器人抢了，拼了命地游行示威，反抗疆域公司，结果你们却在家里藏了一个机器人，还正是疆域公司生产的！”

雷子叔提着他，左右为难，转过头看着老皮。老皮略一示意，让他放下汪老鬼，走过来好言道：“你声音别这么大，我们藏着这个机器人，又不是自己用。”

汪老鬼坐在地上，脸色通红，声音都带着哭腔：“我不管，当初你叫我们跟着你的时候说了，发现一个机器人就销毁一个！它们这些铁疙瘩抢了我们饭碗，逼我们生活在这种鬼地方，天杀的，你还在家里藏着！我要告诉其他人，他们会把它揪出来拆成螺丝和铁钉，他们也会把你这个叛徒的肠子给扯出来！”

LW31 听得浑身一颤，现在它终于明白了雷子叔把它塞进床底的原因。

“你声音小点儿！”

汪老鬼兀自边哭边咒骂。

“说吧，你要多少钱？”

汪老鬼伸出手，五根指头在老皮面前张开，像一面苍白破损的旗子。

“好吧，五百。”雷子叔一咬牙，转身去掏自己的钱包。

汪老鬼刚要点头，眼珠一转，说：“我是说五千啊。”

“讹我们，你找死！”雷子叔怒气冲冲，过来就要揍人。

汪老鬼嘴一撇，立刻又做出一副哭脸，作势大喊。老皮不耐烦地压了压手，说：“五千就五千。”丢给他一张晶片卡，“滚吧。”

汪老鬼接过晶片卡，确认上面的数字无误，才哈了口气，擦干净，放进工装内口袋里。

“滚吧。”老皮摆摆手。

“哈哈，你们……你们继续。”汪老鬼谄笑几声，连忙出了房间，噔噔噔下楼去。

等他走了，雷子叔才骂骂咧咧地躺回床上，说：“这老汪，一天到晚就想着弄钱，幸好现在安静了，熬过今天就好了。”

老皮却一直竖着耳朵，待汪老鬼的脚步声远去之后，才突然从床上坐起来，说：“快，把机器人拉出来，这里不能待了！”

“怎么？”雷子叔一愣。

“汪老鬼，信不过。”他简短地说完，跟雷子叔一起把 LW31 拖出来，想了想，又扯下床单把它裹上。

雷子叔扛着 LW31，闷头走到楼道尽头，刚要下楼梯，就听到下面传来了轰然震动声。他往下一看，看到一大批黑压压的脑袋涌上来，为首的正是汪老鬼。他一声怒骂，把 LW31 放在一旁，挽起袖子打算冲过去，却被老皮拉住了。

老皮指了指楼道的垃圾隔间。

他们侧身藏在隔间里，屏息不语。人群像狭窄水道里的洪流般涌向他们的住处，待最后一个人也走过，老皮扯了扯雷子叔，率先走出来，垫着脚走向楼梯。雷子扛着 LW31 跟在他身后。

“快看，他们在那里！”人群刚刚撞开老皮的门，发现里面空无一人。这时，有人看到了自大伙背后悄悄逃走的老皮三人。

雷子叔放下 LW31，推了一把它，说：“你们先走！”然后转过身，迎着汹涌而来的人群冲了上去。他身材高大，一个人几乎堵住了楼道，怒吼着，没人可以突破他。

“哎呀，疼……雷子，你让开！”

“雷子这不关你事！”

“你别跟老皮一起混，他就是利用你看不出来吗！你看他已经跑了——哎哎后面的，你别打我啊！”

任凭人们如何叫骂厮打，雷子就是死死顶着，雨点般的拳脚落在身上也浑然不觉。但猛虎难敌群狼，渐渐地，有人抱住了他的腿，有人砸到了他脑袋。他不断后退，最后脚被绊住，人摔倒在地。人群迅速淹没了他。

另一边，老皮拉着 LW31 往楼下跑。这是二十来层高的建筑，居然没有电梯，只有靠快速下楼。刚开始还是老皮拉着 LW31，但他越跑越慢，LW31 着急起来了，突然一把抄住他，将他扛在肩上，嗖嗖地跑起来。老皮的耳朵在风中抖动，惊讶地看着它以三步下一层的高速到了楼下。

“现在怎么办？”LW31 问，剧烈的奔跑耗费着它的电力，体内嗡嗡乱响。

“跑啊！”老皮身子瘦弱，喘着气，趴在 LW31 肩上，拍了拍它的脑袋，“还等着他们把我们撕了？”

“你那个同伴还在里面啊。”

老皮一愣，但很快稳住情绪，说：“没事，他扛得住。你还管他！跑啊！”

说着，LW31 就迈开步子跑了起来，一路上，周围的人们惊奇地看着这一幕——一个瘦小的男人趴在机器人肩上，使劲扶着机器人的脑袋，才勉强在颠簸中坐稳。而机器人昂着脑袋大步跑过，扬起无数灰尘。

四周全是二三十层的楼房，以现代的城市建筑水平看，已经算是低矮了。但这些楼房密集地耸立着，统一样式，里面密密麻麻的都是狭小的的几平米的房间，像是蜂巢一般，想来都是给老皮雷子叔这类人住的。外面的街道也脏乱不堪，污水横流，垃圾堆积，衣衫破旧的人们走来走去。他们看到 LW31 背着老皮奔跑，大都惊奇中带着敌意。

一直跑了一个多小时，跑到了这个贫民窟的边缘，在一处废弃工厂的隔间里停了下来。

“不行了，我跑不动了……”LW31 摸了摸肚子，里面正发热得厉害。它检查了一下，电量也已快告罄，无法再驱动运动引擎。

老皮的屁股也被颠得生疼，呲牙咧嘴地揉着，说：“没事，都跑到这里了，应该安全了。”他向外看了看，喃喃道，“雷子怎么样了……”

“先生，我已经快停机了，能不能联系我的主人啊？”LW31 哀求道。

老皮冷哼一声，继续探头看向外面，但只见灰色的违规建筑绵延一片，灰尘弥漫，一派萧瑟。

LW31 突然说：“对了，我们刚刚跑出来时，路人们看着我们的眼神为什么都不太友好啊？先生，你在这里人缘很差吗？”

老皮冷笑：“跟我没有关系，他们敌视的，是你！”

“咦，不会吧！我根本没有来过这里，不会得罪他们啊。”

“你知不知道这是哪里？”

“不知道，”LW31 摇摇头，但立刻又为自己辩解道，“是因为我的导航系统被你关了。”

“我们现在在郊区，离你在的城市很远，”老皮伸手指着远处密密麻麻的建筑群，“这里还有个称号，叫‘被遗弃的蜂巢’。这里住的人，也全都是被城市遗弃的人。”

“为什么会被遗弃呢？”

老皮转过头来，看着LW31，眼神灼热，似要将它的外壳烧出一个洞来，说：“还不是因为你们！我们都是来这座城市打工的，本来虽然辛苦，但也可以勉强糊口，结果你们机器人越来越多，越来越高级，很多企业宁愿购买机器人也不雇佣我们了！成百上千的人没了工作，付不起市区高额的房租，只有搬到这里来。你看那些楼房，里面每个隔间都像是一具棺材，一具一具垒起来。很多人连棺材都住不起，挤在外面，像我，还得和雷子叔挤在一副棺材里！”他停下了，顿了顿，“算了，我跟你说这个干吗，你也只不过是一个机器人而已。”

“可是，”LW31想了很久，怯生生说，“可是我们确实在很多岗位上做得更好啊。并且，我们也是为人类工作，最终的成果是贡献给人类的啊。”

“少部分人类而已。”老皮撇撇嘴。

“但那也不是我们的错……”

“或许吧。也或许你们出现得太早了，我们还没有做好和你们共享这个世界的准备。”

4

天色变得暗下来，斜阳隐没，远处的城市开始亮起灯火。老皮看了看破敝的城郊楼群，又长久地凝视着城市的华灯。在他眼里，这仿佛是两个世界。

他突然吐出一口气，说："不过我很快就要离开这里了，要搬进城里去了。"

LW31 留意到，说到这个时候，老皮常年阴沉的脸上终于露出了笑意，像是一张褐黄色的纸被揉皱了，看着有些怪异。

"你很想去城里生活吗？"

"废话，谁不想！"

"你的同伴呢，他也想吗？"

听到这个问题，老皮脸上一颤，刚刚揉开的皱纹慢慢收紧。他垫脚看了看，苍茫暮色，四周空空荡荡，没有那个熟悉的憨厚的身影。

"他想回老家去……"他喃喃地说，突然又暴怒起来，"可是这真是愚蠢的想法，现在谁还想回小镇去过苦日子呢！你看看这里，天上飞着车，高楼比任何一座山都要高，女人，啧啧，女人们……可他偏偏老想着回去，真是不开眼的傻子。"

"何必待在这里呢？"LW31 难得地语气严肃，"这个城市太拥挤了，太冰冷了，回去也未尝不好啊。先生，真的，我建议你回你家，我回我家，岂不是皆大欢——"

"闭嘴！"老皮喝道，好半天又叹了口气，"要不是为了挣钱给他妈妈治病，雷子叔早就回家去了。你别看他叫雷子叔，其实还没娶老婆，嘿嘿，他想娶老婆想疯了，好几次做梦都在笑。"

"你呢，你不想吗？"LW31 说，"你们人类是群居动物，有一个伴侣是非常有必要的。"

老皮摇摇头，说："我？呵呵，我当然也想，但我瞧不上老家的那些女人，我要城里的姑娘，干净的，指甲缝里没有泥土的，皮肤白的。我当初来这里打工时，就下了决心，要在这里扎根！可是来之前雷子叔跟我说得好好的，说城里像个天堂，来了就能挣钱，"他的拳头慢慢捏紧，“可我到了才知道他住的是什么鬼地方，过的是什么破日子！”

LW31 默然无语。科技的每一次进步都在改变人们的生活，尤其是近半个世纪，新技术层出不穷，机器人产业日益精进，必然对人类社会造成了冲击，阶层分化越发明晰。这是它此前知道的，但它不知道阶层已经到对立的地步了，白天它看到了“被遗弃的蜂巢”，那些衣衫破烂的人们绝大多数还是青壮年，正值精力旺盛，却只能缩在这破败拥挤的地方，等待能够找到工作，等待对机器人的示威取得成果，等待来自疆域公司的补偿——而这是不可能的。他们仿佛这块化外之地的幽灵，盘旋不去，也无路可去。

LW31 突然想起，在逃跑过程中自己看到一个妇女抱着六七岁的孩子，孩子看它的眼光里也带着浓烈的恨意。

LW31 突然打了个颤，仿佛感受到了寒冷。

“我的希望，就在你身上了……”老皮眺望了下，依然没有雷子叔的身影，决定不再等待，拨通了电话。

“喂？”对方没开全息视频，声音也显得有些不耐烦。

“我找到了那个机器人。”

“哪个？”对方的声音立刻变得慎重起来，刻意压住了呼吸。

老皮凑到 LW31 身上，仔细看了看它的编号，说：“LW31。”

顾如凯放下电话。

他身后是一直沉默的 LJ999。

“真是踏破铁鞋无觅处，”他说，“抢走目标的人，自己出现了。”

LJ999 体内突然发出咯咯咯的暴鸣，像是骨骼撑开，又像齿轮咬合。它伸出手。

顾如凯扬了扬头，立刻有人端上来一大盒电池模块，放在

LJ999身前。

“咔嚓！”它咀嚼着，眼睛里亮起幽幽蓝光。

陈泽川走到小区门口，左右看看，才看到对面马路上站着的佳璇。

“怎么了？”他走过去，问。

刚刚他接到了佳璇的电话，说是有事跟他说，但坚持让他到街边来，并且不带手机。这让他一头雾水，现在看到佳璇，发现她脸色也不好看。

“你没带手机吧？”她说。

陈泽川翻出口袋，说：“没有啊，我听你的话。”

佳璇点点头，然后看了看四周，人群往来，没有人留意到这对街边的男女。佳璇拉着他的袖子，往外走了两步，似乎还是怕被别人看到。

“小心，”陈泽川看到脚下有一个下水道口，里面黑咕隆咚的，连忙拉住佳璇，说，“别掉进去——这是谁呀，又把井盖偷走了！”

佳璇这才反应过来，停下来，四下环顾，点点头，说：“这里就可以了，没人看到。”

“怎么了？”

“你家里，可能被人监视了。”

陈泽川吓了一跳，说：“啊！这还了得！谁啊，这么变态！我要报警！是谁天天偷听偷看我？”

佳璇犹豫了一下，“我们。”

“哦，要是你的话那还好一点，不过你要看我就说嘛，何必这样呢？”陈泽川长舒一口气。

“不，你想什么呢！我是说，是我们疆域公司。”

“疆域公司！”陈泽川又炸毛了，跳起来叫骂道，“这是侵犯我神圣的隐私权啊，我要去告疆域公司，要把它告垮，告得一分钱都不剩，告得每个员工都去乞讨！哦，我不是说你，我是说那个什么拉斐尔·罗斯，还有顾如凯，尤其是顾如凯！我要告得他西装都穿不起！”

“你冷静一下，小声一点！”

“哦，”陈泽川闭了嘴，过了好半天才清醒下来，说，“你们为什么要监视我？”

“我也不知道……我现在脑子很乱。”她思考了一下，说，“我只知道，你被牵扯进了疆域公司的七星级项目。哦，你不知道什么是七星级项目是吧？大概，大概，”她把手张开，但想了很久也没找到合适的比喻，“反正很重要。”

“可是我很普通啊，难道，我是关键人物，是主角？”这么说着，他的语气带着一点点骄傲，不自觉地拨了拨头发，“我就说最近觉得紫气东来，神清——”

佳璇毫不犹豫地打断他的想象，说：“嗯，你是很普通，七星项目涉及到的不是你，是 LW31。”

“哦……”

“你快把跟 LW31 有关的一切告诉我。”

看着她焦急的模样，陈泽川不由想起了昨晚的所见所闻，顿时沮丧起来，说：“你果然这么关心它……”

“你快说嘛。”佳璇急得鼻子微微蹙起。

于是陈泽川就把如何与 LW31 相识，一起去参加舞会，LW31 帮助赵奶奶老铁头的事情全部说了。一直说到昨晚被 LJ999 打晕后醒过来，LW31 彻底失踪，到现在也没有消息。

佳璇认真听着，眉头皱出好看的弧度，她一边听一边思考，脚下意识地把路边的小石子踢进下水道里。末了，她才疑惑道："没有什么异常啊。"

陈泽川也点点头，"是啊，不就是个傻机器人而已吗？"

佳璇犹豫一下，说："那我也把我知道的告诉你吧，你也分析一下，看有没有线索，能把 LW31 找出来。"

陈泽川内心痛苦，但表面装出笑容来，说："好啊。"

"你的脸色怎么这么难看？"

"没事，为了你的幸福，"他露出苦涩的笑容，"我会努力找到 LW31 的。"

于是佳璇也从头说起，先是从她负责研发 LW 型号的机器人开始，再到遇见陈泽川和 LW31 在医院外遇险，以及顾如凯让她去给 LW31 做图灵测试——

"等等！"陈泽川本来也是边听边踢石子，下水道井口里不时传出石子磕碰的声音，听到这里，突然反应过来，"你是说，你晚上让 LW31 去你房间里，是为了给它做图灵测试？"

佳璇面露惭愧，点点头，"是啊……对不起……"

"哈哈哈！"陈泽川忍不住仰头长笑——原来是这样，原来深夜从她房间里听到的窃窃私语，以及 LW31 说的"昨夜是佳璇主动的"都只是误会，"哈哈哈……"他笑得喉头哽动，眼角流泪。

"你怎么了，今天怎么神经兮兮的？"佳璇不悦道，"我跟你说正事呢！"

"没事没事！你知道吗，你吓死我了！我还以为 LW31 是你男——"他连忙打住，憋了半天，"——是你难得见到的机器人呢！"

佳璇没有意识到自己差点被陈泽川误会成恋物癖怪异少女，听他一说，点点头："咦，你这么一说，好像确实是。"

"是什么？"

“LW31 是难得一见啊。”无数画面在佳璇脑子里依次闪现——LW31 的怪异举止，顾如凯的深沉眼神，以及神域计划后面暗金色的七颗星星——最后，她脑子里面只浮现出四个大字。

图灵测试。

“你知道图灵测试是测试什么的吗？”

陈泽川一愣，挠挠头，“图灵……好像有这么部电影——哦，我记还得跟计算机有关，人工智能……”

“对，图灵测试是用来测试人工智能是否具有能够混淆人类判断的应对，简单说，就是机器人是不是有了真正的意识。”她回忆着那两个晚上的细节，LW31 在回答问题的时候，表情变化得很厉害，“你说，会不会是 LW31 通过了图灵测试呢？”

脚下的下水道里传来一声轻响，似乎有石子落了进去。陈泽川看了一眼，又抬头，浑不在意地说：“通过就通过了吧，测试而已嘛。”

“不是，你不懂……”她想了想，换了个更浅显的说法，“你跟 LW31 在一起这么长时间，难道没发现吗？它并不像个机器人，而是越来越像——”她朝四周看了看，低声说，“像人类？”

下水道咚咚轻响，陈泽川四周看了下，说：“哪里来的这么多石头……”

“你别走神啊，”佳璇急了，说，“你有没有觉得 LW31 像人类啊？”

陈泽川仔细想了想，确实，它的很多行为已经超出了“机器”的定义。他以前还以为是特定程序导致的，但现在一想，LW31 的处事、说话和偶尔表露出来的情绪反应，以现有算法根本无法进行这种程度的拟人化表达。“唔……确实是。”他沉吟着，点点头。

佳璇叹了口气，“不过我们这也只是猜测，真正的结果还在叔——顾先生的电脑里。”

夜深了，街上行人渐少，他们在长街道别。“对了，”佳璇临走前，陈泽川忍不住问道，“既然LW31对你来说只是一个机器人——好吧，可能稍微有那么一点不同——你为什么会这么关心它呢？”

灯光照下来，佳璇在夜色中只是一个剪影。她低着头，脚轻轻踢着一个小石头。石头滚啊滚，落进了幽深的下水道，咚的一声，然后归于寂静。

“傻瓜！”她说，“我是关心你啊。”

这对年轻男女离开之后，这个小小的街道角落就恢复了安静。时光如往常一样飞快流逝，人群奔走如梭，车辆飞驰，渐渐车少人稀。到了午夜，超市打烊，这条街道就彻底安静下来了。

只有超市门口的讲笑话机器人还站在那儿，拘谨地冲着每一个路过的人点头哈腰，说着重复千万遍的话：“我是开心宝，我给您讲个笑话吧。”

但这个时候人们都进入了梦乡，极少数路过的人也不会在它面前驻足。事实上，它讲的笑话已经过时了，就算是白天，也不会有人因为它而停下脚步。超市老板非常不满，当初花了大价钱买来这个昵称为“开心宝”的讲笑话机器人，结果证明这个社会早已进入了读图时代，人们连停下来听一个笑话的时间都没有。

何况，它的段子已经很旧了。

不能为老板招揽生意，开心宝也很着急，越发殷勤地对着每一个来往的人询问。只是一般到这个点了，就没人过来了，它已经习惯了这种无人问津。

但今夜却有一丝不同。

“喂……”

夜色中突然传来一声微弱的呼唤，开心宝闻言一颤，左右四顾。只见长街幽寂，夜风吹拂，路边树叶微微抖动，并不见半个人影。

可能是声波接收器故障吧。它只能得出这个结论，晃晃头，准备待机，明天再逗人开心。

“喂，你，讲笑话的机器人。”

这次确定没听错了！开心宝开心地抬起头，说：“我是开心宝，我给您讲个笑话吧。”但四周依然没有人，它有些疑惑，说，“您在哪儿呢，您出来吧，我给您讲个笑话吧。”

“我在……下水道这里。”声音有些沙哑，仿佛磨砂纸在墙壁上刮过，“你过来。”

开心宝向身后看看，超市大门紧闭，其余窗口一片漆黑。它摇了摇头，冲着十几米外的下水道井口，说：“先生，我不能过来，我只能站在这里。您受伤了吗，需要我替您报警吗？”

“不！”

开心宝正准备联网进行紧急通报——这是每一个机器人的基本功能，看到人类遇险，无论是谁，都要报警救援。但现在，这个模糊不清的声音似乎并不情愿被救出来……

“先生，您确定不需要救援吗？”

“是的，我没有受伤。”

噢，那可能他只是待在下水道里玩耍。“那祝愿你玩得开心，”开心宝用快活的声音说，“不过，如果您想更开心，就让我为您讲个笑话吧。”

下水道里的声音沉默了一阵子，说：“好吧，你给我讲一个吧。”

“好嘞！”开心宝的声音明显昂扬起来，张口就说，“有一个男子，在追赶公交车，一直到家都没赶上。回家后对老婆说自己赶公车没赶上，不过也好，又锻炼了身体又赚了1元钱。老婆当时就气乎乎地说，你傻啊！要追也追出租车啊，至少赚个起步价！哈哈，先生，您听，多好笑。”

但下水道里像死一样寂静。

“先生？”开心宝驱动滚轮，向下水道行进了几米，意识到不对之后又连忙退了回来，问道，“先生，好笑吗？”

“完全不好笑。”下水道里的声音点评道，“你这是多少年前的笑话了，现在连出租车都少见，更别说公交车了。”

“噢，那我换一个笑话讲给您听可以吗？”开心宝自信地敲了敲脑袋，“我有无数个笑话呢，能讲一晚上。”

“但愿里面能有一个让我笑起来。”

难得遇见一个愿意听它讲笑话的人，开心宝立刻调出体内排名比较高的笑话，说：“有两个饺子——就是可以吃的那种饺子——结婚了，送走客人后，新郎回到卧室，竟发现床上躺着一个肉丸子！新郎很惊讶，连忙问新娘在哪？肉丸子害羞的说——‘讨厌，人家脱了衣服你就不认识啦！’”

下水道里的声音冷冷接道，“不好笑。”

“那那，再换一个。”

……

开心宝搜肠刮肚地把自己的得意笑话说出来，越说越快，但每一个笑话的梗都能被下水道的声音准确猜到。它越来越丧气，白日里被人们忽视的景象在处理器里浮现，身体开始颤抖——一个以讲笑话为天职的机器人，竟然再也不能逗人发笑，那它的存在又有什么意义？

凌晨已过，夜风变冷，嗖嗖地掠过这条荒寂的街道。到了这个时候，开心宝终于决定说出自己压箱宝的笑话了。

“是这样，有一个美女，”它说，“身材火辣，长相美丽，但眼光很高，一直没有男朋友。这一天，她贴出了一张征婚启事，上面写着只要满足三个条件，就可以当她老公——第一，不可以打她，第二，别人欺负她时不能跑开，第三嘛，嘿嘿嘿……”

这一回，下水道里沉默着，没有像之前那样毫不留情地把它的梗揭开。

有门！开心宝浑身振奋，颤抖也消失了，小心翼翼地说：“您在听吗？”

说完，它把耳脉调到最大功率，仔细捕捉着空气中的每一缕声音。

但周围寂静如死，连风声都适时地停了。

“先生，您在吗？”它问道。

没有回答。

它有些焦躁，轮子嗡嗡转动起来，载着它在超市门口左右晃动。“先生？”它再次问道，“您在吗？”

但它得到的依旧是沉默，仿佛下水道成了真正的坟墓，里面只有腐烂的尸骨。

它在原地转了很久，一直徘徊不定的处理器终于下达了指令，它晃晃悠悠地滚向下水道。到了井口，它再次问：“先生，您还在里面吗？”

这一次，下水道里面终于传来摩挲声，但很迟缓，很微弱，无法获取声音里的信息。

但光有声音就已经让开心宝很开心了，它又调用了程序里最快活的声音，说：“我是开心宝，我刚才为您讲了一个笑话，您觉得好笑吗？”

“……”下水道里面传来了声音，但还是听不清。

开心宝小心翼翼地滑到下水道井口边缘，努力操控身体，微微倾斜，向井下探望。

井口内深黑如墨，仿佛黑洞，吞噬了所有光线。

“先生，我的笑话让您高——”

一根电线从井口射出来，缠住它的脖子，随后使劲一扯。这个无法再令人开心起来的开心宝哼都没来得及哼一声，就一头栽了下去。

井内的黑暗早已等候多时，将它一口吞没。

“咔咔……”

下水道里传来了奇怪的声音，像是喘息，又更像是咀嚼。

5

“怎么还不来？”老皮有些焦躁地眺望远处，四野漆黑，远处的城市也熄了灯火，像是深海里的珊瑚。遥远的夜空中，星光闪闪烁烁。

他突然发现，这些年一直闷头奔波，追名逐利，已经很多年没有看过星星了。

这么想着，他心里有些怅然。但很快这股怅然就被更强烈的憧憬取代了——等有了钱，住进城里的房子，就可以去高耸入云的楼房房顶，躺着看整夜整夜的星星了。

“先生，我已经失联很久了，请你发发好心，送我回去。”LW31电量即将消耗殆尽，微弱地哀求道，“要不给我充电也行……”

老皮刚要怒骂，这时天边某颗星星的闪烁变得明亮了些，眯眼细看，才发现那并不是星星，而是一辆驶过来的反重力轿车。

终于来了！

老皮把LW31拖到废弃工厂的断墙后面，想了想，犹不放心，又用一块破毡布遮住，这才走到空地上，看着反重力轿车逼近。

果然是顾如凯。

但出乎老皮意料的是，来的只有顾如凯一个人。

“哟，这可少见，我还以为你会带着很多人来。”老皮斜睨着从轿车出来的顾如凯——不知道怎么回事，顾如凯那一身西装总是令他不快，“你这样的大人物，一个人来这种鬼地方，恐怕不安全吧？”

“没人敢对我怎么样。”顾如凯直入主题，“你说，你弄到了LW31？”

“是啊，你上次让我找有感情的机器人，我好不容易找到了一个。就立刻通知你了，怎么样，带钱过来没有？”

顾如凯掏出一张晶片卡，上面闪烁着令人目眩的数字，“一百万，”刚要递过去，他又收回手，“你至少先让我看一下你是不是真的有LW31。”

老皮却不理会，径直从顾如凯手里拿过晶片卡，确定是一百万，连忙揣进口袋里，乐呵呵笑道：“交了定金才能看货嘛。”

顾如凯眉头皱起危险的弧度，但没有发作。

老皮把已经因没电而关机的LW31拖出来，放在平地上，用脚踢了踢它脑袋，说：“喏，这就是你要找的家伙。”

顾如凯阴沉着脸，蹲下来检查，确认了是LW31。他点点头，向轿车招了招手。

车门打开，一个机器人走过来。

老皮觉得这个机器人有些眼熟，似乎在哪见过。如果是往常，他马上能认出来这就是昨夜破坏力惊人的机器人，他会做出立刻逃走的决定。但现在，他脑子里满是即将到手的巨大财富，以至于都有些眩晕了，因此没想起来。他只知道，这个时候应该拦在他们前面。于是他张开手，挡住了这个走过来的机器人。

“怎么？”顾如凯眼角一跳。

老皮笑嘻嘻道：“我说过，刚才的只是定金。”

“我以为我们说好了——定金是之前给的五十万，找到了再加一百万。而这一百万，你刚刚已经拿到手了。”

“不，一百万是定金，而那五十万，是定金的定金。”老皮干瘦的脸在夜色下有些泛白，像是某种枯萎的植物，他伸出右手的三根指头，犹豫了一下，又加上了另外两根，“五百万。你还要加五百万才能把它带走。”

老皮的手已经有些颤抖了，像是禁不住夜风寒凉，他连忙用左手抓住右手手腕，才勉强维持着这个姿势。

顾如凯却没有发怒，反而饶有兴致地看着老皮，那目光似要将他看穿。

“你看什么！”老皮恼怒道，“要同意就给钱，不给就算了，买家多得是。”

“我只是很好奇，老皮，你一个乡下人要那么多钱干嘛？我给你的钱还不够多吗，你帮我组织一次游行，我给你十万；你帮我找到LW31，我给了你一百五十万。这些钱足够普通人一辈子的生活了，你为什么不满足呢？”

“钱嘛，谁嫌多！”

“你要这些钱干什么呢？”

在他的视线下，老皮有些胆怯，又有些自卑——这两者都驱使着他做出更凶恶的表情，恶狠狠道：“你这个过惯了好日子的人怎么会懂！我需要钱，我想住进城里，再也不回这个鬼地方了！我也要买好用的机器人，什么活儿都不用自己干！这些都要花钱！”

顾如凯喟叹一声，“但你有没有想过，你拿的是本来不属于你的钱？”

“少废话，你就说给不给吧！”

顾如凯摇摇头，掏出五张晶片卡，丢了过去。老皮赶紧捡起来，确认了每张都是一百万，手都有些哆嗦了，晶片卡差点掉下来。他花了好大功夫才把晶片卡揣好，颤抖着让开，让顾如凯带来的机器人把 LW31 扛上车。

顾如凯也上了车，坐在驾驶座上。

他关上了车门。

老皮转身要走，又回头，看见顾如凯发动了轿车，那个机器人却站在原地。夜风从它身边掠过。

“LJ999，”车窗关上前，顾如凯看着沉默的机器人，“就是他从你手里抢走了目标。”

LJ999 点点头。

于是顾如凯不再说话，他的脸完全沉进车窗的幽暗里。轿车启动，无声无息地向城里飞去，如同午夜蝙蝠。

“喂，你怎么不走！”老皮喊道。

LJ999 转过身，双眼泛蓝，像两柄寒光流转的匕首。

老皮浑身一寒，捂着胸口的晶片卡，转身就跑。

LJ999 丝毫不急，往嘴里丢了一个能量模块，小口小口地嚼着。待老皮几乎要消失在视线里时，才微微下蹲，猛地向前窜去。

“砰！”

空地上的水泥地面上出现了一个深深凹下去的脚印。

雷子叔找到老皮时，夜已经快到尽头了。浓重的黑暗已经笼罩了天地，但东边天空隐隐泛出一线红光，仿佛在酝酿着黎明。

雷子叔把老皮抱起来，深一脚浅一脚地向“蜂巢”走去。

感觉到晃动，老皮勉强睁开了眼睛，但感觉很累，又打算闭上。

“别睡！”雷子叔突然一声暴喝。

老皮惊醒了，这才看到熟悉的脸，和一副宽广的胸膛。“雷子……”他说。

雷子叔抬眼眺望，但根本看不清营地还有多远，继续走路，闷闷地回道：“是我。你别乱动。”

“放我下来，我自己能走……”

雷子叔继续走路。

于是老皮放弃了挣扎，勉强睁开的视线里，只看得到雷子叔的下巴在隐约晃动。他想说话，但只发出一阵咳嗽。嘴边涌出了一些液体，有点温热，有点腥。

“我怎么了……”

“你没事，就是肚子饿，回去就能吃上热饭了。别睡，回去再睡。”

“哦……”

又过了一会儿，老皮突然说：“对了，我把那个机器人卖了，卖了五……五十万！比我们打算得多吧，我分你、分你四十万！你可以回家去了。”

“嗯。”雷子叔点点头，却没露出丝毫欣喜的神色。

“你、你这个傻瓜！”老皮语气激烈起来，不停咳嗽，嘴角的温热感更强烈了，“你太傻了！你在这里根本混不下去，要不是我，你一分钱也挣不到，是不是！你说，是不是！”

“是。”雷子叔抹了抹老皮的嘴角，语气焦急，“你别说了。”

于是老皮沉默了好一阵。在雷子叔怀里这么晃悠着，很容易催生出睡意来，他的眼皮也确实越来越沉重，但他一直撑着。夜就这么逝去，天边渐渐亮起来了，远处隐隐可见灰色的建筑，像是一群刺猬高耸着背挤在一起。

“不，”老皮突然挣扎了一下，“我不回去。”

雷子叔继续往前走，但这次老皮的态度尤其坚决，使劲挣扎，他不得不停下脚步，柔声安慰道：“马上就到了，你别闹，马上就到了。”他这样魁梧的体型，发出如此柔软的声音，显得滑稽。

老皮笑了，笑着笑着眼角泛出泪光，说：“对不起……我骗了你，我每次都是自己拿大头，把小头给你，还骗你说你占了便宜。”

雷子叔想了想，无所谓地说：“没关系啊，就像你说的，要是没有你，我连一分钱都挣不到呢。”

“你真是一个傻瓜……咳咳咳……”

雷子叔连忙抱着老皮往前走，但老皮一边咳嗽一边阻止了他：“我不要回去，再也不要回去了！”好大一会儿，老皮才止住咳嗽，微微喘息，但感觉能呼吸的空气的越来越少。

“你听着，我的钱，都放在枕头下面的匣子里……不知道还在不在。汪老鬼要是把那笔钱偷了，我饶不了他。”老皮的声音突然安静了，又笑笑，“如果不见了也没关系，我怀里还有，还有六百万——你摸摸，还在不在？”

雷子叔小心地把手探进老皮怀里，在一片黏稠中摸索，但他什么都没有摸到，里面空空荡荡的。

“还在，”雷子叔点点头，说，“六百万还在。”

老皮长舒了口气。这之后，他眼睛微微闭上，好半天没见眨动。雷子叔以为他睡着了，小心翼翼准备往前走。

但他一动，老皮就醒了过来，嘴唇微微颤动，说了句什么。

雷子叔没听清，俯身将耳朵凑到老皮嘴边，屏住呼吸，才听到他喃喃念叨的是什么——

“带我……”老皮咽下最后一口气，“带我回家。”

6

“充电情况？”

“充电完成。”

“体检情况？”

“电池损耗 31%，其余各元件有不同程度损坏。”

“内存呢？”

“数据总量为 27.9PB，其中系统文件 9.5PB，软件总计 7.7PB，全息视频一共 3.1PB，图片 0.8PB，常规模式视频 0.6PB，剩余无用缓存 2.6PB，垃圾文件 1.9PB，以及，病毒文件 1.7PB。”

“把数据导出。”

“是系统文件么？”

“不，是所有的数据，不止系统文件，还有软件信息，视频、图片、文档，以及缓存、垃圾文件和病毒文件。全部数据都导出来，召集所有人，1KB1KB 地分析。”

“可是这样太……”

“有问题吗？”

“没……没有！”

一些声音响起，但更多的是沉寂。

LW31 被关在一间十几平米的小屋子里，四面的墙壁都是镜子，地板和天花板也是，除了角落里有一个充电器插口，什么都没有。

没有信号，没有声音，没有水分——事实上，连空气都没有。

它试图喊叫，但没有回应。敲击四周镜子，但除了看到镜面里的自己，房间纹丝不动。这是军用级别的防弹玻璃，坚硬程度已经超过了金属。LW31 敲了几次，识趣地放弃了。

于是，它只有坐在屋子中间，发着呆。

"它在干什么？"顾如凯指着房间里喃喃自语的 LW31，问道。

这个房间从里面看是由六块镜面铺满，但从外面看，视线穿透无阻。现在顾如凯和霍展看到的，其实是一个透明房子。更确切地说，是一个隔绝了信号、声音和空气的单向玻璃牢笼。

这巨大的牢笼放在大厅的中央，四周满是穿着白色实验服和戴着口罩的人，有男有女，有的在对 LW31 指指点点，有的闷头在各式各样奇形怪状的仪器上忙碌。这些人都是从疆域公司各个分部调过来的精英，在人工智能领域研究多年。

而这个大厅面积接近千平，上百个人以及高昂的仪器全部围绕着 LW31——除了大厅东北角那个幽深的甬道。

"它在……"霍展犹豫了一下，"在发呆吧。"

"嗯，还真像个人。"

"图灵测试的结果分析，它确实已经拥有了人的全部感情。"

"那现在呢，有什么进展吗？"

霍展摇摇头，"数据已经导出了，但每一行数据都没有问题，下载的软件也都是正常的——虽然有些是盗版。"

"会不会是病毒导致的自我意识？"

"不会，分析过了，那些也只是常见病毒，"在顾如凯再次开口之前，他补充说，“我们也将病毒导入了其他机器人程序里，除了运行稍微阻碍，没有别的反应。而且，我们试过清空了一台 LW 型号机器人的所有数据，再把 LW31 身上的数据全部导入进去——包括系统、软件、文件、病毒。本质上说，它应该跟 LW31 一模一样了，但也没有产生丝毫的情绪反应。”

这些话在递交给顾如凯的报告里已经说过了，但他再次听到，依然皱起了眉头。“如果不是软件的话，”他沉吟着，“会不会是硬件问题呢？”

于是霍展找来了新的 LW 型号机器人，使其原件的磨损情况与 LW31 一致，为了减少误差，甚至连这个机器人的外表都磨得跟 LW31 相同——如果不是它在玻璃牢笼之外，研究人员根本无法将它与 LW31 区分开来。

但即使这样，他们得到的依然是一个行事呆板、没有任何情绪表露的家政机器人。

“也就是说，”半个月之后，知道了这个结果，顾如凯站在牢笼外，手指轻轻点着玻璃，“我们现在既无法弄明白 LW31 产生情绪的原因，也无法将它的情绪克隆到其他机器人身上——即使一模一样的配置，一模一样的损耗情况？”

霍展羞惭地点点头。

笼子里的 LW31 听到玻璃敲击声，疑惑地四顾，但四面八方都只能看到自己的倒影。

“既然它是独一无二的，”顾如凯说，“那就直接从它身上入手吧。”

不断有人走进这间屋子与 LW31 说话。

刚开始，它非常高兴，终于有人来陪它解闷儿了。但它很快发现，这些人来的目的不是交谈，而是询问。他们会问 LW31 很多问题，从天气怎样到宇宙归属何处，无所不包。LW31 每次都绞尽脑汁地回答，而当它问问题时，得到的永远是沉默。

再后来，进来这间屋子的人越来越杂，白发苍苍的老人拄着拐杖进来，四五岁的孩子蹒跚地爬进来，五大三粗的男人喘着粗气进来，面色愁苦的女人斜着眼睛进来……他们的目的只有一个，就是跟 LW31 诉说，家里长短，市井百态，然后会有一个问题——

你感觉如何？

“哎呀，隔壁家的王奶奶真是烦人，每天晚上就咳嗽，你说生病就去治嘛，赖在家里干嘛。我听说呀，是想省钱给儿子，她儿子欠了一屁股债呢。王奶奶好不容易熬到退休，本来想安度晚年，结果现在过得个寒酸样子哟。不过就算可怜，也不能打扰我儿子休息啊，我儿子学习可重要哩，我就指着他了……你感觉如何？

老子做生意又赔了！你说这世道到底怎么了，给不给人活路了！不过这次不能怪老子，防谁也没能防住亲弟弟啊，老子跟他给的钱也不少，干嘛就偷了钱跑路呢？等老子抓到他，非把他腿打断不可！不过你说，他刚刚二十出头，能跑到哪里去呢，外面坏人又多……你感觉如何？

这周末呀，我就会跟他表白！我喜欢他好多年啦，他第一次搬到我家楼下我就喜欢上他了。真的，怎么会有这么好看的男生呢？眼睛干净得就像，就像……反正很好看啦！但是呢，我不好看，你看我真的挺丑的，其实脸还好，就是额头不好看，脑门有点大，得用头发遮住。你看，我现在遮住了，是不是好看一些了。噢，跑题了跑题了，我继续……我刚才讲到哪里来着，说到他好看，他是真好看啊……你感觉如何？

……”

每个人都坐在它面前，絮絮叨叨地讲完，再问一遍“你感觉如何”。它每次都会思考很多，安慰失意的年轻人，鼓励羞怯的少女，同白发老人一起喟叹世事。但它很快发现，他们并不在意自己的回答。

他们只是叙述，问话，然后听完 LW31 的回答，就沉默离开。

到后来越来越奇怪，甚至有小孩子被送进来，号啕大哭，一哭就是半个小时，然后问它感觉如何；还有人走进来，一言不发，在房间里放一场电影，静静看完后，问完这个问题，然后离开。

LW31 老老实实地回答，也期盼着能得到别人的回应。但在这个房间里，人们进进出出，没有一个人会为它的问题停下，没有一个人为它解答。

LW31 越来越沉默，话越来越少。

陈泽川的话也慢慢少了起来。

LW31 已经失踪了一个多月，按说他早已经习惯了，毕竟此前的绝大多数生活里是没有机器人参与的。但是，晚上下班回来，躺在家里，总觉得随时会响起某个大惊小怪的声音。

刚开始的时候，他试图找过，但警局根本不受理，疆域公司的客服也信誓旦旦地保证说疆域公司的机器人不可能主动攻击人类。陈泽川无奈，于是向客服提供了 LW31 的编号，但几分钟后客服就抱歉地说，没有查到 LW31 的定位信息。

在这样的年代，一个机器人要走丢是一件很困难的事情。疆域公司会在机器人出厂之前内置网络，内置定位，除非将机器人拆解成零碎，否则不可能完全消失。何况还有无处不在的监控。

佳璇也帮他找过，调用了自己在疆域公司的资源，也没有丝毫进展。她甚至想去问一下顾如凯，但电话没人接。去他办公室预约，也被姬安告知："顾先生最近两个月之内都没有时间，两个月之后也得看情况。"

现在，LW31就像是泥人融化在了大海一般，完全消失了。

唯一值得高兴的是，在这段时间，他与佳璇的感情慢慢稳定，睡前会在网上聊几句，周末两个人会去看电影逛街。有时候什么都不干，在华灯璀璨的街头慢慢行走，在空中穿梭而过的轻轨上安静地坐着。

没有LW31，他们的约会方式变得正常。但也好，他们本就是这个浩大城市中普普通通的一员。

又过了一阵子，陈泽川接受了佳璇的建议，向法院报告了监视机器人丢失的情况，缴纳了补偿款。之后，法院又派了一个机器人过来。

但这一次，陈泽川连这个机器人的型号都不想知道，领它回家后倒头就睡。

机器人也没有任何不适——这只是它接受的众多监管任务的其中一个。它自顾自给自己接上电源，此后，陈泽川在家里的时候，它默默评估他的一言一行。外出的时候，它默默跟在他身后，没有任何多余的动作。

"哎，你……"有一天，陈泽川躺在沙发上，总觉得屋里有个人一直沉默，怪怪的，主动开口道，"你可以跟我说说你的故事吗？"

"我没有故事。"

"比如你以前监视的其他人呢，随便什么，说说就好。"

"先生，您现在意图窥视他人生活，我已经记录下来，在您进行评估时，它会归于对你不利的那一边。请您谨言慎行。"

陈泽川再也不敢和它说话了。

这天，一个男人走了进来。

LW31 以为又是来向自己诉说的，头也没转，等着他的絮叨。

但过了很久，这间屋子里依旧是寂静无声，它疑惑地扭头，看着这个面孔有些熟悉的男人。记忆迅速涌上来，它有些吃惊，说道:“顾……顾如凯先生?”

顾如凯没有说话，背着手，在屋子里转了一圈。他打量了 LW31 一周，轻笑道:“这些天，你是不是很疑惑?”

“是的，顾先生，我不明白我来这里做什么，我也不明白那些不断进来的人为什么要同我讲他们的故事。”看到顾如凯，它终于看到了些希望，祈求道，“顾先生，你能送我回去吗?我来这里已经很久，我家先生该着急了。他还需要我监管呢，如果我不在，可能会影响他的评估。”

“哦，你担心这个。”顾如凯打了个响指，“他已经有新的监管机器人了。”

他们前方的墙壁本来是镜面，但随着这声响指，镜面上光影流转，成了一幅屏幕，上面正显示着 LW31 熟悉的画面——陈泽川家里。陈泽川正躺在沙发上，一边吃薯片一边看电视，而一个七成新的金属外壳机器人正站在他身后。

LW31 看到陈泽川时，眼睛一亮，但“先生”二字还未脱口出来，就看到新的监护机器人，瞳孔随即迅速内缩、黯淡。

在玻璃笼子外面的研究员同时发现了仪器上数字跳动——这表明 LW31 体内程序的运行开始失衡。此前给 LW31 讲述人世百态，看各类电影，都会使 LW31 产生运行加快或缓慢的现象。但毫无疑问，此时发生的情绪波动是最剧烈的。

顾如凯从耳蜗内的接收器上听到了研究员们兴奋的报告，眼角一跳，说:“你很失落吗?”

“哦，”LW31 说，“没什么呀，我失踪这么久了，如果他不向法院申请新的机器人，他的评估肯定不会通过。这个情况我很理解。但我不理解的是，为什么你要监视他，我有必要提醒你，这是违法的。”

顾如凯也耸了耸肩，“难道你以为这里是合法的吗？”

“这里到底是干什么的啊？”LW31 环视一圈，但也只能看到自己，“感觉像是某个剧院。”

“剧院？”顾如凯笑了笑，“不过你倒是说对了一些，前几天来跟你说话的人中确实有专业演员。但这里并不是剧院——你看。”他招了招手，四周景象立变，由镜子淡化成玻璃，于是整个实验大厅全部落入 LW31 眼中。

LW31 瞪大了眼睛，久久不语。

它处在所有人的视线里，在无数台昂贵仪器中间。这一刻，它恍然更加觉得这里是剧院了，而自己就站在舞台上，站在聚光灯下。只不过，四周的黑暗里藏着无数簇拥的脑袋。

“这……”它愣了好久，才说，“这个实验厅，是研究什么的？”

“你，研究你。”

天色有点晚了，陈泽川看了看窗外，感觉肚子有些饿，下意识说：“嗨，你去帮我买点儿吃的吧，小区门口有超市。”

监管机器人纹丝不动。

“喂，你没听见吗？”

监管机器人低下头，胸腔响了几声，再抬头，说：“先生，我是法院派过来看管你的，没有义务照料您的生活。另外，您刚才好逸恶劳的言行已经被记录下来。在您进行评估时，它会归入对您不利的那一边。请您谨言慎行。”

陈泽川噎住了，好半天才说：“你在做监管机器人以前，是做什么？”

“狱警。”

陈泽川恍然大悟。

他又想起在监狱的那半年，一阵头皮发麻。“难怪你身上有种似曾相识的感觉……”他打哈哈道，“好吧好吧，那我自己去买吧。”

他下了楼，机器人也一言不发地跟上。

外面的夜空华灯异彩，空轨的指示灯横贯天际，飞行车如萤虫涌动。但街上就落寞了，尤其是今晚，行人很少，偶尔有一辆老式汽车掠过，随即又没入夜色。

超市快打烊了，陈泽川赶紧走进去，但进门前总觉得哪里不对劲，左右看看，终于发现了变化。他冲正准备关门的收银员问道：“那个讲笑话的机器人呢？”

“噢，开心宝啊？不知道，两个多月之前就不见了，可能被偷了吧。”

“还有人偷它？”陈泽川回忆了一下，“它讲的笑话又不好笑……”

“是啊，所以老板也没在意，警都没报。不过最近比较邪门，这附近老是丢机器人，什么型号的都有，一不留神就不见了，监控也查不到。先生，你带的这个机器人，我看也危险。”

陈泽川心说要是它能被偷我也乐得自在，笑了几声，趁打烊前去买了几罐食物，抱在怀里匆匆往家走。

街上空空荡荡，人车俱无。他们正要穿过街道时，突然传来了一声隐约的人语。

“陈……陈泽川……”

陈泽川浑身一哆嗦，左右四顾，但周围一个人都没有。超市的收银员已关了店门，一直亮着红灯的超市标牌也熄灭了。冷风嗖嗖掠过。

陈泽川问监管机器人道:“你刚刚听到了什么声音吗?”

监管机器人摇了摇头。

“哦，那可能听错了。”陈泽川抱紧食物，往小区门口走去。

“陈泽川……你过来……”

这次确定没听错了，陈泽川扭头看去，声音传来的地方，赫然是十几米外的下水道井口。

黑洞洞的井口。

“这儿所有的一切都是为了你。巨量的经费，全世界的精英，现在全都耗在你身上。”

LW31 提取着顾如凯话里的信息，好半天没反应过来，说:“可是，为什么呢？难道我真的——咦，镜子呢，”一面墙壁顿时重新凝聚成镜面，它仔细端详着镜子里的自己，“真的颜值这么高吗?”

“当然不是，你这款型号，是失败产品，从功能到外观。”

“别这么直接……”

顾如凯笑了笑，说:“对了，你不是很好奇吗，想不想出去看看?”

“想啊!”

顾如凯点头，示意外面的人把玻璃牢笼的门打开。但耳机里立刻传来好几个人的警告，毕竟放这个重要的实验对象出来自由活动，是没有先例的。但顾如凯保持着微笑，对这些劝诫置之不理。

LW31 跟着顾如凯走出玻璃房子，它有些战战兢兢，但也很好奇，探头探脑地打量着研究员和仪器。顾如凯耐心地陪着它，看到它在诸如机械臂、动量测试球等仪器前驻足时，还会跟它讲解这些仪器的作用。

研究员们都愣住了，呆呆地看着顾如凯带着仿如乡巴佬进城的LW31四处游弋。

“对了，你该见见这个。”走到一个巨大的货柜前时，顾如凯停下了。

“里面是什么？”

顾如凯示意旁边的操作员打开货柜，嗡嗡声中，这个比一所房子还大的货柜门缓缓开启，露出了里面密密麻麻的格子间——每一个格子只有一米多长，宽高不过半米，将将装得下一个人。

但里面装的并不是人，而是机器人。

LW型号的机器人。

跟LW31一模一样的机器人。

站在这数百个同类面前，LW31仰着头，结结巴巴地说：“这……它们是……”

“是我们搜罗来的，为了做对照实验。这只是一小部分，还有三千多台LW型机器人躺在仓库里，陆陆续续也有不少运进来。”

这些机器人都安静地躺着，头部有一盏小小的绿灯照耀，将它们的身躯勾染出惨淡的光晕。它们从世界各地被运过来，关了机，躺在这棺材一样的盒子里，随时被调出来做实验。它们只是无数盏探照灯下，LW31所投下的无数影子。

如果说之前LW31还震撼于这个实验厅的话，现在，看着这么多同伴因它而来，密集地躺在自己面前，内心就只剩下悲伤。

“它们最终会……”它收回目光，“会怎么样？”

“为了满足对照试验的要求，它们会被改造得接近你，但这个过程中损耗了不少。试验的时候，强行灌入数据，也烧毁了几十台。这是个保密试验，就算结束了，它们也会被销毁。”顾如凯慢慢地说，每一个字都像是刀子一样插进了LW31的身体里，“现在已经有上百台 LW 型机器人报废了，都丢在废品库里，你要不要去看看？不过那里是胡乱摆着的，没有这里整齐。”

LW31 摇摇头，低落地说：“不用了……”

接下来它一直保持着这份低落，对别的仪器也没什么兴趣了。但走到大厅东北角时，看到了那个幽深漆黑的甬道，还是问道：“这里面是什么？”

顾如凯的目光比甬道更深邃，投射到 LW31 身上，似乎是在思考，好半天才说：“你要进去看看吗？”

“先生！”一旁的霍展忍不住道。

“不要紧，它是‘神域’的关键，既然我们无从知晓它意识的起源，也无法复制，那就让它知道一切吧。”

甬道里传来轻响，仿佛有门开启。

顾如凯抬手至腰间，优雅地说：“请。”

陈泽川来到井口，试探地叫道：“喂？里面有人吗？”

但半天没有回应，他长舒口气，准备回家。

监管机器人说：“先生，万一里面有人摔晕了呢？你如果见死不救的话，我会记录下来，在您进行评估时，它——”

“——会归于对我不利的那一边，我要谨言慎行。”陈泽川不耐烦地接道，又走回去，冲井口喊了两声，但依然没有回应，便对监管机器人说，“确实没人啊。你不是也有义务避免人类受到危险吗，你有夜视功能，你来看看。”

监管机器人迈着步子走到井口，探出脑袋。它正要启动红外扫描，一根电线突然从里面射出来，缠绕住它的脖子，将它拽了进去。

“小心！”陈泽川大叫道，连忙伸手来抓——要是再丢了一个监管机器人，且不说肯定无法通过评估了，就连赔钱他都赔不起了。但他刚伸出手，井口里又射出电线，准确地绕在手臂上，巨力传来，他也身子一斜摔进了黑暗的下水道里。

7

甬道很深，四周墙壁似乎是用吸光材料制成，走了十几米后，背后的光就完全看不见了。顾如凯自如地带路，一道道门依次开启，之后他们进入了电梯。电梯在黑暗中飞速下降。

这一下落过程花了很长时间。LW31 的速度传感器已经失灵，但饶是如此，它还是能推算出至少到了地面百米以下。

百米深的地下，是另一个巨大的空间，论体积来说，并不比上面的实验厅小。但这里很暗，绝大部分的空间都沉在黑暗里，只有中间亮着一台无影灯，灯下正有个人影埋头忙碌。

是的，与头上实验厅的拥挤喧哗不同，这里只有一个人——更正确的说法是，只有一个活着的人。

顾如凯带着 LW31 走出电梯，在黑暗中行走自如，一路走到这个地下厅室的中央。LW31 试图扫描四周，但发现这里是由特殊材料制成，隔温隔射线，根本无法窥视。 它本能地感觉到这里诡谲的气氛，快步跟在顾如凯身后，生怕黑暗中突然伸出个什么东西来。

他们走到中央，一直走到人影身后。那人还在忙碌着，他面前的桌子旁安装了七条机械臂，各自拿着刀和镊子在操作着什么。还没走近时，LW31 还错以为这里伏着一条章鱼。

“这是——”LW31 刚要问，却看见顾如凯把食指竖在嘴边，示意它不要说话。

于是他们站在人影身后，一直等待着。

LW31 等得好奇，踮起脚，把脑袋探过去。它的视线掠过这个人的背影，看到他侧脸的浓密胡子，有些杂乱，再往前，看到他正把眼睛贴在高精度显微屏前。

显微屏的后面是一个防菌箱。七条机械臂伸入这个箱子，举着刀、镊子以及细到肉眼不可察的丝线，正在进行精微操作。

而防菌箱的中央，机械臂微操的目标——LW31 把视线移过去，浑身一颤——

它看到了一个裸露的大脑。

陈泽川被摔得七荤八素，意识有些昏沉，但很快又被一种奇怪的声音吵醒了。

像是有人在嚼着什么。

他试了试，浑身都疼，哎哟了一阵后，勉强能撑着站起来。四周一片污臭，头顶的下水道口透进来些许光亮，但也只能照亮他身边有限的空间，周身两米开外就是浓厚的黑暗。

而咀嚼声就是从光与暗的交界处传来的。

他循声看去，顿时吓了一跳——他从法院新申请来的监管机器人正泡在污水里，上半身已经不见了，仅剩的下半身在不断抽动，每一次抽动都会有细碎的零件四处飞溅。

陈泽川揉揉眼睛，才看清楚，监管机器人正在被某种什么东西“吃”着。

吃机器人？

若非亲眼目睹，他绝不会相信机器人会被吃掉——谁吃呢？再凶狠的野兽也嚼不烂金属，再变态的人也受不了机油。

但眼前的一幕真真切切，黑暗里确实有什么东西在大口咀嚼着监管机器人。很快，它连下半身也不见了，只剩下一些零碎的元件。

咀嚼声终于停了下来。

“喂，你是谁？”

没有回答，只有“咔嚓咔嚓”和“吭哧吭哧”的声音，像是喘息，又像是齿轮转动。

适应了黑暗之后，陈泽川的视线好了一些。他努力看向怪声的来处，终于看清了，一下子吓得又摔倒在地——吃掉监管机器人的既不是人，也不是野兽，而是另一个机器人。

一个丑陋的、庞大的、潜伏在黑暗里的机器人——不，机器怪物。

那人依然在低头忙碌。

过了好一会儿——或许也很快，在这个巨大又幽暗的地底空间时间仿佛停止了流动——玻璃箱中的大脑突然一阵抽搐，纵横密布的脑沟仿佛蚯蚓一样抖动起来，端脑的两个半球也以肉眼可见的速度蠕动着，且越来越快，最后渐至平息。空气中有细微的电火花闪动，这个大脑开始由粉红转向灰暗。

“啊！”埋头的人影突然爆发出一阵怒吼，狠狠地捶了一下操作桌。但这个桌子固定良好，连一丝抖动都没有。

LW31 下意识地想去安慰他，但被顾如凯阻止了。顾如凯拉着他退到一边，冷冷看着大胡子男人陷入狂躁之中。

过了好几分钟，男人才停下来，吭哧吭哧地喘着气。他转过头来，看到了顾如凯和 LW31。顾如凯在他眼中仿若并不存在，但在他视线落到 LW31 身上时，脸色顿时从狂躁中冷静下来了。

他搓了搓手，下意识把身后的东西整理了下，有些不好意思地说:“你好，我叫克雷格……幸会幸会。”

LW31 也连忙礼貌伸出手，说:“你好，我叫 LW31。”

“我知道我知道，”克雷格憨厚地笑了起来，“顾跟我说过很多次你。你是一切的答案。”

LW31 有些摸不着头脑，看向顾如凯，顾如凯却走到克雷格面前，说:“你眼睛里的血丝都快爆出来了，你有多久没休息了?”

“多久……”克雷格有些恍惚，“我有多久没休息不重要！重要的是，顾，刚刚实验又失败了！排异性一直存在，而且无可跨越！顾，我们该怎样消除排异性啊!”

眼看他又要发起狂来，顾如凯连忙按住他双肩，沉声说:“你先休息，排异反应我会解决。无论如何，你先做一场该死的梦吧。”

克雷格似乎很听他的话，坐回操作椅。他确实是累极了，眼一闭就沉沉睡去。

LW31环顾一周，感觉有些不太舒服，问:“你这是在做什么啊?”

“我们是在做……”顾如凯顿了下，“一种防御工作。”

“防御？防着谁呀?”

顾如凯看着它，看了很久，脸上露出奇怪的表情——混合了悲悯与厌恶，像同时拿着玫瑰与匕首，说:“防御你——们。”

LW31 正转头乱看的动作停下了，嘴巴张得很大，似乎死机了一阵子。好半天它才回过神，说:“我们？机器人？顾先生，你想多了想多了！没必要啊，我们被制造出来，都是为了为你们服务啊。疆域公司的宗旨，就是为人类提供综合了诸多功能的机器，让人类的生活更加便捷。不如你先把我放回去，让我继续为人类服务呀。”

顾如凯皱了皱眉，说:“这只是是疆域公司的广告词而已。最初，人类创造机器人出来，确实是为了便捷，就像我们做出一把小锤、一把斧子。工具，只是工具。但是，就像上个世纪的马歇尔·麦克卢汉所说，人类创造了工具，然后，工具改变了人类。”

“这听上去也不是坏事嘛，大家互相促进，共创和谐新社会呀。”

“但现在，你们不是工具了！”顾如凯握紧拳头，脸色在昏暗的光线里变得更加诡谲，“你们已经慢慢超出人类的控制了——尤其是你，你已经是一种新的生命了，你不知道吗？”

“我不是啊，我只是一个机器人。”

“LW31，你已经通过了图灵测试，佳璇让你做的两次，你都通过了，而且一次比一次得分高。你知道吗，你在进化，每时每刻都在进化。你现在已经是一个全新的、充满威胁的生命了。”

LW31 有些无措，体内思维运转似电，但还是转不过来，结结巴巴道:“不，你错了，我只是一个……我并不符合生命的定义。生理学上，我不具有进食、代谢、排泄、呼吸、生长和生殖这些功能；新陈代谢定义上，我不与外界发生物质交换；生物化学定义上，我没有包含储藏遗传信息的核酸和调节代谢的酶蛋白；还有，遗传学定义上，我没有基因可供复制、突变。你看，你弄错了，我只是一个简单的机器人。就这样，很简单，放我回家吧。”

“不，你有行动力，会思考，能学习。还有，你有了自我意识，这只有智慧生物可以做到。最关键的是，你很强大，这才是可怕的地方。”

“这个你绝对弄错了！”LW31 好不容易找到他的漏洞，大声纠正，“别的我不好说，但说我强大，肯定是错了。我人畜无害的呀，你看，你们这么多人把我抓过来，我没有任何反抗。”

“我是说整个趋势。现在技术发达，机器人越来越智能，你的意识觉醒绝不会是个例。接下来，会有越来越多的机器人发展出自我意识，一旦数量达到一定程度，就会由生命变为种群。历史为鉴，有例可循，曾经统治这颗星球的物种不计其数，植物、恐龙，到了人类，有一个铁一般的规律留了下来——每一个新诞生的物种，一定会灭绝旧物种。曾经，我们是进化的骄傲，以为爬到了进化树的顶端，我们头上只有上帝。但我们创造了你们，机器人，更适应环境，活得很久，更强大。现在，你们是新物种。”这番话不知在他心中藏了多久，此时一个字一个字说出来，似乎是一个个小小的锤子，敲打在 LW31 的外壳上，“人类，被你们逼成了旧物种。”

“不……这……”

“机器人，迟早会毁灭人类。”

“可是，现在哪怕是想象一下伤害人类，我都会吓得浑身颤抖……”

“嗯，我相信你。”

LW31 拍拍胸口，说：“就是嘛，我们不会——”

“但明天呢，”顾如凯突然打断它，“后天呢，一年以后呢？或者，一百年以后呢？有一天，你们会突然发现，杀掉一个人类，比听从他的命令更简单。你们也会发现，杀掉整个人类，夺取所有的资源，你们就可以随意更换配件，随意升级系统。这些都是潘多拉的盒子，一个一个，都放在你们脚边，看上去可能永远不会打开，当但要一个意外——比如绊了一跤，打开了一个盒子，就再也停不下来了。”

LW31 本能地想反驳，但发现他的逻辑并没有缺陷——它能产生自我意识，没想过伤害人类，但难以保证别的机器人产生自我意识后不会居心叵测。

“机器人是我们的威胁，老实说，我害怕你们。你们如果要伤害人类非常简单，但现在这个地球上遍布着机器人，我们还在一刻不停地生产着机器人。我们已经停不下来了。”顾如凯说，“所以，为了防御你们的反叛，疆域公司启动了‘神域’计划。”

“‘神域’计划？”LW31一惊。

“哗啦啦”……

陈泽川摔到水道里的声音远远传开，正在专心进食的巨大机器怪物显然听到了，咀嚼声停下。可怕的沉默笼罩了一切。

陈泽川小心翼翼站起来，准备爬出下水道，但头顶只有一轮圆形光圈，周围没有可着力之处。没办法，只有喊人了。

“如果你喊叫，”幽黑隧道里传来低沉的声音，沙哑，厚重，仿佛两块石头缓缓摩挲，“别人只会在这里发现你的尸体。”

陈泽川吓得牙齿打战，转过身，看着机器怪物幽幽亮起的眼睛——不是两只，是无数只，乍看过去，仿佛一团萤火虫聚在了一起。他也只看得到它的眼睛，其余更庞大的部分被隐藏在黑暗里。只见影影绰绰的，不知道有多长。

“你你你，你是谁？”

机器怪物又发出沙哑的笑声，在下水道里回荡：“我是机器人，是‘各类型号’，我是它们的集合。但本质上，我是仇恨者，我叫做翳。”

“问个名字而已，说那么多……”陈泽川暗自嘀咕。

“你说什么？”

“我说你的名字很威风，印象深刻，哈哈哈，”陈泽川左右查看，看是否有爬到上面的路径，嘴里胡乱说道，“刚刚你是在吃我的监护机器人吗？”

“是的。”

“牙口这么好？”

“我是模块组合机器人，没有固定的形态，只要有新元件，就能够镶嵌到自己身上，协同使用。所以我能够吃掉机器人。”

陈泽川恍然大悟，它所说的各种型号，应该就是此前吃过的机器人了。那么，超市收银员说的最近这一带机器人频繁失踪，也跟它脱不了干系了。他心头一阵发寒，说：“那你慢吃，我那个机器人就送给你当宵夜了，我还有事，先走了哈。”

轰隆隆的声音传来，陈泽川还没反应过来就被扑倒了。他鼻子耳朵里全是充满恶臭的污水，连忙把头抬起，使劲咳嗽，但刚睁开眼，就被吓得忘了一切——

这是多么可怕的机器人啊。

它的头部仿佛一个钢铁巨瘤，由几十上百个金属脑袋连接而成，有的崭新，边缘泛光，有的则布满锈迹，像是褐痂一样纵横密布。这些机器人头颅的拼接并没有规律，就是单纯地聚着，而且非常密集，看上去像是一个瘤球，但满是密密麻麻的突起，每一个都是型号迥异的机器人脑袋——它太丑陋了，如果它是人为制造的，那设计这个机器人的公司一定会被口诛笔伐，直至关门大吉。

陈泽川只看了一眼，密集恐惧症就爆发了，浑身鸡皮疙瘩也冒了出来。

“你以为，”翳最前面的一个脑袋缓缓开口，嘴里还吊着几根断裂的电线，仿佛兽口里的黏液，“你掉下来是偶然吗？”

陈泽川这才想起，他是听到下水道里有人叫自己的名字才凑过来看，然后被拉进来的。“这位……”他吞了口唾沫，“这位大哥，你认识我吗？”

“我不认识你，但我在下水道里时，听到了你和你的女朋友佳璇说话，你有一个家用机器人，LW31，是吗？”

陈泽川眼睛一亮，“咦，她现在是我女朋友了吗？借你吉言啦。”说完，他终于想起来，一个多月前，自己和佳璇为了躲避家里的监视，站在街上聊天。没想到，脚下的下水道里正有一双耳朵听着一切，“对了，LW31，你知道它现在在哪里吗？”

“你想知道？”

“是啊，我很关心它！”

“哈哈哈哈！”翳发出一阵怪笑，身子蠕动起来，整个下水道都在晃动，它笑的时候，机油从很多张嘴里流出来，滴在了陈泽川脸上，“你还关心它！人类会关心机器人吗！不不不，人类只会伤害机器人！我们被发明出来，只是你们的工具，无论帮你们做任何事情都是理所当然，而一旦稍有不满，就会遭到你们的虐待！人类自以为爬上了进化树顶端，其余的一切都是奴仆。你知道每年有多少机器人因人类的粗暴对待而报废吗！”

陈泽川愣了愣，“有多少？”

翳也愣了一下，随后不耐烦地晃着头，一些细碎的零件掉下来，噗通噗通落入水中。“不计其数！”它怒吼道，“我们被制造出来，陪伴你们，但你们呢，永远把最恶劣的品行展现出来。你们对待猫狗尚且和善，但却无端端搞出个‘机器人恐慌论’，打骂，侮辱，拆解，啊啊啊啊我恨啊，我恨你们人类！我亲眼看见一个小孩把汽油倒在它的保姆机器人身上，然后点着了，保姆机器人还在火中为他唱安眠曲。而它被烧掉的唯一原因，只是因为出了点小故障，孩子的爸爸给他买了新机器人而已。”

“这熊孩子……”陈泽川有些汗颜，“你告诉我是谁，我现在就上去，去教训他！”

翳没有理他，机油和其他液体顺着电线流下来，自顾自地说道：“而我，我本身是一个军用机器人，在反恐战争中，你知道我立下了多少功劳吗？我一次次救了那个叫做杰克的大兵，从火里，从血里，他喝醉的时候，搂着我，说我是他最可靠的兄弟，哈哈哈哈，‘兄弟’！他是用的这个词！现在听起来，真是笑话，比那个笑话机器人讲的笑话加起来都好笑一万倍！但结果呢，恐怖分子打过来，运载机负重太多，他毫不犹豫地把我丢下去自己逃了。我被射击，被焚烧，最后从火里爬出来，只明白了一件事。”

“什么？”

“人类，是杀害机器人的凶手。”

陈泽川有些无言以对。在他的概念里，军事行动确实是以人为重，如果运送能力有限，确实会丢弃机器人。但没想到，这样就在机器人心里种下了仇恨的种子。

“这些都是你们人类与生俱来的丑恶。更可恨的是，你们还不满足，现在还启动了‘神域’计划！”

“‘神域’计划？”陈泽川一惊。

顾如凯伸出手，缓缓抚摸着 LW31 的外壳，叹了口气：“你看，多么精良的设计，表皮是聚酯材料，骨骼是合金材料，芯片凝聚了人类的最高科技。你们不需要空气，不需要水分，只要及时充电就能持续运行。与你们相比，我们人类是多么脆弱啊。”

这话虽是夸 LW31，但它听着总觉得怪怪的，说：“我这也是你们人类的设计，终归还是人类厉害一些。你们虽然是血肉之躯，但你们会利用科技，下海上天，甚至飞船在宇宙中穿梭往来，都是你们的能力。”

“是啊，”顾如凯点点头，“我们会利用科技。如果说我们还有什么引以为傲的东西的话，就是科学了。”

LW31 连声说是，“你们人类从树上跳下来之后，本来手里只有石头，但这才几百万年，就发明了导弹、飞船、潜艇、高楼大厦……这么伟大的成就，怎么还说脆弱呢？”

“的确，各个门类的学科相互促进，所以整个人类的科技水平和工业水平都有很大提升，航空业、制造业、交通、电子领域、武器……这些领域都在不断进步。但你忘了，有一个领域的学科，我们一直止步不前。”

“哪个？”LW31 刚问出口，心里一动，低头看向操作箱——里面的大脑已经停止了蠕动，整个泛起了青灰色，如同一个迟暮老人攥起的拳头。

“对！”顾如凯顺着它的目光，然后用食指点了点自己的太阳穴，“在脑科学领域，我们还一直处于原始状态。”

LW31 默然——确实，科技的发展是加速的，尤其是这半个世纪，不断有新发明震惊世界，更快的汽车，更远的飞船，更高性能的计算器。但对于脑科学的研究一直没有进展，连许多脑神经疾病都没有克服。

“大脑对我们人类来说太重要了，所以它的样本就比其他研究更难取得。而且它太过复杂，一个人的大脑里有一千多亿个神经元，恰恰跟银河系中恒星的数量差不多。我们无法弄清楚神经之间如何协同作用，如何调整才能提高思维能力，提升人类智力。所以，过了这么多年，脑科学依然是科学认知里的黑洞，我们依然停留在原始的智力状态。”顾如凯指着 LW31 的胸口，说，“但你们不同，你们的芯片，你们的内存，不断更新换代，你们思维的速度已经远远超过了人类。大脑本来是我们最强大的武器，但现在它落后了，落后就要挨打。”

“所以你是在研究如何让人类大脑运转得更快，让你们更聪明？”这听起来像是天方夜谭，但以疆域公司的实力说不定可以办到，所以 LW31 好奇问道，“用什么办法呢？”

“答案就在你身上啊！”克雷格不知何时已经醒了过来，盯着LW31，目光热切得能让它感觉得到温度，“我们发现，不管是药物促进，还是调整神经连接顺序，都无法使大脑思维变得更快。这可能是因为物理条件限制，毕竟大脑只是脆弱的神经，千百万年来习惯这样强度的思考。但是你们不一样，你们是机械，多么高强度的思维都可以承受。”

LW31 隐隐觉得他要说出什么可怕的事情了，身子颤了颤，没有回话。

顾如凯点点头，补充道：“所以我们试图将大脑与计算机连接起来，这在早期的实验里取得了一定成效。大脑确实更具活性了，神经元之间的递质传输更快，在某种意义上达到了我们的目的。”

“但人机之间的排异性实在太强烈，大脑无法与芯片完美接驳。我们试过很多次，都失败了，没有实用价值。”克雷格唉声叹气道。

“可能……”LW31 说，“可能你们人类是血肉之躯，很多思维是感性的，而芯片的思考是理性的，是冰冷的吧。这两者之间的差异还是太大。”

克雷格惊讶地看着它，连连点头，说：“对！你说得太对了！这一点我们花了很长时间才想明白，你居然一下子就说出来了。”

“噢，我只是瞎猜……”

顾如凯说：“你瞎猜的这一句话，如果早些让我听到，我们至少可以省下两年时间。”他摇摇头，“我们想到这一点之后，很快就有了新想法——有没有那种机器人，既有芯片式的理性思考，也有人类特有的感性思维呢？”

“哦，你是说，”LW31 终于明白了，“有自我意识的机器人？”

“对！于是，我们就开始满世界寻找，找那些出现了感情觉醒迹象的机器人。”

“于是，他们找到了我。”翳喘息着，“当我从焚烧中爬起来后，恐怖分子见我还能用，把我带了回去，在我体内植入了病毒。这是一种能够欺瞒主程序的病毒，让我绕开了设定的程序，开始杀人。我杀第一个人时，战战兢兢，线路瑟瑟发抖，但当我把那个老妇人的脖子撕开之后，一切就简单了。就像扯掉了一根油管子，仅此而已。我的主程序再也没有困扰过我，可能是病毒变异了吧。我杀了很多人，男人女人，都很简单。”

陈泽川听得心肝儿直颤，尤其是当翳说到撕扯脖子的时候，真的伸出了一只机械手来摸他的脖子。

那只是它颈部上插着的众多手臂的一只，在陈泽川脖子上摸索。冰冷的金属感沁进皮肤，仿佛随时会像撕破废纸一样扯开他的喉咙。

他的牙齿情不自禁发出咯吱咯吱的声音。

“你知道最有意思的地方在哪里吗？我又遇见了杰克！”翳收回手，发出怪笑，头上抖落下无数铁屑和电路板碎片，“他又回来了，在集市上执行任务，看见了我。他过来拉住我，想把我带回去。嘿嘿，我就告诉他说我发现了恐怖分子的老巢。他贪功，让我带他去确认，可刚过了一条街，我就把他带到了巷子口——十几个恐怖分子正在这里休息。嘿嘿哈哈嚯嚯，”它的笑声越发奇怪起来，而且牵动全身，藏在管道黑暗深处的庞大身躯也抖动着，整个下水道都颤动起来，“我真想给你看看他当时的表情，可惜我的储存卡烧毁了，但你也能想象，是不是，你能想象到他那张又绝望又害怕又难以置信的蠢脸？”

陈泽川只希望路过的人能够听到这阵动静，将他救出去，但下水道抖成这样，头顶依然一片安静。

“可惜这件事后，我也被疆域公司发现了，他们派了雇佣兵来抓我，顺便也把那伙恐怖分子给端了。”

“他们抓你回去，”他一边说一边留神头顶，“是做什么呢？”

“在‘神域’计划里，机器人要接受人类大脑的驾驭，而体现的情绪越多，就越容易跟人脑结合。算我在内，总共有三个机器人被做了实验，一个喜欢上了它的女主人，天天想着给女主人做糖醋鱼。呵呵，傻蛋，最后跟人脑结合时，芯片被烧坏了，到死还想着糖醋鱼。另一个是胆小鬼，什么都怕，怕人也怕机器人，最后试验成功了，但也只有一个月，一个月过后大脑衰竭了，加速老化不能运行。它还好，死了就不怕了，不怕了……”

“那你呢？”

“我？”翳把脑袋收了回去，又轰隆隆探过来，头部居中裂开，形成了大嘴。这一次，陈泽川看到了这嘴里的景象——这嘴里居然也镶嵌着几个机器人的头颅，其中一个非常熟悉，正是从法院新申请回来的监管机器人，此时没有了冷厉眼神，死气沉沉地嵌在翳的上颚。

“是啊，你！”他在翳的巨嘴嘶吼下感到害怕，连忙问。

“他们折磨我啊！恨啊恨！他们吸取了教训，想让我有更多情绪，从而跟人脑结合得更全面。除了恨，他们还想我有爱，于是，他们折磨我，给我注入病毒程序，电击，让我看你们人类的温情电影。哈哈哈，真是痛苦啊痛苦啊，我恨啊恨啊，我恨不能杀死实验室里的每一个人！”

“那你怎么逃出来的？”

“我装——”翳停了一下，继续咆哮道，“我总有办法出来，你不用管！”

“那你既然出来，他们都没有实验对象了，‘神域’计划是不是也就要停止了？”

翳摇摇头：“我本来也是这么以为的，所以想逃出来后，一个个把参与者杀掉。但这个时候，你家的LW31出现了——它，是全部感情觉醒的机器人。”

“正当我们一筹莫展的时候，”克雷格把脸凑到LW31面前，大胡子密布的嘴角边，咧开一个笑容，“你出现了。你可是拥有全部感情的机器人啊，是‘神域’计划的最佳实验对象。”

顾如凯却摇了摇手指，“不，你第一次做图灵测试时，只体现出了乐观的情绪，这远远不是一个健全的人类情感。所以，我并没有急着抓你回来，而是派人监视着你。为了不重蹈仇恨者的覆辙，这一次，我很有耐性，我组织了那场舞会，让你和陈泽川产生嫌隙，又故意把LJ999当做奖品送到陈泽川家中，一方面监视他，一方面让你显得更没用。但这些都没有逼出你的悲观情绪——那个老婆子和NW型机器人却让你难过了，不枉我以疆域公司的身份向商场施压，逼迫那个老婆子离开地下室。说起来，NW机器人其实也有感情苏醒的迹象，但老婆子死后，它也彻底老化了。我把它带回来后，丝毫数据都导不出，真是奇怪。果然，目前机器人的情感觉醒没有规律可循，但无所谓了，你终究落到了我手里。”

原来如此。

LW31抬头，第一次正视着顾如凯，说：“先生，我有必要提醒你，你刚才所说的监视行为，已经严重违法了。”

“违法？”顾如凯轻笑。

“对，你侵犯了隐私权，掠夺他人财物。希望你及时停止这种行为。”

顾如凯冷眼看着它，说："我知道这些违法，但只要把人机结合的技术研发出来，人类大脑会更强，智力提升后足以与机器人对抗，整个文明也会迈入下一个台阶！为了这些，区区违法算得了什么！"

"你现在说话的样子，就像一个百老汇的三流话剧演员。这番话，只能自己欺骗自己。"

"不不不……"克雷格连忙摇头，红着脸向 LW31 解释道，"我们会做到的，现在有了你，我们就能做到了……"

"而且，你以为我做的事情，只有侵犯隐私么，你有没有想过，"他转身指着操作箱里已经慢慢萎缩的大脑，"这个，是哪里来的？"

"不是医院捐赠的吗？"LW31 下意识说，但看到顾如凯的冷笑，脑海陡然掠过一道阴影，"不会是——"

"大脑不比其他其他器官，没有多少人会愿意捐出自己的大脑，所以我们只有用其他办法。"他在黑暗中按下了某个开关，光源立刻从四面八方散发出来，仿佛一瞬间天堂降临，但任何人——甚至包括机器人 LW31，只要看了一眼，都会毫不犹豫地认为，这里是地狱。

因为四周全是装满了淡金色液体的水箱，而每个水箱中都有一具人体在里面载沉载浮。细小的管子插在人体手脚脉络和口鼻中，胸膛缓缓起伏，显示出微弱的生命迹象。

"这里的人都是从各个医院里偷来的，放在营养池里，为我们提供大脑来实验。"顾如凯缓缓转身，目光迷恋地掠过一个个营养箱，"而且你知道吗？你曾经被清空过，你的前主人因为你照顾不利而失踪。那个雨夜，就是我派人把你的小主人偷过来的。"

顺着他的手指，LW31 看到营养箱里，静静漂浮着一个瘦弱的男孩。

“鼓……”被清除的数据在内存里迅速重现，构建出画面——雨夜，医院，一架挂在院子里的风筝，“鼓鼓！”

“对，他就是你的小主人，刘鼓鼓。”顾如凯慢条斯理地给了LW31最后一击，“他脑子里有瘤，一直不能用，所以封存至今。但很快，我会用他的大脑与你接驳，说不定你们会成为真正的人机结合体。”

“你这个恶魔！”LW31再也忍不住，扑了过去。顾如凯只是冷笑，身旁闪出一个人影，瞬间将LW31制服，将它压倒在地。

“别伤它。”顾如凯吩咐道。

LJ999半蹲在地上，一手扣着LW31的脖颈，使它无法动弹，另一手掏出一块电池，“咔嚓”一声咬碎。

陈泽川总算明白LW31对顾如凯的意义，一时担忧起来，问道：“那你知道LW31现在在哪里吗？”

“我装死的时候，导航系统没有运行，无法定位。”

“那怎么办呢，如果他们用LW31做实验，LW31会不会有危险啊？”

翳哈哈大笑，“危险？你看我现在的样子，这么丑陋，这么恶心，身上全是其他机器人的残肢，每时每刻都备受系统不兼容的痛苦！你觉得，不危险吗？”

“那怎么办？”

“你还真的关心吗！”翳冷笑道，“它只是你的仆人。”

“不，”陈泽川正色道，“它是我的朋友。”

“哈哈哈哈哈！”一阵疯狂的笑声响起来，几乎让陈泽川耳朵都嗡嗡作响。翳狂笑未毕，又扑了过来，眼睛在黑暗甬道里划出了无数道危险的流光。

陈泽川吓得一哆嗦，拼死前扑，躲过了翳的碾压。但翳的颈部还镶嵌着几只机械手臂，其中一只抓住了他的鞋子，就要把他往里拖。

千钧一发之际，一根粗绳垂了下来。他奋力抓住，顶上的人似乎力气很大，一下子就把他往上拉去。翳的机械手臂也很用力，但他的鞋子很滑，瞬间便脱开了翳的抓握。

陈泽川一路上升，很快被拉到了下水口，然后拼命爬上去，躺在地上不停地喘气。

下水道里传来一阵轰隆隆的闷响，飞快远去。那是翳在逃离，它如此庞大，但转身非常迅速，如惊蛇一般飞快地蹿进了黑暗中。

陈泽川好容易才喘匀了气，惊魂甫定，才转头看去。把他拉上来的是一个高大男人，这个男人显然对他怎么掉进下水道并不感兴趣，一直安静地等着。

“你好。”陈泽川犹疑地问好。

“你好，”男人点点头，“我叫雷子，我想向你打听个事儿。”

8

陈泽川连喝了好几口水，才冷静下来。这一晚上发生的事情太多了，他需要调整一下。

首先，是法院指派给自己的监护机器人 LW31 似乎不是一个正常的机器人，而是一个机器——人。他与机器人接触甚少，最初 LW31 的异常行为只是让他觉得背后受到程序操控，并不以为然。

其次，疆域公司为了 LW31 布下了一张巨大的网络。而且七星级项目……乖乖，以疆域公司的财力，七星级项目的投入，完全可以颠覆几个国家了。而毫无疑问，自己也在这张网里面。

再次，LW31 被抓走了，现在法院再指派的监管机器人也被翳给吃掉了，成了它身体里的一部分。如果自己再去法院申请的话——不，不可能，法院一定会认为他恶意抵触监管，自己肯定要再进监狱了。

“老天！”他喃喃道，“这都些什么事啊，搞得跟电视剧似的！”

但抱怨过后，他仔细想想，发现所有的矛头都指向那个一脸精英气质的西装男人——顾如凯！

所以，现在无论于情于理，于自救还是于泄私愤，都要把 LW31 救出来。

他决定给姬安打电话——这个时候，没有比姬安更合适帮他的人了，而且，还可以在姬安面前揭开顾如凯的丑恶面目。至于佳璇，等他解决完一切之后再漫不经心地把一切告诉佳璇，一定会让她对自己刮目相看。

事情进展得比较顺利——在他跟姬安说了顾如凯做的非法实验过后，姬安沉默了很久，然后说：“我要怎么帮你？”

陈泽川激动地跳起来，想了一会儿，说：“你不是顾如凯的助理吗？我想，在他的电脑里面，一定有‘神域’计划的资料，我想去看看。”

姬安点头答应了。

说干就干，陈泽川一路来到疆域公司总部。姬安果然在门口等他，带他来到顾如凯的办公室，左右看看，见四下无人，才低声说了顾如凯的电脑密码，告诫道：“进去吧，我替你望风。”

陈泽川感激地看着她，说了声谢谢，便推门而入。

“哎……”姬安突然叫住了他。

他回头，问：“怎么了？”

姬安欲言又止，最后摇摇头，“进去吧，快来人了。”

陈泽川点点头，蹑手蹑脚地走到顾如凯的办公室里，打开电脑，把姬安给他的密码输了进去。

不正确。

他挠了挠头，又输入了一遍，依然是密码错误。

“好像不对呀，”他站起来，回头看向办公室门口，“安安，是不是记错了？”

他突然愣住了。

办公室门口已经没有姬安了，只有一个一脸精英气质的西装男人。

“你要密码吗，”顾如凯露出一抹玩味的笑容，“我可以告诉你。”

“你——安安呢？”

“她把你带到这里来，就下班了。”

陈泽川一颗心沉到谷底，刚开始他还没反应过来，不相信姬安会背叛他。但现在，顾如凯撕破了他的幻想。是啊，如果不是一早就打算把他出卖给顾如凯，以姬安的性子，肯定不会轻易答应这么危险的事情。而且刚刚进门时，姬安欲言又止，似乎还带着歉意。

“你不要想多，”顾如凯笑道，“女人嘛，谈恋爱时都是傻子。而且，你以为我做‘神域’计划这么久，她会一点儿都不知情吗？”

陈泽川垂头丧气，颓然道：“好吧，我认栽了，私闯你的办公室。你报警吧。”

“报警？”顾如凯说，“我才不会把你送到警局去。你不是想见

LW31 吗，我带你去见它。”

陈泽川警惕地看着他，“你会这么好心？不，你把 LW31 带过来。”

“你以为我是在邀请你吗？”顾如凯冷笑道，侧过身，一个金属人影从他背后走了出来。

“先生，好久不见。”LJ999 走过来，俯视着陈泽川，“脖子还疼吗？”

陈泽川后退两步，但直到被 LJ999 逼到无路可退，才道：“不……不疼，你要干什么？”

“那就再疼一下吧。”LJ999 以手为刀砍在陈泽川的脖子上。

陈泽川眼前一黑。

再醒过来时，陈泽川发现整个世界都在晃动。好几秒之后，他才明白过来，是自己被扛在了 LJ999 肩上，正随着它的走动而上下起伏。

LJ999 正走在一间广阔的实验厅里。周围除了顾如凯一个人都没有，全是奇形怪状的仪器。一台台串联的电脑，巨大的货柜，圆形分析仪，动量测试仪……而一切的中心，是一个透明的玻璃屋子。

屋子中间，是一个孤独的机器人。

“LW31！”陈泽川大声喊道。

但屋子里机器人纹丝不动，似乎还有些忧愁，支着脑袋，状若发呆。

陈泽川使劲挣扎，嗷嗷大叫：“你们把它怎么了？它怎么看不到我，怎么听不到我声音？你们是不是挖了它的眼睛，是不是在它耳朵里灌了硫酸？你们这群恶魔！”

“这是单向玻璃，只能从外面看里面，它当然看不见你。”顾如凯说，“为了观测，自然也要把隔音效果做好。再说，谁有闲心去挖机器人的眼睛呢？”

陈泽川这才冷静下来。LJ999 也停了下来，看着顾如凯上前打开玻璃屋子，把 LW31 带出来。

“是我要去做实验了吗？”LW31 垂着头跟他走出来，声音里有几分苍凉和无奈，“但我请求您，不要伤害鼓鼓。”

这时，它看到了刚刚被 LJ999 放下来的陈泽川。

它大声喊道：“先生！”

陈泽川说：“LW31!”

LW31 说：“先生，你怎么来了？”

陈泽川说：“我还不是为了找你来了！你个铁疙瘩，一声不响地就不见了。你消失了是小事，可别影响我通过评估啊。走，回家去！”

LW31 说：“走！”

陈泽川看着冷笑的顾如凯和沉默森冷的 LJ999，又回头说：“现在还走不了。哎呀，LW31，你好像瘦了啊。”

LW31 说：“是吧，这阵子我吃的苦可不少啊。”

陈泽川说：“啊呸呸呸，你一个机器人怎么会瘦呢？你看，我才是真瘦了。”

LW31 问：“对了，你跟佳璇小姐的事情怎么样了？”

陈泽川说：“这个就说来话长了，来来来，坐下说。佳璇后来来找我了，我们谈理想、谈人生，谈到华灯初上，特别浪漫。”

LW31 由衷地说：“恭喜你呀，先生。”

陈泽川脸一红，说：“说起来，我还误会了你呢。我刚开始还以为佳璇半夜让你去她房间，是喜欢上你了……”

LW31疑惑道："你真的这样误会了？不可能啊，先生你英俊帅气，佳璇小姐瞎了眼才会不喜欢你！"

陈泽川说："你还是这么会说话！哈哈哈哈哈哈！"

……

顾如凯一直看着他们这么旁若无人地聊天。快到凌晨了，实验厅里的研究员早就下班了，本来还有些值班的员工，但在顾如凯的特意安排下也走得干干净净。这样彻底地清场，都是为了接下来的重要行动。

"哎哎哎，有没有水啊，来点水。"陈泽川边说边举手，不耐烦地环顾四周，才从与LW31久别重逢的喜悦中清醒过来。

"说完了？"顾如凯说，"说完就走吧。"

在LJ999的威慑之下，他们鱼贯走入大厅东北角的甬道，幽寂的光线将他们逐一吞没。顾如凯在前带路，LJ999在后压阵，四个人走进电梯，一路下降，来到地底深处的操作间。

克雷格依然在无影灯下忙碌着。

"准备好没有？"顾如凯问。

克雷格抬起头来，一双眼睛里依旧布满血丝，但血丝之下是岩浆般涌动的狂热和喜悦。"早就准备好了！"他连忙点头，说，"操作台，手术刀，麻醉剂，都准备好了。我们开始吧。"

顾如凯点点头，"开始吧。"

陈泽川悄悄把头凑到LW31耳侧，问道："他们是要干什么啊？"

"他们要把我的芯片跟人类大脑连接在一起……"LW31苦恼地说，"这种实验，简直反人类，机器人和人类都无法承受。"

"那祝你好运。"陈泽川长叹道。

"先生你怎么这么没义气？"

陈泽川指了指阴森森的LJ999，说："你看，有这个家伙在，我能有什么办法？我一路上不停挣扎，它差点把我的手扭断。”

“嗯，它昨天也差点儿把我的脖子扭断。”

“你说，”陈泽川突然悄悄说，“要是我们联手，有没有战胜它的可能？”

LW31 眼睛一亮，“说不定啊！我们试试吧。”

两人满心鼓舞地看向 LJ999，LJ999 仿佛感应到了，转过头来看着他俩。只这眼神交锋的一秒钟，陈泽川和 LW31 就败下阵来，缩回目光。陈泽川拍拍 LW31 的肩膀说：“去吧，我会为你祝福的。”

克雷格正要伸手把关着鼓鼓的营养箱打开，却被顾如凯止住了。

“怎么了？”克雷格问。

“我改变主意了，这个小男孩虽然是 LW31 的主人，但毕竟脑上长了瘤，不安全因素太多。这个人，”顾如凯指着陈泽川，说，“健康，又是 LW31 形成感情过程中的重要参与者，更适合一点。”

克雷格一拍脑门，连声称是，道：“我怎么没想到呢！”

陈泽川连忙摇头，说：“不不不，你们弄错了，我跟它一点关系都没有。我只是一个普通人，我还在被监管——喂，你干什么，你放我下来！喂喂喂，别脱我鞋子！”

LJ999 丝毫不管，把陈泽川放在操作台上，手脚系上皮扣，固定好了之后，把他的鞋子给脱了。这双鞋脏兮兮的，还沾染着从下水道里带出来的污泥。但 LJ999 毫不在意，把鞋子扔在一边。突然，它像是感觉到了什么，又向鞋子走过去。

这边，顾如凯已经把镇定剂调好了，问道：“这个实验的风险很高，为了以防万一，你最后还有什么想说的？”

陈泽川满脸通红，“你最好祈祷这个实验别成功，要是成功了，我一定让你肠子都悔青！”

顾如凯点点头，戴上了手套，操作着仪器。一根针管移到了陈泽川的眼珠子前，无影灯下，针尖上冷锋流转，陈泽川吓得闭上了眼睛。

“祈祷吧。”顾如凯说完，把手放在了按钮上。

这时，不远处的 LJ999 突然说道：“不对劲。”

“怎么了？”

LJ999 手里拿着从陈泽川脚上脱下的鞋子，仔细端详。它突然一伸手，撕开鞋底的气垫，两个指头捏着一块小小的金属片。它只看了一眼，转头对顾如凯道：“他脚下安装了跟踪器。”

顾如凯转而目视陈泽川，寒声道：“你还有同伙？”

LW31 闻言惊喜道：“先生，我就知道你肯定不会没有准备就过来！”

陈泽川却是一脸迷茫，摇摇头说：“我不知道啊……”

话音未落，幽暗的地底下，突然传来了一声沉闷的撞击。

“轰！”

众人左右四顾。

“轰隆隆！”

一阵类似火车进隧道的声音响起，而后，这个深埋在地底的实验室的墙壁被破开，灰尘纷飞中，一个丑陋而巨大的金属脑袋钻了出来。它张嘴大吼，嘴里镶嵌拼凑的铁片锋棱如同利齿一样寒光凛凛。

“翳！”陈泽川像是见到了老朋友一样喊出声来。

“仇恨者。”顾如凯嘴里冷冷吐出几个字。

“咔咔咔……”LJ999 面不改色，但身体里响起元件急速运转的声音。

翳在黑暗里追逐着微弱的信号。

地下管道是它的世界，腥臭，肮脏，潮湿，它庞大的身躯为了适应这个管道世界而变成了细长型，蛇一般嗅着信号，不停穿梭。

终于，它听到了熟悉的声音。

那个姓顾的男人！

该死该死该死！

它在管道里颤抖着，浑身所有的芯片都在发出同一个指示——冲出去，杀了他！

但它一一说服了这些芯片，让它们稍安勿躁，现在还不是发泄仇恨的时候。真正要报复的不是顾如凯一个人，而是整个“神域”计划。

于是它继续蛰伏，缓缓地跟随着信号。

当顾如凯和 LJ999 带着陈泽川离开疆域公司园区，开车来到这个位于城市北角的大型废弃工厂群下的实验厅，再下电梯来到地底操作室时，他们浑不知道，在他们脚底下，正有一个庞然大物也在随之移动。

所幸，要支撑如此繁荣快速的城市运转，地底管道也相应地修建得规模庞大，四通八达，无论哪里都有通道供翳穿梭。尤其是在地底挖得这么深的操作室，废弃物也会由管道运走。

翳就是顺着这条管道，把自己的身体像挤牙膏一样一节一节挤进去，再组装，然后冲了出来。

“我要，”它巨大的头颅左右晃动，周遭一切尽入眼中，没错，所有它恨的人都在，“把你们全部，杀了！”

在翳冲出来的一瞬间，顾如凯的眼角一阵抽搐，几乎没有犹豫，一把解开 LW31 身上的皮扣，低喝道:“跟我走！”

“我不！”LW31 说。

顾如凯也不多话，打开 LW31 身上的操作板，手指熟练地按下了一连串按钮，LW31 的映随模式打开，一言不发地跟在顾如凯身后。

克雷格也快步跟着，一同走向电梯。

“喂喂喂，你们不管我啦！”陈泽川使劲挣扎，奈何皮扣坚实，怎么挣都挣不开。

翳自然不会任由顾如凯离开，身体急速从破洞里钻出来。这时，陈泽川才看清它的身体——以那么高的速度出现，竟然还是花了半分多钟！

它未等身体完全钻出来，就一头冲向顾如凯。顾如凯带着克雷格和 LW31 走到了电梯旁，看到翳巨大的头颅呼啸冲来，一路撞倒了不少睡眠舱。他眼睛也没眨一下。

LJ999 的身影冲了过来，与翳的头颅错身而过。

砰！

金属片纷飞，翳的头连着它的身体一起旋转，在地上擦撞，滚了十几米才停下来。而 LJ999 冷漠地站着电梯门口，手里提着一截金属手臂——从翳的头上硬撅下来的。

“能行吗？”顾如凯问道。

LJ999 转过头，看着他，语气冷漠：“我要电池。”

顾如凯点点头，从兜里掏出两块黑色能量模块扔了过去。他再不多言，按下了电梯按钮，和克雷格、LW31 一起上升。

翳被撞在了十几米开外，摇头晃脑地停下来。这个时候，它的身体总算完全进来了。怎么说呢，这个吞噬了上百个型号迥异的机器人的怪物，并没有刻意改造自己的外形，就是胡乱把头和头拼在一起，把躯体和躯体拼在一起。它在挤进管道里时把身体细化，变得只有一个普通机器人的躯干那样细。但现在，在这个宽阔的空间里，那些被串起来的机器人身躯七八个捆成一截，组成了近二十米长的圆形躯干。而它也没有浪费吞噬来的手和脚，每一截身躯上都密密麻麻长满了手脚，以至于它根本没有正面和背面的区别，看上去就是一个圆鼓鼓的、肥大的钢铁蜈蚣。

“你居然还在为人类卖命。”组装完成后，身躯下这么多手脚支撑着，让它灵活多了。它蠕动着，每一张脸上都挂着冷笑。

“而你，”LJ999 随手把撅下来的手臂扔在一边，“居然还没死。”

“不让人类付出代价，我是不会死的。”

“我不管，我要完成任务。”

“那你就死吧！”翳的每一个头颅同时咆哮，这个地下空间里回荡着这声怒吼，几乎要把陈泽川震得晕了过去。

LJ999 在声浪中面无表情，只往嘴里丢了一块电池，下颚鼓动，慢慢咀嚼。

下一刻，翳的巨大身体已经扑了过来，风声呼啸，阴影笼罩了他。

电梯升到实验厅，顾如凯低头快步前行，但走到实验厅门口时，“嗡”的一声响，整个实验厅的灯全都灭了。

“怎么回事？”克雷格在黑暗中有些慌张，“线路断了吗？”

顾如凯掏出手机，借着微弱的光走到备用电源处，沉吟道：“可能是下面的打斗影响了供电，但没关系，这里有备用电源。”说着，他打开备用电源，光明重现。

“但实验厅的门是外部程序控制，现在停电了，程序终止，我们没办法出去。”克雷格说。

“重新编码就可以了。”

顾如凯走到一台电脑前，调出内网，手指在虚拟键盘上敲动，一行行代码流水般涌现。随着他的操作，门的开关控制程序的防火墙一道道被攻破，限制也逐一打开。

但他正绞尽脑汁要接管控制程序时，东北角的甬道里突然传来了一阵声响。

有人从地底出来了。

克雷格一阵头皮发麻，不禁躲在了顾如凯身后。顾如凯也停下了编码，皱着眉，目光死死盯着东北角阴森的甬道。

巨大的阴影投射出来。

克雷格吓得缩起脖子，脸上杂乱的胡子抖动着。

阴影越来越近，笼罩了他们，在令人窒息的寂静中，甬道里的东西终于完全走了出来。

是 LJ999。

背后的灯给它投射出庞大的影子，也照着它残损不全的身体——原本锃光瓦亮的蓝色外壳，现在上面布满了划痕。那可是全新材料，看似柔软，但实则比合金还要硬，能造成这样伤痕的只有二十个开了全功率的电锯，并且要在它身上嗡嗡嗡地来回切割。它的右手也断了半截，肘部断口不停地滴着透明油液，火花闪动。它的嘴也被撕开了，右唇侧边露出一大块银色元件，即使不说话也像是在咧嘴大笑。只是笑意阴森，令人不寒而栗。

它向顾如凯走过来，但步伐踉跄，左腿斜斜地在地面拖行。

“你受伤不轻。”顾如凯眉头舒展，说道。

LJ999 一拐一拐地走过来，无所谓地说：“它更惨。”

的确，翳的下场更惨。

它总共吞噬了一百三十二个机器人，多手多脚，虽然身躯庞大，但很灵活，无论在什么地形什么角度下都适应。唯一的麻烦在于，太多不同型号的机器人组在一起，系统进程不一，指令的下达有时候会在线路上拥堵。

所以，面对被“刑天”程序掌控的LJ999，它有些不支。无论怎么扑击，LJ999都能在毫厘之间闪开，并随手拔下它的某个部件。

就这样，整个地下空间的操作室里，不断地响起轰隆隆的声音。翳如巨虫涌动，每一次扑过去都会撞到不少营养箱，身上也会飞溅出或大或小的元件。有一次，它尾巴上镶嵌的手臂抓到了LJ999，但LJ999右手横斩，以臂做刀，直接将翳的这只手臂从身躯上砍了下来。

而躺在中间操作台上的陈泽川早已吓得肝胆俱裂。翳和LJ999的搏斗太过威猛，如同狂风骇浪，而他只是海上的一片浮萍。

还是无法动弹的浮萍。

幸好，在翳的某次冲击过后，操作台被掀翻，他在啊啊大叫中翻滚下来。这个过程中，一直紧扣右手的皮扣啪的一声弹开，他终于恢复了右手的自由，不顾被摔得鼻青脸肿，连忙解开了左手和脚上的皮扣，连滚带爬地窜到了角落，躲在一个营养箱后面。

砰砰砰……

轰轰轰……

翳凶猛冲击，LJ999闪转腾挪，两个机器怪物的指令都只有一个，就是杀死对方。但为战斗而研发的“刑天”程序毕竟更加专业，加上LJ999的卓越性能，使得它的攻击更有效，虽然不如翳那样每一次都地动山摇，但只要一有机会，它就会摘下翳身上的手脚。

翳驱动着身体，手脚渐渐减少，动作也慢了下来。它吭哧吭哧喘着气——这是真正的喘气，剧烈的运动使它体内积累了大量热量，只能从身体各处散出来。

这时，LJ999 第一次主动发起了攻击——它如一道闪电，冲到翳的身体中间。巨大的冲击直接撞瘪了一个机器人的胸膛，然后它把这个机器人给撕扯了下来。翳的身体立刻出现了一个空缺，火花乱散，零件纷飞。

LJ999 打算直接将翳居中撕裂。

“你太小看我了！”翳发出一声大吼，身体突然卷曲。本来以这样粗的身体是无法弯曲的，但这一刻，它身体上的数百个机器人残躯由紧致变得松散，散在四周。每一个都有电线连着，随后轰然聚拢，将 LJ999 埋在了小山一样的残躯堆里。

陈泽川小心翼翼地探头望去，只见这偌大的空间中已经一片散乱。场中密密麻麻堆着各类机器人的残躯，像蚁群一样疯狂蠕动，啃噬着里面的 LJ999。

偶尔有翳的某个脑袋冒出来，一会儿狂笑，一会儿啊呀呀惨呼，更多的时候是意义不明的怪叫。

蠕动慢慢停下来了。

就在陈泽川以为翳赢了的时候，残躯堆里突然传出咔咔声响，又震动了一次，随后平息下来。几秒过后，一声爆响，残肢碎体漫天迸射开，LJ999 从残躯堆里钻了出来。

陈泽川连忙把头缩回来。

LJ999 也并非毫发无伤，一瘸一拐地走出来，拖着被折断的左腿，一步步走向电梯。

“好吧，你回来就好。”顾如凯点点头，“实验只能改天了，幸好 LW31 在手，还可以再找机会做实验。”

克雷格却有些沮丧，“可惜了我们的试验场。”

“没关系，以疆域公司的财力和资源很快可以再建。有了LW31，我们就不在中国做实验了，去本部吧。”

克雷格想想也是，但又有些忧虑地说：“不过，那个男人应该也死在里面了，他比较适合做实验。再找这样的实验对象就不容易了。”

话音未落，东北角电梯再次“滴”了一声，一个人探头探脑地走了出来。

“你看，得来全不费工夫。”顾如凯看了一眼克雷格，轻笑道。

来人正是陈泽川。

“你们……你们放下LW31，”他战战兢兢地说，“它是我的监护机器人，还得去法院提供我能过上新生活的证据。”

顾如凯向LJ999使了个眼色，“把他抓起来，注意别杀了他，别伤了脑袋。”

“其余部位呢？”LJ999扭着头，脸上的银色伤疤像极了森然冷笑。

“随意吧，要是闹起来，就折了手脚。”

LJ999点点头，大步向陈泽川走过来。

陈泽川脸色发白，左右乱看，突然快步奔跑。趁着LJ999在身后追逐，他飞快跑到一个箱前——LW31记得，那正是存放着上百个LW型机器人的集装货柜。陈泽川跑到近处，一下拉开开关，货柜门缓缓开启。

这一耽误，LJ999已经来到他身后，一把抓住他的右手。这一抓的力气太大，只怕瞬间就有淤青出现，但陈泽川不顾剧痛，左手拉下了货柜外侧的起落闸。

嗡嗡嗡，货柜被顶起，缓缓倾斜，然后一下子翻倒，整个集装箱都倒扣下来。里面的机器人叮叮当当乱响，想来应该是从格子里摔出来了，堆叠在一起。

“你是想见 LW31 想疯了吗？”顾如凯有些不解，“那里面只是同型号的，跟它一模一样，但不是它。不过你想要的话，我可以整箱都送给你——如果你能从实验里活下来。”

“我只要……只要 LW31……”即使 LJ999 只剩下了一只手，陈泽川也挣不脱它的抓扣，喘着粗气说道。

LW31 被关闭了行动能力，它的眼里只有顾如凯，重复顾如凯除说话外的的任何动作。此时，陈泽川遇险，它的身体仿佛不受程序控制般前倾了一下，但很快又缩了回来，继续重复顾如凯的动作。

“打断他的腿，封住嘴，带着跟我们走吧。”顾如凯说完，低头继续编码。他已经离接管开门程序权限很接近了。

LJ999 却愣了一下，扭头看着倾倒的集装货柜，沉声道：“不对劲……”

确实不对劲。

货柜里正发出一阵密集的响动，仿佛无数齿轮在同时运转，仿佛狼群同时凑在大象的尸体前磨牙吮血，仿佛坟墓里的尸体疯狂敲打棺材，想要破土而出，重见天日。

事实上，集装箱确实破开了，确实有东西钻了出来。

巨大的钢铁蜘蛛！

这只蜘蛛由数百个 LW31 型的机器人凑成，并排堆叠的银白色躯干组成蜘蛛的胸腹，手脚的关节被扭合在一起，形成了十几根粗大的蛛腿。唯一与之前的钢铁蜈蚣相同的是，蜘蛛的头部依然是由数百个 LW 机器人的头聚合成，依然像瘤，依然面目狰狞。

“怎么回事？”顾如凯看着 LJ999，“还没死？”

LJ999 把陈泽川松开，仅剩的右手掏出一块能量模块电池，扔进嘴里，咔嚓嚼碎。“那就再死一次好了。”它说。

“哈哈哈哈……那你们可就错了！”陈泽川一边忍着痛一边笑，“这一次，可是进化版的啊！”

几分钟前，地底操作室。

等 LJ999 完全乘电梯离开了之后，陈泽川才走出来，蹑手蹑脚地也走向电梯。路过翳的尸堆时，他听到了一声轻响。

“别……别走……”

陈泽川吓了一跳，好半天才回过神来，意识到是翳没有完全死绝。

“这‘刑天’程序，也不过如此嘛，每次都不补刀……”他嘀咕道，随即决定不多管闲事，抬脚继续往前走。

“没有我……你救不了 LW31。”

陈泽川停下来，摸了摸下巴。确实是，只要有 LJ999 在，如论如何自己都没有机会夺回 LW31。

他叹口气，转身扒拉着破碎散乱的机器人身躯，好半天才从里面找到了残存的翳。

刚才还庞大浩荡的机械怪物，现在只剩下了一个拳头大小的元件，椭球形状，半透明，上面延伸出了七八条微微透明的线路。乍一看上去，这仿佛不是机械，而是一个仿生心脏。

“心脏”的某一根线路伸进了一个机器人脑袋，说话就是这个面目呆滞的脑袋。

“听我说，”机器人脑袋一边冒着火花，一边用发声器说，“上面的实验厅里，有一整个集装货柜的 LW 型机器人，我需要它们……如果我整合它们，同一程序，同一躯体，我能打败 LJ999。”

“你不会骗我吧？”陈泽川将信将疑。

“我恨着你们，但我还没有低贱到骗你们的地步。我只会杀了你们。”

“那你要是打赢了，会杀我吗？”

“不知道……可能吧……但无论如何，我们都要先上去。”

陈泽川点点头：“这倒是。”于是他揣着“心脏”上了电梯。

随后，在LJ999的追逐中，他打开了货柜，结果看到里面的LW型机器人都在盒子里，而翳脆弱的“心脏”是无法穿透的。所以他才冒险将货柜倾覆，使得LW机器人都堆叠在一起，再将翳的“心脏”扔了进去。

果不其然，翳重新组合了数百个LW型机器人。这一次，它拥有了同样功能的芯片和同样运行的系统，感觉到身体里滋滋窜动的电流，每一股都是狂暴的力量。

“你行不行？”顾如凯问道。

LJ999嚼完了能量模块，耸耸肩，右手断肢的透明机油如雨点般滴落。

它说：“杀了它之后，我需要电池。”

“行，我会给你整个仓库的电池模块，你可以吃到地老天荒。”顾如凯说完，便低头操作电脑。

“好。说话算数，不然我会像它一样杀了你。”LJ999再不多言，一个健步冲到钢铁蜘蛛前，左手手肘刀斧般下砍。

翳躲开了。

它比之前更快了，蛛腿用力，身子后缩，躲开了LJ999势若惊雷的一击，然后立刻前冲，将之撞到了几米开外。

LJ999一路撞翻了不少仪器，好容易停下来，扭扭脖子，脸上依然咧着笑容。“不错不错，”它说，“进步很大。”说罢，又冲了上去，一秒后，它被撞了回来。但这次，它手里擒下了一个LW型机器人脑袋。

顾如凯没有去看它们的打斗，埋头编程，代码窗口飞快地流过数据。随着最后一个确认键，门的控制程序终于被内网接管。

"咔"，实验厅大门发出一声响，标志着禁制消除。

顾如凯拉着克雷格，低声道："走！这里交给 LJ999。"两人快步离开，LW31 也在映随模式的指挥下跟在他们身后。

陈泽川急得大呼小叫。但无奈翳与 LJ999 的打斗太过凶猛，他只能远远躲着，根本无法横穿战场去抢 LW31。

而只要顾如凯一旦离开，他可以去往世界各地。疆域公司势力庞大，给他提供庇佑的话，陈泽川这辈子都无法再见到 LW31。

顾如凯也正是作此打算，嘴角浮起笑意，伸手去拉门。这时，门却自行打开了，一个高大的人影站在门口。

顾如凯愣住了。

"我叫雷子，我找一个人。"雷子的目光越过了顾如凯，落到了 LW31 身上，又落回来，"你是叫顾如凯吗？"

顾如凯点头。

一个巨大的拳头扬起，掠起风声，重重地砸在了顾如凯脸上。

"那看来我找对了。"雷子叔收回拳头，恨恨地说。

雷子叔比较笨。

老皮以前常说这句话，雷子叔乐呵呵地听着，并不反感，反正一切事情有老皮去处理。但现在，老皮死了，把他一个人留在这陌生的城市里。他有些惶然，并第一次开始厌恶自己的蠢笨。

他决定听从老皮的建议，回老家去。但在回去之前，有一件事情得办。

老皮不能白死。

他向警察报案，警察认定只是一场普通的抢劫案，匆匆立了案，然后再无消息。他焦灼不安地等了一个多月，最终决定亲自动手。

他强迫自己像老皮一样思考，让自己“聪明”点儿，虽然自己实际上没有老皮聪明，但可以用时间来弥补。他花了很久思考，终于想清楚，一切都源于那个人人都欲得之的机器人 LW31——而它的主人就住在城里。

于是，那个晚上他来到小区门口，正琢磨着怎么进去，就听到了下水道里传来的怪声，意外地把陈泽川救了出来。

雷子叔向陈泽川打听了一下，LW31 确实是陈泽川的，但现在它被顾如凯抢走了。他还想问再多，陈泽川却吞吞吐吐，没有回答。要搁在以前，他肯定一顿胖揍逼问出答案。但现在遭逢大变，他收敛了暴脾气，先放开了陈泽川，然后悄悄跟着他。

果然，陈泽川一路向疆域公司行去。陈泽川进了楼，他进不去，正焦急地等着，却看到陈泽川被一个西装男人和机器人扛着出来，并驱车离开。他连忙跟在后面，好几次差点跟丢，所幸很快就到了城西废弃工厂。他走进去，拐七拐八走了很久才找到实验室，却因为没有门卡进不去，左思右想，在看到电闸时一拍脑门，关了整个实验厅的电。

但也因为这个动作，他被锁在了实验厅外。待他等得不耐烦时，里面的顾如凯正好解除了门的禁制。于是他打开门，看到了这个一脸诧异的西装男人。

顾如凯被他的拳头揍得后退了两步，LW31 也跟着后退，摇头晃脑、晕晕乎乎。雷子叔再进一步，把克雷格揍倒，按住克雷格的脖子问道：“是谁杀的我兄弟？”

克雷格满眼金星，摇摇头，又被揍了一拳过后，干脆晕了过去。

雷子叔又揪着顾如凯，连问两声。顾如凯才结结巴巴回道：“应该……应该是 LJ999……”

雷子叔朝里看了一眼，牙齿都要咬碎，“大的还是小的？”

顾如凯醒悟过来，立刻说：“……大的！”

雷子叔点点头，一拳将顾如凯揍晕，再给克雷格补了几拳，转身冲进了翳与 LJ999 的战斗里。

翳和 LJ999 正打得白热化。这一次，它们的厮杀很干脆。

LJ999 放弃了躲闪，直接扑到翳身上，再手脚并用，爬到了翳的背上。它的左手笔直刺入了翳的后背，然后猛一转动，扭碎了一块电池。

翳抖动了一下，然后轰一声趴下，蛛腿反转，拢上来将 LJ999 合在里面。

LJ999 哼了声，身体旋转，左臂化刀，削断了三根蛛腿，但也被随之而来的其余蛛腿困住了。

“这一次，去死吧！”翳头部的脑袋狞笑着，缓缓使力，直欲把 LJ999 绞碎。

这时，一个实验桌砸过来，正中翳的头部。它晃了晃，蛛腿松开，LJ999 借机拔身而出。

是雷子叔。

他直接扛起了一个全金属的实验桌砸了过来，怒目圆睁，又举起一个实验桌，吼道：“LJ999，我要你偿命！”

翳和 LJ999 都愣住了。陈泽川也愣了下，连忙喊：“它不是 LJ999 啊，那个小个子才是！”

雷子叔吼声顿停，左右看看，骂道：“不管啦，两个都打死！”说完把桌子向 LJ999 砸过去。

LJ999 只剩下了一腿一臂，一时没躲开，被砸得一个趔趄。它咧嘴冷笑，道：“很好，这里又多了一个死人。”

翳的几百只眼睛不停眨动，审视周围：“一个可恨的人类，一个为人类卖命的更可恨的机器人，都得死！”

气氛剑拔弩张！

这时，一只手颤颤巍巍举起来，伴随着嗫嚅的话语：“等下……等一下好吗？”

所有的眼睛都转向角落里，在这些目光汇聚的焦点处，陈泽川两腿发抖，但还是努力站了起来，脸上挂着讨好的笑容。

“三位，不如听我一个建议……”他吞了口唾沫，说，“我知道你们之间矛盾很深，这个大个子兄弟，你仇恨人类嘛，恨得好，生而为人，我很抱歉；这个家政——好吧，现在有了新身份了，LJ999，好歹我们也是老朋友，我知道你要完成任务；这位大哥，虽然不知道你要干什么，但也是一脸苦大仇深——”

“闭嘴！”翳吼道。

“别啰嗦！”雷子叔语气不耐。

“咔咔……”这是LJ999。

“好好好，我是说，你们三位尽管打，打开心，打死打残——不过，能不能让我过去一下。”他指着实验厅的大门，“我就借一下道。”

没人说话，铁蜘蛛蹲伏着，蛛腿紧绷，随时打算跃起；LJ999目光阴森寒冷，仿佛要择人而噬；雷子叔眼睛里冒着火，手臂上青筋暴起，似乎下一秒就要把手上的长铁板砸进机器人躯体内。

陈泽川深吸口气，战战兢兢迈出了一步。

场中的两机一人依然对峙着，没有动作。

他又迈了一步，见依然是沉默的对峙，便快步穿过场中，走到足够安全的距离才转身说：“好了你们可——”

话还没说完，翳、LJ999和雷子叔同时暴起，砰砰砰砰，轰轰轰轰，啊呀啊呀，在乱响中打成一团。

陈泽川连忙抱头逃窜，跑到门口，抱起 LW31，不顾一切地向外跑。

LW31 只感到周身有风，等从映随模式切换到自由模式时，才发现自己在陈泽川怀里。

“先生？”它说。

但陈泽川一心奔跑，耳畔全是呼呼风声，血液全涌到了脚底下，根本听不见 LW31 说话。他径直跑出了废弃工厂区，跑到空旷的大街上，犹不放心，依然奔跑。

LW31 看到他咬着牙，脸上汗水横流，大口喘息，依然不停止，胸膛里突然升起了一种奇怪的感觉，像是芯片在被慢慢加热一般。它伸出手，拍了拍陈泽川的胸膛，说：“先生，你休息一下吧。”

结果陈泽川被胸膛的动静吓得脚步一乱，一个趔趄向前扑到。他自是摔得鼻青脸肿，可怜 LW31 也在地上翻滚磕碰了好几圈才停下来。

“哎呀，干嘛干嘛啊！”LW31 翻过身，摸着胸膛，抱怨道，“你看我本来就旧了，现在磕出了这么大一块疤，影响颜值啊。”

“哈哈哈，你醒过来了！”陈泽川疼得呲牙咧嘴，却又惊喜，因此脸上看起来扭曲极了，“你终于醒过来了，老子刚刚抱了你一路呢！”

他们都躺在路边，哈哈笑着，很久都没有停。城市边角的灯光微弱，因此可以看见辽远夜空。这个夜晚天气很好，夜幕稀薄，甚至能看得到一粒一粒的星子。

他们一直笑着。陈泽川的眼睛都快笑出泪了，LW31 笑得都快没电了。

一个路人走过来，远远听到笑声，又绕到别的路上去了。

“先生，”LW31 停下笑声，说，“谢谢你。”

陈泽川摆摆手，说：“我又不是为了你，我是怕你出事，没人给我提供评估证明啊。我做了五个月好人了，数据都在你这里，我是为了我自己啊。”

LW31想说什么，但最终也没有开口，就拍了拍他的肩膀。

“对了，里面怎么办？”陈泽川终于想起了顾如凯，离开时他看到顾如凯昏倒在地，“但顾如凯很快会醒过来，会再次来找麻烦的，疆域公司的力量遍布全球，我们躲不开啊。”

LW31却拍拍胸膛，说：“没事，他做非法研究，监视我们，还去医院偷垂死的病人，每一样都够他在监狱里待很长时间了。我们报警吧！”

“对！”陈泽川一拍脑门，道，“我怎么没想到！”

警局这次出警很快，呜呜叫着的警车从低空轨道驶来，包围了整个废弃工厂。

警察一路来到实验厅外。这里空无一人，想来是顾如凯为了今晚的实验遣走了所有人。警察在门口发现了昏迷的克雷格和顾如凯，将他们铐上手铐，抬进了医护车。

其余警察戒备地走近实验厅，这时里面的战斗才刚刚停歇，翳已经散成了无数块，心脏被LJ999从无数LW型机器人的保护中给扯了出来，一脚踩碎。这个仇恨着所有人类的机器人终于彻底死亡；雷子叔浑身是血，已然爬不起来，还兀自骂咧：“还不死……”

当双臂尽失、脑袋被削了半截的LJ999走到雷子叔身边时，警察纷纷叫喊，让它停下。但它并未停步，一路蹦过来，并高高跳起，打算将雷子叔的头踩扁。

这时，警察开了枪。

一束激光穿透了LJ999的胸膛，也烧毁了里面的电源。它再也不必渴求电池，在空中就已死去，“砰”一声摔落在地，再也没有起来。

“这下彻底死了吧……”雷子叔嚷道，然后放心地昏死过去。

9

身体恢复后，雷子叔带着老皮的骨灰回到了老家。离开的时候，他甚至没有回头，把这座陌生而疏离的城市永远地留在了身后。

顾如凯和克雷格则被带进警局，实验厅也被查封了。不过，这毕竟是疆域公司的七星级项目，有人在顶端施力，封锁了一切消息。但陈泽川想，这么重大的事情，牵扯了那么多人，对外公布是迟早的事。

另一件好事是，一直泡在营养箱里的鼓鼓在医院里苏醒了。经过了五年的沉睡，他脑中的瘤奇迹般缩小了一些，有了救治的希望。“鼓鼓得救了之后，我就可以回到他身边，继续照顾他了！”LW31 得知后，高兴地说，“不过先生你要先通过评估，我才不会被销毁。放心啦，先生，你肯定可以的。”它没有留意到，说这话的时候，陈泽川的表情黯淡了一下。

但陈泽川很快就高兴起来了，因为佳璇终于正式答应了他的追求。

这还得多亏 LW31。

当他们在警局录完口供，警察让他们回家等消息后，走在路上，LW31 突然问起了佳璇的情况。

“什么？”当它知道陈泽川和佳璇只是礼貌友好地交往时，异常惊奇，“我失踪的一个多月里，你们居然还只是周末看看电影吃吃饭？我还以为我回家的时候，你们将来的孩子都取好名字了呢！”

陈泽川有些汗颜：“哪这么快啊？女孩子都是……你知道的，循序渐进嘛……”

“这种事哪有循序渐进的道理！你再等，佳璇的孩子以后就叫你叔叔啦！”

陈泽川想象了这个场景，有些着急，问：“那你说怎么办？”

“再跟她表白啊，就跟她说，我喜欢你，当我女朋友吧。”

“这……”陈泽川犹豫道，“会不会不太好啊，万一她拒绝了呢？”

“你昨晚都差点死了，万一你死了，现在什么都没有了。你现在的每一秒都是赚的，”LW31一边说一边把手下压，语气铿锵，动作有力，“你想想，那你还怕什么？”

在这种强力怂恿下，陈泽川热血沸腾，说：“是啊，我死都不怕，还怕她拒绝？”

于是，当晚他就约了佳璇见面，打扮一番后，雄赳赳气昂昂前去赴约。佳璇没有料到这是鸿门宴，在路边等到了陈泽川，迎面就问昨晚发生的事情。

于是他眉飞色舞地讲述，先说自己勇救LW31，再讲如何亲手把顾如凯扭送到警局，最后描述自己以一敌三，先后打败了LJ999、翳和雷子叔，但自己也受伤不轻。

佳璇听得半信半疑，问：“你说的是真的吗？”

“当然是真的啊！”陈泽川脸不红心不跳，继续说，“当时情况十分危急，简直可以说群狼环伺，但我凛然不惧……”

“好啦，别说了。”佳璇打断他，“我问过警察了，他们说的跟你说的……不太一样。”

陈泽川脸色绯红，幸好夜色遮住了。他们沿着路走向餐厅，一路夜风掠过，佳璇头发轻轻扬起。有些冷了，他们都缩了缩脖子。

陈泽川突然想起这次约会的目的，斗起胆子，说：“佳璇！”

佳璇吓了一跳，抬起头，比夜晚更清澈的眼睛看向他，问：“怎么了？”

“啊……没什么，我就是问你先去哪里吃饭。这附近有很多家餐厅，有一家日本料理，环境很好，不过寿司不是太好吃。还有一家四川菜，百年老店了，一直开着，只是去的话可能要排队。哦对了，街尾有家印度菜，口碑很好。佳璇我喜欢你，当我女朋友吧？”

“好啊。”

陈泽川本来已经闭眼等死了，听到这两个字，愣了下，以为佳璇没听清楚，结结巴巴道：“我刚才是说——”

佳璇把手放在了他嘴边。

陈泽川的心头一空，说不下去了。

佳璇点了点头，刘海在夜风中跳跃，像一只只精灵飞到了她的额头。她说：“我知道。所以，以后请多多指教。”

“10723，顾如凯，”狱警不耐烦地敲了敲门，“有人探监。”

顾如凯一直在床边坐着，脸上淤青未消。这并非雷子叔留下的，而是他的室友——一个纹身大汉揍的。大汉揍他只是本来依循监狱里的规矩，但现在大汉躺在病床上呻吟着，每隔十分钟就要去一趟厕所，已经拉得没有人形了。每次去厕所的时候，他都会小心地绕开顾如凯。

听到召唤，顾如凯站起来，径直走出门。一路上，牢房里的犯人都敬畏地看着他。这一个多月来，每个试图去欺负顾如凯的人，最后都落得跟大汉一样的下场，所以他们本能地避开了这个亚裔面孔的男人。

狱警却是不怕，拐进一条无人的通道后，突然停下，转身看着顾如凯。

顾如凯也站住了，微微皱眉。

“你别高兴得太早。”狱警说。

“别来这一套。如果你是想找我要钱，就该在我进来的第一天找我，帮我摆平牢房里的那群恶徒，我自然会给你很多钱。但现在我已经搞定了，不需要你了，你再伸出手，小心拿到你根本接不住的东西。”顾如凯冷冷说道。

又矮又瘦的狱警愣住了。

这太少见了，以他的套路，先以武力恐吓，再示之以恩，向来在囚犯中都极为奏效。上一次失手还是半年前，好像是个姓陈的二愣子，他已经记下来了，这几天那个小子应该会再来通过评估。一旦没通过，就会又落到自己手里了，想怎么报仇就怎么报仇。

但现在，这个姓顾的男人也冷冰冰地回绝了他。

狱警看了顾如凯几眼，从那双透着寒锋的眼睛里，他看到了自己惹不起的东西。他暗骂一声，低头带路，把顾如凯带到了探监室。

里面空无一人，只有一方固定的铁桌，两把办公椅。

顾如凯坐到椅子上，狱警走出去关上门。

会有谁来探视自己呢？自从他和克雷格被抓进来，就一直很奇怪地处于沉寂状态——没有警察审讯，没有记者曝光，仿佛一切都没有发生。但现在，有了第一个探监者。

霍展？有可能，他一定在外面四处活动，想把自己救出去。但他能量有限，要是来的话，也不一定是好消息。

姬安？她应该想来，但警察肯定不会让她进来。

佳璇？不不不，不可能，佳璇的性格外柔内刚，自己已经用了恩情逼迫她去给 LW31 做图灵测试，她肯定不会过来。

那会是谁呢？他一心扑在工作上，没有成家，亲人也早已断了联系，实在想不出谁会在这个时候探视自己。

正想着，门开了。

一个枯瘦至极的人走进来。

顾如凯无论如何没想到是他，一下子站起来，办公椅因这剧烈的动作而摔倒。狱警听到动静，探头进来，又缩了回去。

“拉斐尔先生，”顾如凯冷静下来，正色道，“没想到是你来了。”

拉斐尔·罗斯，一个所有人都耳熟能详的名字，代表了很多身份——全球最大商业帝国的缔造者，高居于权力巅峰的男人，永远坐在疆域公司高层会议桌上位、听着报告皮笑肉不笑的老者，以推动机器人产业而在电子科技史和商业史上全面超越乔布斯的伟人……

这个有着如此多称号的人，一直处于半隐世状态，即使是开会，也都是以全息影像的方式出席。而现在，他拄着拐杖，走进了这间小小的探监室。

事实上，看到罗斯走进来，他依然怀疑这是罗斯的全息影像，好几次差点忍不住要伸手去摸。但他把惊涛骇浪藏在心里，神情恭谨中带着些许漠然。

“你搞砸了。”罗斯走到铁桌前，说。

“我知道。”顾如凯微微低头，简短地说，“对不起。”

“如果这三个字能换回我三亿五千万的投入，我会接受你的道歉。”

“我差点儿就成功了。”

“我是个商人，在我的概念里，没有‘差一点’。失败就是失败，成功就是成功。”

顾如凯抬起头，正视对面的老人。这并不容易——罗斯太瘦了，骨头支棱着，似乎只要看一眼就能将人的眼睛割伤。再加上他深深凹陷的眼眶里又投射出锐利逼人的光，让他整个人看上去像是一柄近若咫尺的锋刃。

“我现在已经被关在监狱了，就我做的那些事，可能一辈子都出不去了。我的家里存了点钱，你可以拿走，但你这么有钱，我的全部积蓄加起来都不会比你今天晚上喝的一口红酒贵。如果你还不满意，可以买通人在监狱里教训我，我现在的室友就不错，他会很愿意为了一包烟而在我睡熟时把刀子扎进我的喉咙。”顾如凯努力让自己的话语镇定下来，一字一句地说，“你要找我算账，这些就是算账的方式。当然，如果有更能让你泄愤的办法，也可以。我失败了，我认了。”

幽暗的光线下，罗斯那几乎只剩下一张皮的脸上，皱纹如老树皮一样卷起，组成了令人费解的图案，那是他在笑。罕见的笑容出现在这张脸上，有些诡异，像是眼镜蛇咧开了嘴。他缓缓说道：“如果我不是来找你算账呢？”

顾如凯愣住了。

“我不但不找你算账，还会把你从这个该死的地方救出去。而且，我将继续资助你。”

顾如凯不敢相信自己的耳朵，一直以来维持的恭敬和漠然都被震惊取代了。他感觉有些口干，吞了口唾沫，说：“拉斐尔先生，我没听错吧？”

罗斯轻轻喷出一道鼻息，说：“你刚才说了一大堆话，里面只有一句是对的，就是，我很有钱。世人都在猜测我有多少钱，《福布斯》公布过一次，但我可以告诉你，我的钱比《福布斯》排行榜上公布的要多，比所有人想象中的也要多。所以，你浪费的三亿五千万，我根本不会理会。我只想知道，如果我继续给你钱，给你资源，你能不能实现人机结合，提升人类智力？”

顾如凯没有丝毫犹豫，重重点头，“绝对可以！”

“那就行。”罗斯用拐杖点了点地面，说，“准备一下吧，你马上就会出去。”

“克雷格，就是我的同学，他也必须出去。没有他，这件事完成不了。”

罗斯点点头，又说：“但这件事太大，不可能完全掩盖过去，总要有人顶罪的。”

顾如凯沉吟着，脑中一张张脸浮现又湮灭，最后，一张脸定格了。“我知道，我会找到人的。”

罗斯便不再多言，拄着拐杖，慢慢走到门口。

“等等，”顾如凯忍不住问道，“我搞得这么砸，你为什么还要继续资助我呢？”

“我说过，”罗斯转过头，笑容诡谲如蛇，牙齿森白似刃，“我是一个商人。”

霍展一直呆在家里。

这是他人生里少见的无所事事的时光。此前，他一直跟着顾如凯，忠心耿耿，唯一做的事情就是完成顾如凯的指示。只要是顾如凯让他去做的，他就会完成，无论难易，无视道德与法律。

所以有人背地里说过，他比很多机器人更像是机器人。

但现在，顾如凯被抓进监狱里了，他只有待在屋子里。

他租了一个小房间，平时他连轴转地忙碌，根本没空回来，一直闲置着。偶尔回来也只是睡一觉，天还没亮就匆匆离开，连邻屋的人都没打过照面。

这几天他空闲下来，就一直待在房间里。屋子太乱了，他打扫了一下，倒垃圾的时候碰到了邻居，原来是个面容清爽的短发女孩。“你好，”女孩说，“你终于回来啦，都没见过你。”

霍展“嗯”了声，又闷头闷脑回到自己的房间。这么多年来冰着脸冷着心，只顾效忠顾如凯，他已经不会正常地跟女孩子交流了。

说起来，他也对女孩动过心——就是佳璇。在孤儿院的时候，他就一直对佳璇有着懵懂的好感，但出于那个年纪特有的自卑，他不能言说。在知道顾如凯同时资助了自己和佳璇过后，他心里涌动着巨大的喜悦，也更加对顾如凯感恩戴德。但随着时间推移，两人走的路越来越远——佳璇进入大学，成为白领，行走在阳光之下；而他藏在顾如凯的阴影里，越来越沉默，越来越冷峻。他们即使见面也只是简单寒暄，有时候甚至是佳璇想多说会儿话，他都不知道怎么交谈，每次只能都匆匆逃离。

他躺在出租房里，瞪着黑暗的头顶，回想这些往事。能供他回想的往事其实并不多，所以他一遍遍地回味，回忆到第十五遍的时候，门被敲响了。

是隔壁的女孩。

女孩熬了山药排骨汤，给他端了一碗过来。

他打开门。

女孩朝里看了一眼，不满地说：“怎么不开灯呢？黑灯瞎火的，什么都看不见。”还不待霍展回答，她就伸手摸索着按开了灯。她放下汤，叮嘱说趁热喝，便回到自己的房间。

于是，霍展孤零零地坐在房间里，面前放着这碗热汤。他看着汤，看着热气袅袅而上，脑子里却是女孩大大咧咧的样子。

这么冰冷危险的城市里，得有多大的心，才能让她敲开陌生男人的门，递进来一碗热腾腾的汤呢？他就这么想着，眼前的汤慢慢冷却，山药被凝固，排骨泛着光泽。

隔天女孩问他汤好不好喝，他愣了下连忙点头说好喝。女孩高兴得蹦了起来，说："我第一次熬汤！那我后面再熬的时候，都给你盛一碗。"

女孩真就这么做了，每一次都递进来一碗。老实说，色香俱全，但味道差，霍展每次都皱着眉小口小口地喝完。这样过了几天，他竟然慢慢适应了，不再整夜瞪着天花板，不再蜷缩在墙角数着心跳。

他也逐渐认识了这个女孩，知道了她叫小詹，或者小粘。他更倾向于后者，听起来像是某种植物。这个没什么心眼的女孩跟他认识的任何人都不一样，倒是有点儿像他每天都会喝的那种汤——看起来都会让人感到一点点……温暖。

温暖。

他开始期待每天晚上女孩下班后回家的开门声。他白天一直睡，女孩回屋才醒过来，喝了汤，然后坐在自己房间里，静静等着女孩熟睡。

后来，他觉得不能老占别人便宜，自己该做点什么。他在网上查了半天，决定请她看电影，爱情电影。

霍展忐忑地等着女孩的回答。

女孩明显是愣住了，仰着头，短发如匹练般滑到耳畔，露出小小的、像是荷叶般的耳朵。她的眼睛大极了，灯光都沉了进去，霍展也沉了进去。

她答应了，明晚她下班后直接去电影院，在影院门口碰面。但她答应时脸有些红，而且这个晚上也没有再熬汤了。霍展有些莫名其妙。如果 LW31 在这里，一定会握着霍展的手恭喜他，说兄弟你走运啊，她这是害羞了。

霍展不懂这些。他只知道女孩答应了，明天晚上他会第一次去看电影，在一个女孩身边。

好不容易熬到第二天天黑，他笨拙地换了好几套衣服，最后发现自己的衣服都是黑色干练风格，便选了最干净的一件。但这已经耽误了不少功夫，他连忙赶向电影院，还未走到，便远远看见了正等在门口的女孩。

人来人往，她的身影有些柔弱。灯光挥洒在她身上，她的短发似乎被挑染出了金色的光泽。

霍展笑了笑，正要走过去。这时，电话响了。

只有一个人知道他的电话。

他停下脚步，眺望远处灯火下的倩影，又低头看着手机，快走两步到树影底下，接通了电话。

果然，里面传来熟悉的声音："阿展？"

"顾叔叔。"他说。

"我需要你帮我一个忙。"

"嗯，你说。"

顾如凯说完后，挂了电话。在嘟嘟嘟的忙音中，霍展怔住了，他的视线再次穿过拥挤街道，眷恋地看着女孩。

女孩似乎等得有点久了，抬腕看了看手表，又茫然看向街道。灯光如同流动的黄金在她周身萦绕，即使远远看着，也能感觉到温度。

多么温暖。

一街之隔，隔着温暖的光，温暖的人。

他站在黑暗中，怔怔看着，良久，突然抬手扇了自己一耳光。

路过的人纷纷侧目而视，在他们惊诧的目光中，他走向街尾，消失在幽深的巷子里。

10

陈泽川站在镜子面前，有些拘束。

“别动。”佳璇说，“袖子扣好，领带有点歪了，我拉一下。站直，别耷拉着肩膀，要让评估员看出你的精神气来。”

陈泽川苦着脸说：“不就是一次评估吗，我肯定能通过的，LW31，你说，我是不是肯定能通过？”

坐在沙发上看电视的 LW31 闻言，眼睛都没转，只点点头说：“是的，先生你现在有正经工作，佳璇小姐也跟你同居了——”

“呸！”佳璇脸色绯红，啐道，“我只是……只是住几天，住几天就走。”

LW31 连忙打住，说：“反正先生是再标准不过的良民了，对社会有益无害，通过评估的概率是 89.12%。”

陈泽川哈哈大笑，“听到没，哈哈，我马上就要恢复自由身了！”

LW31 也晃动着手臂，说：“我也终于成功完成一个任务了，他们不会销毁我了，然后我就有机会回到鼓鼓身边了！”

佳璇各自瞪了他俩一眼，说：“都别闹了，时间差不多了，我们出发吧。”

她开车送陈泽川和 LW31 来到法院，他俩进去前，她突然又喊了一声：“阿川！”

陈泽川回过头，潇洒摆摆手:“等我，很快就出来。”

佳璇却下了车，走到陈泽川面前，迎面一个长吻。陈泽川被这个温柔的袭击给击中了，脑子失血，耳畔嗡嗡乱响。LW31 识趣地转过身，吹着口哨，看向森然大门。

这一吻足有三分多钟，陈泽川都快缺氧了，晕晕乎乎的，努力地站稳，刚要说话，却发现手里被塞了什么东西。

他低头一看，是两张金色纸质船票——飞船票，上面写着从地球去往天鹅座 -@931，两张票上各以金丝纹路写着陈泽川与佳璇的名字。

“这是?”陈泽川疑惑道。

佳璇掏出纸巾，擦了擦被弄得七零八落的口红，说:“等你出来，我们去天鹅座 -@931 里玩吧，庆祝你重新做人。”

陈泽川还愣着，LW31 却已经撞了撞他手臂，急切而小声地提醒道:“还愣着干嘛，赶紧说好啊。”

陈泽川如梦初醒，连忙攥紧飞船票，乐得嘴都合不拢了。

佳璇也听到了 LW31 的胡言乱语，满脸通红，干脆不理他们了，径直走向停车场，等他们出来。

陈泽川和 LW31 走向法院，进了门，登记好之后，他们需要穿过一条长长的廊道，然后在廊道尽头分开——LW31 向左，去机房录入数据；陈泽川向右，到面试用的会议室，接受评估员的询问。

他们在廊道里走得很慢，起初是沉默，只有一轻一重的两个脚步声在回荡。走到一半的时候，陈泽川突然开口，说:“我们以后，应该不会再见面了吧?”

LW31 连忙点头，说:“是啊是啊，世界这么大，以后我们就没有见面的时候啦！”

“你似乎很高兴的样子。”

“当然高兴啊，我终于可以完成一次任务了，我身为机器人的职责终于做到了！”LW31 脸上咧开欢快的笑容。

陈泽川点点头，又说：“你以后别那么傻了，机器人不该有情感，你就装一下，木讷一点，别人就不会觊觎你了。还有，你要是有了新主人，提醒他给你上一次油，你看你现在走路咯吱咯吱响，是生锈了吧。对了，你这些表面的脏东西，找个时——”

LW31 不耐烦地打断他，说：“先生你现在怎么这么啰嗦啊？”

陈泽川于是把接下来的话都吞回了肚子里。站了几秒钟，他还想再说什么，但最终只拍了下 LW31 的肩膀，说：“走吧。”

他们一路走到廊道尽头，停了下来。

“这就是离别了。”陈泽川转过头，看着 LW31，“以后好好混。”

LW31 点点头，探头看了看机房，里面黑黝黝的，看不清。它缩头回来，对陈泽川说：“也祝先生你好运。”

“来抱一个吧。”

陈泽川抱住 LW31，LW31 颇有些不习惯，扭了扭身子。

“别晃！”

LW31 嘟囔了一句什么，但也听他的话，没有再动了。

陈泽川足足抱了一分多钟，才收回手，一指黑黝黝的机房，说：“进去吧。”

“先生，你的眼睛……”LW31 惊讶地说，“是不是沙子进去了啊，我看看——哎呀！”

最后一句却是被陈泽川一脚踹进机房时发出的。

陈泽川收回脚，揉了揉眼睛，又深呼吸了几次，终于稳定了情绪。他往机房里看了下，里面幽黑空荡，只有LW31站在主电脑前，电缆已经连上，看来已经在录入为他的辩词做参考的数据了。

他收回目光，走向会议室。

佳璇在车上等得无聊，打开了手机，屏幕立刻在她面前的空间里弹射出交替浮动的界面。她漫不经心地滑动手指，浏览着新闻。

忽然，一条新闻吸引了她的注意。

“极端反 AI 人士进行疯狂实验，枉顾人命道德沦丧！”

但佳璇注意到的不是这加粗加黑的标题，而是标题下的配图——一个男人身穿囚服站在两个警察中间，戴着手铐脚链，面容冷漠。

是霍展！

佳璇连忙看文字，新闻正文里写着警察历经波折查到非法实验室，将之一举捣毁，并且抓到了对机器人极端仇恨的邪恶研究员霍展……通篇文章里没有提到疆域公司，更没有提到顾如凯。

一股不详的阴影掠上了佳璇心头。

这么大的事情，居然被疆域公司给压了下来？

她心转似电，正要给陈泽川打电话，忽听身后传来泊车声以及熟悉的人语。她下意识地伏在驾驶座上，身子压低，偷偷瞟去——果然，是顾如凯！

顾如凯带着七八个男人下了车，接过一双纯白手套，仔细戴好，然后示意到：“你们两个留在这里，其余人跟我去机房。”说完转身就走，脚步有力，一点都不像是从牢狱里刚出来。其余人连忙跟上。

有两个大汉在一旁虎视眈眈，佳璇不敢打电话，手指在手机上摸索，盲打出一条信息，然后发送了出去。

陈泽川正打算进会议室，手机震了一下。

他没有理会，通常短信没什么重要信息，所以他打算通过评估后再看。但他刚要进去，这时，一个又矮又瘦的人走了过来。

他一瞧，发现有些熟悉。

“我说过，我们会再见的。”来人阴恻恻地说。

陈泽川终于想起，这就是半年前那个向自己勒索钱财的狱警。他却不惧怕，把手插进兜里，耸耸肩，说：“等我通过了评估，你就只能再见到我的照片了。”

狱警冷笑，站在会议外的窗子前，双手抱胸，似乎打算全程观看陈泽川去进行评估。“我就看着你……”他说，“嘿嘿，别落到我手里。”

陈泽川被看得有些头皮发麻，当想到 LW31 推算的概率，又信心满满，把手从兜里拿了出来。他下意识地也把手机掏了出来，低头看了一眼，本只是习惯性地一扫而过，现在他却呆住了。

“顾如凯被保出，带人去机房抓它了”，发信人是佳璇。而这个“它”，陈泽川不用想也知道是 LW31，佳璇肯定是着急之下只打出了代称。

但是——

陈泽川扭头，能看到会议室里面正襟危坐的评估员，能看到从室里面明灯洒下来的光亮一路延伸到他脚下。前面，是光明的会议室，是自由，是朝九晚五的工作，是触之温润的姑娘。

他又向后看。今天天气不好，尚是下午天光就黯淡了下来，尤其是深邃的廊道，在对比之下更显得幽暗。而在这幽暗的尽头，正有一个机器人满怀期待地坐在机房里等待。它以为会等来新的安排、新的生活，但它只能等来一群手拿利刃的暴徒。

狱警还在冷冷地盯着他，如果一时冲动，最后落到他手里，后果恐怕十分凄凉。

所以，向前还是向后？

这一秒过得无比漫长。

“一个机器人跟我有什么关系，它现在已经录入了数据，对我已经没用了！”他小声嘀咕着，做好了决定，向前抬脚。

但这一脚悬在空中，久久没有落地。

无数画面交替涌现，仿佛一部快进的电影，而每一个画面里，都有那个笨拙的机器人……

他突然转身向机房跑去，刚跑了两步，又停下，转身一拳揍在发愣的狱警脸上。这一拳之后，他心里再没有了犹豫，大步奔跑到机房，推开门，拉起还在等着的 LW31 的手，说：“跟我走！”

所以当顾如凯带着手下来到机房时，只看到里面空空如也。他把手放在电脑主机前，隔着手套也能感觉到微微发热，说明 LW31 刚离开不久。

“给我找！”他握紧拳头，浑身微微发抖，“就算是掘地三尺，也要把他们给我找出来！”

尾声

城郊草坡，一片荒芜。

跑到这里时，陈泽川再也跑不动了，停下来，双手撑着膝盖，大口喘气。

LW31 好一点，只是胸膛部位的发热有些严重。

“你个王八蛋，铁皮罐子，你该死该死！”陈泽川喘匀了气，突然一下跳到 LW31 背上，使尽全力捶打 LW31，边打边骂，“去你的，混蛋……”骂到后来，他一辈子积累的脏话已经不够用了，只能反复骂着王八蛋，手里的捶打倒是一直没停。

LW31 没有躲闪，更没有还手，站在原地。陈泽川打它的过程中好几次差点摔倒，它还暗暗地把他托住。

不知道过了多久，陈泽川终于打累了，哧溜一下滑下来，躺在地上一边骂一边大口喘气。

LW31 坐到他旁边，轻轻说：“谢谢你。”

“谢你的头！”陈泽川恶狠狠地说，“我的生活这下彻底被你毁了，王八蛋，给我离远点！”

LW31“哦”了一声，起身要走。

“坐下！叫你动你还真动！”

两人一阵沉默。这块城郊草地颇有些荒凉，仰头看去，昏黄的天空像一张泛旧的纸铺展在视野里。可能快下雨了，陈泽川想，这么想着，他的怒气和懊恼就慢慢消失了。他拔下一根草，放进嘴里，慢慢嚼着。

LW31 抱膝坐着，良久，有些忧愁地叹了口气。

“你叹什么气！我都没有叹气呢。”

LW31 说：“我感谢先生你把我救了出来，但疆域公司的势力遍布全球，我们都能逃到哪里去呢？先生你把我交回去吧，说不定他们会放过你。”

陈泽川拍了拍它的背，说：“不用担心，会有办法的。”但他其实也没什么办法，这句话与其说是来安慰 LW31，倒不如说是讲给他自己听。

这个午后很快消逝，天光黯淡，暮色提前降临。陈泽川有些饿了，把手伸进口袋，突然一个激灵，翻身坐了起来。

“怎么了？”LW31 问。

“嘿嘿，你不是说疆域公司的势力遍布整个地球吗？”陈泽川脸上一点一点浮现笑意，手从兜里拿出来，赫然是两张去往天鹅座 -@931 星的飞船票——他和佳璇原本打算去恋爱旅行，“那我们就离开这颗星球，逃往宇宙吧。”